# 生きて候《そうろう》　下

本多正信の次男・政重の武辺

安部龍太郎



朝日文庫

本書は二〇〇六年一月、集英社文庫より刊行されたものです。

# 生きて候　下　●　目次

第八章　君が形見とつつみてぞゆく　9
第九章　一度の負けは敗《ま》けにあらず　64
第十章　壮士《そうし》ひとたび行きて　133
第十一章　わが戦《いくさ》、いまだ終らず　185
第十二章　間近き春ぞ風強くとも　236
第十三章　義に殉《じゅん》ずるは　283
最終章　ただゆくりなく生きて候　337
あとがき　349
解説――高橋敏夫　352

## 上巻目次

第一章　堪忍《かんにん》ならざる趣《おもむき》あり
第二章　地を叩《たた》きて慟哭《どうこく》す
第三章　来援遅からじ
第四章　散りのまがひに家路忘れて
第五章　命ふたつなき身なりせば
第六章　友よ忘るることなかれ
第七章　わが道は蒼天《そうてん》にあり

# 生きて候　下

# 第八章　君が形見とつつみてぞゆく

一

慈照寺《じしょうじ》は新緑に包まれていた。

鴨川の東、月待山《つきまちやま》のふもとにある臨済宗の名刹《めいさつ》である。

通称銀閣寺。

八代将軍足利義政《あしかがよしまさ》が東山文化の粋《すい》を集めて造営した山荘だが、天文《てんぶん》十九年（一五五〇）に起こった足利義輝《よしてる》と三好長慶《みよしながよし》との戦《いくさ》に巻き込まれ、堂舎の多くが灰燼《かいじん》に帰した。

残ったのは銀閣観音殿と東求堂《とうぐどう》、それに西芳寺《さいほうじ》の庭園を手本に造営した庭ばかりだった。

東求堂は持仏堂として造られたもので、南に仏間があり、東北には義政の書斎だった同仁斎《どうじんさい》がある。

四畳半の部屋に付書院《つけしょいん》と違棚《ちがいだな》をつけた小さな書斎で、倉橋長五郎政重《くらはしちょうごろうまさしげ》は書道の修行に励んでいた。

もともとこの書斎は近衛《このえ》信尹《のぶただ》の父前久《さきひさ》が隠居所としていたが、ひと月ほど前から病《やまい》をえて洛中の近衛邸に移っている。

そこで信尹が自由に使えるように計らってくれたのだった。

信尹は三藐院《さんみゃくいん》流の書道の祖で、後に本阿弥《ほんあみ》光悦《こうえつ》、松花堂昭乗《しょうかどうしょうじょう》とともに寛永《かんえい》の三筆と称された達人である。

また和歌、連歌、絵画にもすぐれた当代一の文化人で、五摂家筆頭近衛家の当主である。

その信尹が政重の書をひと目見るなり、

「惜しいな。もうひと苦労してみる気はないか」

そう言って東求堂に入るように勧めたのだった。

政重も信尹の力強い颯爽《さっそう》たる書体に魅せられていたので、半月前から寺にこもり、日々文机《ふづくえ》に向かって研鑽《けんさん》にはげんでいた。

信尹が手本として渡したのは、自ら書写した『古今和歌集』だった。

しかも離別歌ばかりを集めた第八巻である。

信尹の書体にはそぐわない歌をどうして選んだのか、初め政重には理解できなかったが、一首一首精魂こめて書き写していくうちに己の未熟さを痛感した。

一見乱暴に見える信尹の書にそこはかとない気品が漂っているのは、人の叙情に対する深い理解があるからだと気付いたのである。

たとえば紀貫之《きのつらゆき》のこの歌。

　　惜しむから恋しきものを白雲の
　　　立ちなむ後はなに心地せむ

あるいはよみ人しらずの、

　　飽かずして別るる袖の白玉を
　　　君が形見とつつみてぞゆく

こうした歌のぴんと張りつめた心を我物としているからこそ、どんなに奔放な筆遣いをしても書が荒れないのである。

詰まるところは人間に対する理解の深さだということを、政重はこの書写によって改めて気付かされていた。

「なんや大将。また読み書きでっか」

竹蔵《たけぞう》が庭先に立って書斎をのぞき込んだ。

「阿波《あわ》の蜂須賀《はちすか》家政《いえまさ》さま、越後の堀秀治《ほりひではる》さまのご使者がお目にかかりたいと言うておられますが、どないしましょ」

「ご用件は？」

「もちろん召し抱えたいという話でんがな。両家とも一万石以上の禄《ろく》を用意したと言うてはりまっせ」

この春、上杉景勝《うえすぎかげかつ》に謀叛《むほん》の動きありとの風聞が起こった。景勝の家臣藤田信吉《ふじたのぶよし》が会津を出奔《しゅつぽん》し、上杉家に不穏《ふおん》の動きありと徳川秀忠に訴えたからである。

これを聞いた家康は相国寺《しょうこくじ》の僧西笑承兌《せいしょうしょうたい》に詰問状を書かせ、使者をつかわして景勝の上洛を求めた。

ところがこれはなりふり構わず戦を始めようとする家康の策略で、景勝がこれに屈するはずはないと見る者が多い。そうなれば天下大乱は避けられないだけに、各大名は先を争って兵力の強化をはかっていた。

「分った。お目にかかるゆえ、仏間にお通ししておけ」

両家の使者と会うには会ったが、国許や家中の様子をたずねただけで、返答は後日と約して引き取らせた。

政重の意はすでに固まっている。それでも使者たちと会うのは、諸国の情勢を探るためだった。

「ええ話やおまへんか。何がご不満なんか、俺にはさっぱり分らへん」

竹蔵があきれ顔で首をふった。

上杉家の脅威にさらされている堀秀治が示したのは、二万五千石の扶持《ふち》と三百騎の与力《よりき》をつけるという破格の条件だった。

与力とは寄騎とも書き、大将のもとで現場の指揮にあたる組頭《くみがしら》以上の武将のことである。

それぞれが十人の家臣を従えていたとしても、三千の兵力となる。

これだけの軍勢をひきいる者は、三十万石の所領を持つ堀家にも数人しかいないはずだった。

「不満などない」

「そんなら、どうして」

「他にやりたいことがあるからだ」

「それが分らんちゅうてますのや。二万五千石より読み書きのほうが大事や言わはるんでっか」

「じきに分る。くれぐれも鍛練《たんれん》をおこたらぬようにしておけ」

厳しく申し付けて同仁斎へ戻った。

数日後、甲斐の浅野《あさの》幸長《よしなが》の使者が来た。

藤井《ふじい》主馬《しゅめ》と名乗る偉丈夫《いじょうふ》が、小柄な若侍を従えて仏間に控えていた。

政重はいつものように対面に応じたが、向き合うなり、うなじのあたりに焼けるような痛みを覚えた。

殺気を感じた時の癖である。

主馬も供侍《ともざむらい》も神妙な面持《おもも》ちで端座しているが、何者かが差し向けた刺客にちがいなかった。

「蔚山《ウルサン》城でのお働きは、今でも当家の語り草になっており申す。あいにくそれがしは国許で留守を預かっておりましたゆえ、ご貴殿の戦ぶりを拝見できませなんだ。されどこうしてお目にかかり、ただ一騎で明《みん》軍の包囲網を切り割って行かれたという話に少しも偽りなきことが分りました」

主馬が丁重に政重を持ち上げた。

胸のぶ厚い牛のような体付きで、節くれ立った大きな手をしている。野太刀や槍を持たせたなら十人力の働きをしそうだが、狭い場所で刺客が務まるほど器用だとは思えない。

恐るべきは、後ろに控えている前髪姿の若侍だった。

なで肩のなよやかな体をしているが、太股《ふともも》だけは異様に発達している。四、五メートルの距離など一瞬のうちに飛ぶにちがいなかった。

（なるほど。こいつは囮《おとり》というわけか）

政重は二人の手の内を瞬時に見抜いた。

怪力の主馬が相手の動きを押さえ、若侍が矢となって急所をえぐる。主馬にくらべて若侍があまりに非力そうに見えるので、たいていの者はこの男への注意をおこたる。

そうした心理の隙《すき》をついた、巧妙な殺法だった。

「わが殿幸長は三万石の所領と二千余の兵をもってお迎えしたいと申しております。その旨をしたためた書状を持参いたしましたゆえ、お改めいただきたい」

主馬が懐《ふところ》から書状を取り出し、政重の前にうやうやしく差し出した。

これを取ろうと手を伸ばした時に組み付いてくる。

そう見切った政重は、書状には目もくれずに二人を凝視していた。

「いかがなされた。主直筆《あるじ》の書状ゆえ、是非ともご披見《ひけん》いただきたい」

政重は聞こうとしない。一分の隙も見せないまま悠然と座していた。

主馬も正体を見抜かれたことを察したようだが、正面から斬り結んで勝てる相手ではないことは気配で分るらしい。気圧《けお》されたまま進退きわまり、額に大粒の脂汗を浮かべていた。

救いの手を差し伸べたのは政重である。

「浅野どののご内意は、先ほどの口上により承知いたした。後日返答いたすゆえ、本日はお引き取りいただきたい」

竹蔵を呼んで招かざる客を表まで送らせた。

二人を差し向けたのが誰《だれ》かは分らない。捕えて口を割らせようかとも思ったが、刃傷沙汰《にんじょうざた》になって東求堂を血で汚《けが》すことをはばかったのだった。

池のほとりの紫陽花《あじさい》も色づき始めた五月三日の夕刻、近衛信尹がふらりと訪ねてきた。

「どや。少しは見えてきたか」

付書院の明り障子を開け、烏帽子《えぼし》を傾けて文机をのぞき込んだ。

「書写をお勧めになったお心は見えましたが、我物とすることは難しゅうございます」

政重は筆を執《と》っていない。ここ数日信尹が著した『古今和歌集』の注釈書を読んでいた。

「墨《すみ》はあるか」

「ございます」

「ほんなら、何か一首書いてみてくれ」

修行の成果を見たいという。政重は文机に紙を広げ、心を鎮めて紀貫之の歌を記した。

「うむ。少し待て」

信尹は同仁斎に上がり込み、政重の肩越しに書に見入った。

腕組みをしたまましばらくながめたが、批評を口にしようとはしなかった。

何も言わないこともひとつの批評である。それが分るだけに、政重も改めてたずねようとはしなかった。

洛中随一といわれる柳屋の酒を、信尹は供の者に運ばせていた。

仏間の縁側に座り、庭をながめながら酌《く》み交わしていると、

「悪うはないんや」

信尹が弁解でもするようにつぶやいた。

「そやけど、何か足らんもんがある」

「…………」

「きっと若いからやな。頭では分っていても、自分のものにするには時間がかかる。要は焦《あせ》らんことや」

「左府《さふ》さまは、いつ自分のものに出来たとお感じになりましたか」

「薩摩の坊津《ぼうのつ》に流されていた時や」

都にいて人よりいい書を物してやろうと力《りき》んでいた頃には、欲がそのまま出た書にしかならなかった。配流《はいる》先で書を楽しめるようになって、初めて闊達《かったつ》な筆がふるえるようになったという。

「仏道に言う執着《しゆうじやく》やな。つまらぬ執着を捨てて天然自然の己に戻った時に、初めて真心というものを形にすることが出来る。それが人の心をとらえるんや」

それは武道も同じである。勝とうとすれば負け、斬ろうとすれば斬られる。心を水鏡のように保ち、どんな状況にも自在に対応できる柔軟さを持たなければならなかった。

「ところで、いよいよ戦が始まるぞ。内府《ないふ》は大坂城に諸大名を集め、会津攻めの軍令を下したそうや」

「いつのことでしょうか」

「今日や。つい先ほど、大坂からの急使が着いた」

昨夜届いた上杉景勝からの返書は、家康の詰問をあざ笑うような無礼きわまりない内容だった。

激怒した家康は諸大名の前で返書を読み上げ、ただちに上杉討伐を決したという。

「上杉は石田治部《いしだじぶ》と謀《はか》って内府をおびき出そうとしているという風聞もある。いずれにしても大乱にならんと事は治まらんやろな」

「それでは今日を限りにお暇《いとま》いたしまする」

政重は盃《さかずき》を懐紙でぬぐって折敷《おしき》に置いた。茶道の点前《てまえ》のような美しい所作だった。

「徳川に戻るか」

「いささか思うところあって、備前中納言さまにお仕えしようと存じます」

「実の父や兄と戦ういうんか」

「士は己を知る者のために死すと申しますゆえ」

秀家《ひでいえ》は政重を友と呼んでくれた。しかも朝鮮との和議を進めようとした時、後難を恐れずに援助してくれたのである。

その秀家が家康や正信の策略によって窮地《きゅうち》におちいっているのを、黙って見ているわけにはいかなかった。

「そやけど内府は手強《てごわ》いぞ。備前中納言とは格がちがう」

「それゆえ、相手にとって不足はないと存じます」

「さようか。いずれに付いても構わぬが、命だけは落とすなよ。この書の行末を見てみたいさかいな」

信尹がつまらなさそうに酒を酌み、月待山の彼方を淋しげにながめた。

梅雨《つゆ》の霧雨が降りつづく五月の中頃――。

政重は大黒《おおぐろ》の背に具足《ぐそく》一領をつけ、愛用の敦盛《あつもり》を竹蔵にかつがせて、大坂城玉造口にある宇喜多《うきた》秀家の屋敷を訪ねた。

家康が会津討伐の令を発して以来、世情は騒然としていた。

家康の狙いは上杉家に言いがかりをつけ、天下を二分した戦に持ち込むことだ。この動きを封じるために、石田三成《みつなり》が上杉景勝と結託して家康をはさみ撃ちにするらしい。そんな噂《うわさ》が飛び交っている。

諸国の大名たちは事の真偽を見極め対応を誤るまいと、日頃好《よしみ》を通じた者たちと頻繁に連絡を取り合っていた。

五月七日には黒田長政、加藤清正ら武断派七将が、会津征伐には我らが行くので家康公は大坂に留まられるようにという嘆願書を提出した。

この動きと軌《き》を一《いっ》にして、堀尾吉晴《ほりおよしはる》、生駒親正《いこまちかまさ》、中村一氏《なかむらかずうじ》の豊臣家三中老、増田長盛、長束正家《なつかまさいえ》、前田玄以《まえだげんい》の三奉行が、同じく家康に出征の中止を求めた。

だが家康はこの要求を一蹴《いっしゅう》し、着々と出陣の仕度を整えている。

それに引きずられて、大坂城下には日に日に戦の気配がただよい始めていた。

宇喜多邸の門前には、仕官や陣借りを望む牢人《ろうにん》たちが長蛇の列をなしていた。

槍や野太刀、鉄砲を担いだ身ひとつの者や、従者に鎧櫃《よろいびつ》を担がせた者、政重のように馬と従者を従えている者などさまざまだが、いずれも戦慣れした不敵な面構えをしていた。

昨年秋に起こった内紛の結果、宇喜多左京亮や戸川肥後守、花房志摩守などの重臣たちが、一族郎党を従えて宇喜多家を去っていた。

そのために秀家は兵力の不足に悩まされている。闕所《けっしょ》となった所領は十万石ちかい。

そうした噂はまたたく間に広がり、後釜をねらう牢人たちが我先にと押しかけたのである。

宇喜多家でも門を広々と開けて彼らを迎え、重臣たちが面接をして採用の可否を決していた。

この一戦に再起を賭《か》けた牢人たちは、先陣に立って死に物狂いの働きをするので得難い戦力となる。戦の前にどれだけ有力な新座衆《しんざしゆう》（新規召し抱えの者）を集められるかが勝敗を決すると言っても過言ではなかった。

政重も牢人たちの列に並んだ。

新座衆として面接を受けるためだが、宇喜多家には顔見知りが多い。

誰かが奥へ注進に及んだらしく、明石掃部《あかしかもん》が巨体をゆすって駆けつけた。

「政重どの、何ゆえこのようなことをなされる。水臭いではござらぬか」

あごの張ったいかつい顔が、朝日をあびたように喜びに輝いていた。

「ささ、奥へお進み下され。殿もさぞお喜びになられましょう」

「せっかくですが、その儀には及びませぬ」

掃部が差し伸べた手を、政重は丁重に押し返した。

「何ゆえでござる」

「この倉橋長五郎政重、新座衆として宇喜多どのにお仕えしたい。他の方々と同様に扱っていただくのが筋でござる」

門前に集まっていた牢人たちがいっせいにふり返った。

岡部庄八を斬って徳川家を致仕《ちし》して以来、政重の名は天下に鳴り響いている。蔚山《ウルサン》城の戦いや露梁津《ノリヤンジン》の海戦における華々しい働きを知らぬ者はいない。

（その男が新座衆として仕えるというのか。秀家とはそれほどの器量の持主なのか）

牢人たちの顔には、そう言いたげな驚きがある。

政重と共に戦えるという期待に胸躍らせている猛者《もさ》もいる。

こうした反響を呼び起こすことが、実は政重の狙《ねら》いでもあった。

噂が四方に広がれば、宇喜多家に仕官を望む武辺者《ぶへんしゃ》がますます多くなると、父正信ゆずりの怜悧《れいり》な頭でしっかりと見通していた。

二

型通りの面接を受けて召し抱えと決まった後、政重は掃部の部屋を訪ねた。

「ただ今殿は登城しておられます。しばらくお待ちいただきたい」

掃部はしばらく雑談の相手をしていたが、待ちきれなくなったらしく自分で秀家を呼びに行った。

「初めから宇喜多さまに仕えるつもりやったんですか」

竹蔵が小声でたずねた。

「ああ。存分に腕をふるわせてもらえる家はここしかあるまい」

「大将が侍大将にならはったら、俺も取り立ててもらえますやろか」

「侍になりたいか」

「宇喜多家の侍となったなら、田舎の村に錦を飾ることが出来ます。それも天下の倉橋長五郎さまの一番の家臣や。鼻高々でんがな」

竹蔵は宇喜多家の領内にある宮本《みやもと》村の出身で、朝鮮出兵の時に陣夫として狩り出されたのだった。

「故郷に錦を飾りたければ、今度の戦に勝つことだ。負ければ何もかも失うことになる」

家康は豊臣方を真っ二つに割った戦をしようとしている。これに従うか豊臣方に立って家康と戦うか、諸大名は二つに一つの選択を迫られるだろう。

善か悪かの問題ではない。生き残りを賭けた修羅場《しゅらば》に否応《いやおう》なく引きずり込まれ、勝った側についた者だけが凱歌《がいか》を奏《そう》するのだ。

まさに生き残りを賭けた熾烈《しれつ》な戦いが始まろうとしていた。

長廊下をあわただしく歩く足音がして、宇喜多秀家が現われた。

「政重どの、よくぞ来て下された」

間近に座り肩を抱き寄せんばかりに歓待した。

難局つづきで憔悴《しょうすい》しているかと思いきや、いたって元気そうである。まるで目前の困難を楽しんでいるように闊達だった。

「本日より、家中の末席に加えていただくことになりました。次なる戦では先陣をうけたまわり、ご恩に報いる所存にございます」

政重は一間ほど下がって平伏した。

「まだ当家の禄を食《は》んでいるわけではござらぬ。久々に会ったのじゃ。今日ばかりは友として語らって下されし」

秀家がさらに間近に詰め寄った。嬉しくてそうせずにはいられないらしい。

「実はな、政重どの。私も貴殿に使者をつかわして仕官を勧めたいと何度も思った。だが来ていただけると信じていたゆえ、こうしてじっと待っていたのでござる」

「そうでなければ武士《もののふ》同士の値打ちはないと申されてな。傍目《はため》にも気の毒なくらい、じっと耐えておられたのでござる」

掃部が感極まったように顔をゆがめた。

先代直家以来の重臣たちに去られた痛手は、二人にとって言いようもないほど大きいだけに、政重を得たことが数万の援軍を得たように嬉しかったのである。

「今後は私の間近にあって、万《よろず》の相談に乗っていただきたい。所領のことは望みのままに申されるがよい」

「おそれながら、その儀はご容赦下されませ」

「政重どの、何ゆえでござる」

掃部が鋭く詰め寄った。

「ご当家に仕えることにしたのは、中納言さまのご厚恩に謝するためだけではございませぬ。徳川どのに戦を挑み、武辺者の意地をまっとうしたいからでございます。所領など望みませぬゆえ、新座衆とともに先陣をうけたまわりとう存じます」

新規に召し抱えられる牢人《ろうにん》は三千人以上になるはずである。

その部隊を指揮し、宇喜多勢の先陣として徳川軍と戦いたい。政重はそう望んでいた。

「ご存念はよく分りました。されど貴殿ほどの武辺者を禄も定めずに召し抱えたとあっては、宇喜多家の体面に関わります。とりあえず二万石とさせていただきたい。先陣の儀については、いかがしたものかな」

秀家が掃部に助言を求めた。

「いかなる戦になるか、まだ何も見えませぬ。陣立ては後日として、まずは主従の盃を交わされるべきかと存じまする」

「そうじゃ。すぐに仕度をせよ。お豪《ごう》もここに呼んでやろう」

秀家は自ら奥御殿に迎えに行った。

豪姫と聞くと、政重は平然としていられなかった。邪《よこしま》な気持はみじんもないが、若い頃に寄せた想いが今も胸をざわめかせるのである。

「ご迷惑でござるかな」

政重の表情がぎこちなくなったことを、掃部は見逃がさなかった。

「いや。そうではございませぬ」

「ならばしばしお語らい下され。加賀の奥方さまが江戸に参られることになり、豪姫さまもご心痛が絶えぬのでござる」

家康に謀叛の疑いをかけられた前田利長は、生母芳春院《ほうしゅんいん》を江戸に人質に出すことで問題の決着をはかった。

出発は五月十七日。あと三日後に迫っている。

秀家が自ら迎えに行ったのも、豪姫の心痛を思いやってのことだった。

「徳川どののなされようは理不尽でござる。たとえ証人とするにしても、大坂城中に留め置かれるのが道理でござろう。それをこれ見よがしに江戸へ引き立てて行かれるとは、前田家を屈服させたことを諸大名に見せつけるためとしか思えませぬ」

「あのお方はなりふり構わず己の天下を築こうとしておられます。そのためにはどんな策略も用いられるでしょう。道理を説いてこれを止めることは出来ませぬ」

家康は正妻であった築山殿《つきやまどの》と嫡男信康《ちゃくなんのぶやす》を殺してまで織田信長に従った。

小牧・長久手の戦で勝ちながらも、秀吉に臣下の礼を取って豊臣家を支えた。

そうした隠忍自重《いんにんじちょう》の末に、満を持して天下取りに乗り出したのだ。

これを止めるには、もはや力をもってする以外にはなかった。

「さようでござるな。もともと戦とは勝つか負けるか二つにひとつじゃ。修羅とならねば、やりおおせるものではござらん」

掃部《かもん》が頭《こうべ》を垂れて胸の前で十字を切った。

死んでいった者たちに思いを馳《は》せたのか、長年戦場に身を置いてきた己の罪を思ったのか、厳粛《げんしゅく》な表情をしたまましばらく何事かを念じていた。

酒肴《しゅこう》の仕度が整った頃、秀家にともなわれて豪姫が現われた。

心労のあまり床に臥《ふ》す日がつづいたせいか、肌が透き通るように白くなっている。

薄絹の打掛けを羽織っているので、蜉蝣《かげろう》のようにはかなげだった。

それでも黒目がちの美しく澄んだ瞳には、強い意志と聡明な光をたたえている。

唇は雪の中に咲く紅梅のように鮮やかだった。

「倉橋長五郎政重でござる。本日より臣下の列に加えていただきました」

政重は想いを色に出さぬように心して平伏した。

「殿もわたくしも、きっと来ていただけると信じていました。これは亡き父から譲られたものです。身につけていただけば、さぞ喜ぶことと存じます」

豪姫が懐から取り出した匂い袋を、侍女が三方《さんぼう》に載せて差し出した。

ほんのりと甘い涼やかな香りが立ち昇ってくる。胸の火をかき立てるような香りだった。


六月六日――。

家康は大坂城西の丸に諸将を集め、会津攻めの部署と進路を定めた。

家康と秀忠は白河口。

佐竹義宣《さたけよしのぶ》は仙道口《せんどうぐち》。

伊達政宗は伊達・信夫口《しのぶぐち》。

最上義光《もがみよしあき》は米沢口。

前田利長は越後の津川口。

動員兵力はおよそ十二万人。上杉軍の三倍にのぼる大軍である。

家康は石田三成と対立している武断派の武将たちも引き連れて行くことにしたが、加藤清正だけは肥後の領国に帰していた。

大乱となった時に九州の押さえ役を果たしてほしいというのが表向きの理由だが、本音は豊臣家との戦になったなら清正がどう動くか分らないという不安があったからである。

清正が豊臣家につくと言って兵を返したなら、豊臣恩顧の他の大名もこれに同調するおそれがある。それを避けるために体良く九州に追い払ったのだった。

代わりに武断派のまとめ役としたのが黒田長政である。そのことを天下に示すために、家康は驚くべき策を用いた。

会津攻めの評定を終えた後、養女としていた保科正直《ほしなまさなお》の娘と長政の祝言《しゅうげん》を行なったのだ。

このあたりの計略は心憎いばかりだが、豊臣家の大老として出兵するという名分は崩していない。

豊臣家でもその名分の中に家康を封じ込めようと、十五日には出征の費用として黄金二万両と米二万石を秀頼の名で贈った。

翌十六日、家康は七万余の大軍をひきいて大坂城を発した。

その日の夕方、政重と掃部は秀家の供をして備前島の屋敷に向かった。

客間には宗匠頭巾《そうしょうずきん》をかぶった三成と、勇猛をもって鳴る島左近《しまさこん》勝猛《かつたけ》が待っていた。

「お待たせいたした。浪速《なにわ》の月はいかがですか」

秀家はためらいなく上座についた。

政重と掃部が左右に控えた。

「良きものでござる。太閤《たいこう》殿下がみまかられて二年にしかならぬというのに、時の流れは早いものでございまするな」

三成が東の空にかかる十六夜《いざよい》の月をしみじみとながめた。

昨年の閏《うるう》三月に武断派の諸将に追われて以来、佐和山城に蟄居《ちつきょ》している。その禁を破ってひそかに秀家を訪ねたのは、家康への対応策を相談するためだった。

「このたび召し抱えた倉橋政重です。以前に面識を得ていると聞きましたが、今後も昵懇《じっこん》に願いたい」

「知っているどころではござらぬ。その節には、いろいろと難しい頼み事もいたしました。このような時期にこの屋敷で会うとは、幸先《さいさき》の良いことでござる」

三成が政重と島左近を引き合わせ、あわただしく軍略に話を移した。

この三月に家康が会津攻めの動きを見せた時、上杉景勝の家老直江《なおえ》兼続《かねつぐ》は三成に急使を送って同盟を求めた。

家康が会津攻めの軍を起こしたなら、東西呼応してはさみ撃ちにしようというのである。

三成は身ひとつでも立つと兼続に約していたが、豊臣家を動かすために秀家に協力を求めたのだった。

秀家にも異存はなかった。

前田家に謀叛の疑いをかけて芳春院を人質に取ったり、宇喜多家の重臣たちに手を回して内紛をあおった家康のやり方が肚《はら》に据えかねていたので、いつかは雌雄《しゆう》を決しなければならないと覚悟を定めていたのである。

「ただし事に当たって言っておきたいことがある。こたびの戦は諸大名家の存続を賭けたものだけに、いずれも家を守るために勝ち馬に乗ろうとするであろう。豊臣家への御恩や忠義をふりかざしても、誰も聞く耳は持つまい」

律儀《りちぎ》な三成は大義で人を動かそうとして、かえって反発を招くことがある。

そうならないようにあらかじめ釘《くぎ》を刺したのだった。

「ご案じめさるな。この治部とて戦となれば策士になり申す」

三成がふっと得意の笑みをもらした。

いつぞやの策略家ぶりを思い出させる、ひどく軽薄な笑い方だった。


六月十八日申の刻《ごごよじ》――。

政重は東海道石部《いしべ》の宿《しゅく》で徳川家康の一行を待ち受けていた。

三成の笑い方を見て、政重にはひらめくものがあった。

あれは信念に反する策を取った後ろ暗さを隠すための自己韜晦《とうかい》である。おそらく家康を道中で暗殺しようと企んでいるにちがいない。

そうと察した政重は、今朝から東海道を東に走り、水口《みなくち》の宿に不穏の動きがあることを突き止めた。

ここは豊臣家五奉行の一人長束正家の城下町である。

家康の会津出陣を止めようとして果たせなかった正家は、数日前に水口城に戻っていたが、昨夜のうちに鉄砲衆二百を城に集めたという。

これが暗殺の企てあってのことかどうかは分らないが、政重のひときわ鋭い鼻は焦《き》なくさい臭いをしっかりと嗅《か》ぎ取っていた。

このことを家康に告げようと、政重は大黒を駆って石部宿まで引き返し、出陣を見送りに出た者たちに交じって沿道に控えていた。

家康ほどの弓取りを、暗殺などという卑怯《ひきょう》な手段で葬り去るのはあまりに惜しい。それに正々堂々と戦って勝利を得るのでなければ、この国を真の安泰に導けるはずがないと思ったからである。

石部の宿は草津から八・五キロ。奈良時代から開けた交通の要衝で、鈴鹿峠を越える旅人はここで一泊して翌日にそなえるのが常である。

この日の朝伏見城を発した家康は、必ずこの宿に泊るはずだった。

「もうじきご到着なされる。皆々神妙に控えておれ」

先触れの使い番が触れ回った後で、野洲川《やすがわ》沿いの道を会津出征軍が長蛇の列をなして進んできた。

先頭は福島正則、細川忠興《ただおき》ら武断派諸将の軍勢である。

その後ろに「厭離穢土欣求浄土《おんりえどごんぐじょうど》」の旌旗《せいき》をかかげた徳川軍三千余が従っていた。

いつものごとく御先手組《おさきてぐみ》五百騎が先陣をうけたまわっている。

その中には槍組の中里十四郎《なかさとじゅうしろう》や、いつぞや一対一の勝負をした鉄砲組の葛西主膳《かさいしゅぜん》の姿もあった。

かつては共に戦場を駆け回った仲間たちである。やがて彼らと戦場でまみえる日が来ると思うと、武辺者の血が騒いで仕方がなかった。

家康は風通しのいい網代《あじろ》造りの駕籠《かご》を用いていた。

夏のさかりの長行軍は、五十九歳になった身にはさすがにこたえるらしい。揺れを少なくするために、担ぎ棒がひときわ長い駕籠を用いていた。

どうしたわけか、駕籠の側に本多正信、正純父子の姿がない。代わりに赤ずくめの鎧をまとった井伊直政が、屈強の騎馬数百をひきいて警固に当たっていた。

網代駕籠が目前に差しかかった時、政重は鞘《さや》でおおったままの敦盛を地に突き立てて野太い声を張り上げた。

「宇喜多中納言どのの家臣、倉橋長五郎政重にござる。いずれ良き日に、戦場にてお目にかかりまする」

「無礼者、控えよ」

井伊家の騎馬武者が、斬り捨てようと馬を寄せた。

「待て。逸《はや》るでない」

直政が厳しく制した。

敦盛のけら首には黄色い布が結びつけてある。

それが伏兵に気付いた時の御先手組の合図だということを、歴戦の直政はすぐに気付いたのである。

直政からの注進を受け、家康が駕籠を止めて物見《ものみ》の窓を開けた。

敵となったからには容赦はせぬ。そう言いたげな険しい目を向けていたが、

「武辺者の面《つら》じゃ。悪くはない」

ぽつりとつぶやいて物見を閉ざした。

その夜、家康は急に石部の本陣を発して鈴鹿峠を越え、夜明け前に伊勢の関宿に至って足を止めた。

長束正家から水口城で饗応したいとの申し入れがあったが、これを断わって夜間の強行軍を命じたのである。

重臣たちは何事ならんといぶかったが、家康は真の理由を誰にも告げなかったという。

三

歴史の歯車は、天下分け目の合戦へ向けて刻々と回っていく。

七月二日――。

石田三成は会津へ出陣しようとしていた大谷吉継《よしつぐ》を佐和山城に招き、挙兵の計略を打ち明けて協力を求めた。

吉継は今兵を起こせば家康の思う壺《つぼ》だといさめたが、三成はすでに上杉景勝や宇喜多秀家の同意を取りつけていると決断を迫った。

これを聞いた吉継は烈火《れっか》のごとく怒った。

このような大事を、長年の友である自分に相談もなく計らうとは何事であるか。そう一喝《いっかつ》して袂《たもと》をわかったものの、七月十一日には手勢二千余をひきいて佐和山城に入った。

計略に無理があることを承知しながら、秀吉の小姓を務めていた頃からの親友である三成と生死を共にする決意をしたのである。

翌十二日、三成は大坂にいた安国寺《あんこくじ》恵瓊《えけい》を招き、吉継とともに毛利輝元の出馬を求めた。

西軍の総大将として迎えるという条件に雀躍《じゃくやく》した恵瓊は、さっそく広島城にいた輝元に急使を送った。

輝元が一万余の大軍をひきいて海路広島を発したのが十五日、大坂城に入ったのが十六日のことだ。

翌十七日には大坂城西の丸に諸大名を集め、毛利、宇喜多の二大老と前田、増田、長束の三奉行の名で、家康の罪科を列挙《れっきょ》した『内府ちがいの条々』を発して挙兵を呼びかけた。

一、五大老、五奉行の間で相互信頼の誓詞《せいし》を取り交わしていたにもかかわらず、奉行二人（浅野長政、石田三成）を逼塞《ひっそく》に追い込んだこと。

一、五大老のうち前田利長を討伐すると称して人質を取り、利長を逼塞させたこと。

一、上杉景勝には何の罪科《つみとが》もないのに、太閤秀吉の法度《はっと》にそむいて討伐しようとしていること。

一、秀頼が成人するまでは知行給付を行なわないという誓詞に反して、忠節もなき者たちに知行をあてがっていること。

一、伏見城の城番として太閤秀吉が定めておいた留守役の者たちを追い出し、自分の手兵を入れたこと。

以下、八ヵ条、合わせて十三ヵ条の弾劾文《だんがいぶん》である。

評定《ひょうじょう》の結果家康討伐と一決し、戦略についての話し合いが行なわれた。

狙いは早急に畿内、近国を平定し、徳川方との決戦にそなえることである。

そのために全軍を三手に分け、石田三成らは中山道を美濃《みの》・尾張《おわり》へ、宇喜多秀家らは鈴鹿峠を越えて伊勢へ、大谷吉継らは北陸道を通って越前へ向かうことにした。

当面の攻撃目標は、家康の老臣鳥居元忠が留守役をつとめる伏見城。

まずはこの城を血祭りに上げ、大坂方の結束を固めることにした。

この間、宇喜多秀家は大坂城にあって諸大名のまとめ役に当たっている。

三成の計略が遅滞《ちたい》なく進んだのも、秀家の全面的な協力があったからだった。

「そちは鳥居どのとは旧知の間柄であったな」

評定を終えて大老の間《ま》に下がると、秀家が政重に声をかけた。

「何度か共に戦ったことがございます。昨年秋には伏見城でお目にかかりました」

「いかような戦をなされる御方じゃ」

「ひと口に言えば、守りの戦でございます。三方ケ原《みかたがはら》の戦に徳川方が大敗した時、殿《しん》軍《がり》をつとめて家康公を落とされたとうけたまわっております」

「わずか二千ばかりの兵では、守りきれるものではあるまい。将兵の助命と引きかえに城の明け渡しに応じまいか」

「恐れながら、無理と存じまする」

「何ゆえそう言いきる」

「家康公は伏見を発《た》たれる前に、石田治部どのに挙兵の企てがあることを察しておられました。元忠どのもそれを承知で留守役を引き受けられたはずでございます」

頑固一徹の元忠のことだ。忠義のために華々しく討死することしか考えていないはずだった。

「伏見城は太閤殿下が今生《こんじょう》の思い出に築かれた城じゃ。秀頼さまもひときわ愛着を持っておられる。できることなら損なうことなく残したい」

同じ思いは大坂方の諸大名にもある。そのことが攻撃の矛先《ほこさき》をにぶらせる原因にもなりかねなかった。

「殿、ただ今島津兵庫頭《ひょうごのかみ》どのが参られました。言上《ごんじょう》したき儀があるとのことでございます」

明石掃部が取り継いだ。

「お通しせよ」

その言葉も終らぬうちに、島津義弘が三奉行を引き連れて入って来た。

「先ほどの評定には異存がござる。奉行衆にそう申し伝えたところ、大老どのに直に言上せよとのおおせゆえ、かくは推参つかまつった」

義弘が肩をいからせてどかりと座った。

「内府どのに十三ヵ条の罪科ありとおおせられるが、その多くは秀頼さまのお許しを得て図られたことでござる。今度の上杉討伐も、豊臣家の大老としてご出陣なされておる。それを今になって罪ありとするは道理にもとる。断じて承服いたしかねまする」

「内府どのに天下への野心があることは、太閤殿下がみまかられた後の所業を見れば明らかでござる」

秀家はおだやかに応じた。

「それゆえ我らは豊臣家を守るために楯矛《たてほこ》に及ぶ決意をいたした。されどどちらに理があると考えるかはそれぞれの勝手でござる。ご自身の信じる道を行かれるがよい」

「ならば、そうさせていただく」

「内府どのに従われるか」

「さあて。東へ向かうか国許に戻るか、思案のしどころでござるな」

「いずれにしても長の道中となりましょう。不測《ふそく》の事態も起こりかねませぬゆえ、くれぐれもご用心なされるがよい」

敵となったからには、途中で襲撃することもある。そう警告しているのだと誰もが思ったが、秀家の真意はまったくちがった。

そうした場合に備えて、義弘に直筆の手形を渡したのである。

「万一の時にはこれを示されるがよい。我らの身方なら決して粗略にはいたしますまい」

「かたじけない。ついでながらはばかりをお借りしたいが、倉橋どの、案内していただけぬかな」

義弘が話があると目で語っている。そうと察した政重は、素早く立って案内した。

中庭に面した広々とした厠《かわや》である。格子《こうし》窓《まど》の向こうに、鳳仙花《ほうせんか》が鮮やかな緋色《ひいろ》の花をつけていた。

「年をとると近うなってな。そちもつき合え」

二人は並んで用を足しながら、何やら相通じるものを感じていた。

「露梁津《ノリヤンジン》では世話になった。お陰でこうして生きておる」

「あの折、島津どのは、この恩は生涯忘れぬとおおせられました。このような仕儀になるとは残念でなりませぬ」

「あの言葉、忘れてはおらぬ。だが人にはそれぞれ恩の返し方がある。中納言どのにもそう伝えてくれ」

義弘は長々と放尿すると、肩をゆすって胴震いをした。

戦はすでに始まっていた。

大坂方は城中、城下の警戒を厳重にし、家康に従って出征した諸大名の妻子を人質に取ろうとした。

池田輝政《いけだてるまさ》、藤堂高虎、有馬豊氏《ありまとようじ》、加藤嘉明《かとうよしあき》らの妻や伊達政宗の嫡男を捕えることには成功したが、細川忠興の妻玉子《たまこ》（ガラシア夫人）はこれを拒み通して自決した。

また黒田長政の母や加藤清正の妻は、警戒網をたくみにくぐり抜けて領国まで逃げ帰った。

大坂方と袂をわかった島津義弘は、この日の夕方伏見城に入城したいと申し入れている。

ところが鳥居元忠は頑として応ぜず、城門に近付いた島津勢に鉄砲を撃ちかけて追い払った。身方《みかた》をすると偽って城内に入り、いざ決戦という時に寝返るつもりではないかと疑ったからである。

七月十八日、大坂方は細川忠興の父幽斎《ゆうさい》がたてこもる丹後《たんご》の田辺城を包囲し、翌十九日には大坂城下に結集していた軍勢が伏見城に向けて進撃を開始した。

政重も明石掃部とともにこの出陣に従っていた。

政重の配下とされたのは新座衆二千と大筒組《おおづつぐみ》五十人である。城攻めには大筒が必要なことを力説し、国崩しと呼ばれる大筒二門を特別に預かったのだった。

政重はこれを三十石船に積ませ、兵たちに引かせて淀川をさかのぼった。

行軍は牛の歩みのようにのろいものになる。

他勢に遅れることを懸念した掃部は、騎馬二千余を従えて先に行くことにした。

「我らの持場は大手口でござる。早々に攻め落とせる城ではござらぬゆえ、ゆるりと参られるがよい」

キリシタンである掃部は、黒地に白の花十字を描いた旗を用いている。鍛え抜かれた騎馬隊が、その旗を風になびかせて川沿いの道を軽やかに駆けて行った。

政重らが伏見の船着場にたどり着いたのは翌二十日の午の刻《ごごれいじ》。

大筒を載せた荷車を指月《しげつ》の丘の東側にある大手門の前まで押し上げた時には、眼下の淀川を朱色に染めて太陽が沈みかけていた。

大手門から五百メートルばかり離れた所に、掃部が向かいの陣地を築いている。

参着の報告をするために本陣を訪ねると、思いもかけない男がいた。

緋縅《ひおどし》の鎧をまとった島津義弘が、我物顔で床几《しょうぎ》に腰を下ろしているではないか。

「長五郎、待ちかねたぞ」

郎党に対するような口をきく。

徳川方になるといった義弘がどうしてここにいるのか、政重には解せなかった。

「伏見城にこもってひと戦するのも面白かろうと思ったが、鳥居どのは使者さえ入れてはくれなんだ。さすがは歴戦の古強者《ふるつわもの》じゃ」

「すると、ご貴殿は……」

「大坂城内には頭の黒いねずみがおってな。内府どのに内情を逐一知らせておる。その者の働きを当てにしておったが、鳥居どのは誰一人城内に入れようとはなされぬ。早々と討死《うちじに》と決して、城外との連絡を絶っておられるのじゃ」

義弘は城内に入って大坂方の手引きをするつもりだったのである。

秀家や奉行衆に徳川方につくと宣言したのは、噂となって伏見城に届くようにと考えてのことらしいが、元忠はいち早く計略を見抜いて城内に入れなかったのだった。

「しかし、何ゆえ当家の本陣におられるのでございますか」

「天下分け目の戦に八百ばかりの手勢では、何ほどのことも出来ぬでな。宇喜多家の軍師となって二万余の軍勢を動かすことにした。それゆえ今後はわしの下知《げち》に従ってもらわねばならぬ」

変幻自在というか融通無碍《ゆうずうむげ》というべきか、とんでもないことを思いつく老武者である。

齢《よわい》六十六。城中の元忠といい勝負だった。

さっそく城の絵図を広げての軍議となった。

伏見城は初め指月の丘を本丸とし、西に二の丸、三の丸、東に松の丸と名護屋丸などを配していた。

ところが慶長元年（一五九六）の大地震によって本丸の天守閣が全壊したために、城の北西にある木幡山《こはたやま》に新しく天守閣を築き、東へ長く延びた丘陵に徳善丸、弾正丸などの曲輪《くるわ》をもうけた。

その結果、新旧二つの城が深く広い空堀を間にして向かいあう形になり、徳善丸と松の丸の間に渡した中の橋で連絡を取り合っていた。

大手門のある大手曲輪と名護屋丸の間には紅雪堀と呼ばれる深い空堀があり、朱色の極楽橋が架けられていた。

城兵はおよそ千五百。これに対して寄手《よせて》は一万五千。

宇喜多、島津勢は大手口から、鍋島、長宗我部《ちょうそかべ》、小西の軍勢は南の三の丸口から攻めかかっているが、士気はきわめて低かった。

やがては毛利、吉川《きつかわ》、小早川の三万余が到着することが分っているので、先駆けをして手勢を損じることを避けていたのである。

「せめて大手門でも攻め破って景気をつけたいところじゃが、城門は堅固《けんご》な上に兵の働きはめざましい。これは大筒でもなければ埒《らち》はあかぬと、そちが来るのを待ちわびておったのじゃ」

義弘が頼もしげに二門の国崩しを見やった。

「大手門の人数は」

「姿を見せずに巧妙に戦っておるゆえ、しかとは分らぬ。おそらく三百ばかりしかおらぬはずじゃ」

「分りました。それでは倉橋隊の緒戦をご披露《ひろう》いたしまする」

「待て。その前に頼みがある」

「何なりと」

「向後《こうご》、本多《ほんだ》の姓を名乗ってくれ。佐渡守どのの息子が宇喜多家の先陣を務めていると聞けば、身方には大きな励みとなるでな」

政重が本多姓を名乗るのは、この日以後のことだった。

本多隊の戦ぶりは凄《すさ》まじかった。

二門の大筒を交互に撃ちかけて大手門の楼上にひそんだ敵の鉄砲隊を黙らせ、五百人ばかりが城壁に梯子《はしご》をかけていっせいに攻め入った。

政重自ら敦盛をふるって真っ先に城内に飛び込んだのだから、この一戦に再起をかける新座衆がふるい立たないわけがない。

義弘の見込み通り三百人ばかりしかいなかった城兵は、またたく間に半数ちかくが討ち取られ、極楽橋を渡って名護屋丸に逃げ込もうとした。

勢いづいた本多隊は、これを討ち取ろうと目の色変えて追撃する。

「止まれ。深追いしてはならぬ」

政重は大声で制したが、緒戦に逸り立った者たちは従おうとはしなかった。

長さ九十メートルばかりの橋を渡って門に迫った時、楼上からつるべ撃ちの銃声が上がった。

先頭の二十人ばかりがまたたく間に餌食《えじき》となり、折り重なって倒れた。

中には欄干《らんかん》から飛び出し、千尋の空堀へと落ちて行く者もある。

後続の者は倒れた身方を楯にして身を守るのが精一杯で、進むことも退《ひ》くこともならなくなった。

それをあざ笑うように、楼上から十数本の旗が突き出された。

白地に深紅の巴紋《ともえもん》を描いた旗である。

色鮮やかな萌黄色《もえぎ》の鎧をまとって指揮を執っているのは、絹江《きぬえ》だった。

岡部家の再興は戦場での働きによって果たすと言った気丈な娘が、運を天に任せて絶体絶命の城に馳せ参じたのである。

（絹江どの……）

政重は絹江の鉄砲の腕前を熟知している。

竹束を持った救援の兵をくり出し、橋の上で進退極まっていた兵たちを引き上げさせた。

余談だが――。

この日の政重の働きについて、『本多家譜』は次のように記している。

〈同四年己亥《つちのとい》、備前浮田《うきた》黄門《こうもん》秀家卿のお招きに応ず（領知二万石）。翌五年石田治部《じぶの》少《しょう》輔三成兵を起し、秀家卿同意して城州進発。伏見は東照神君の御城ゆえ上方勢攻囲す。この時政重は秀家卿軍勢の先鋒《せんぽう》を為し、大手門において槍を合わせ、秀家卿より自筆の感状《かんじょう》を賜う〉

秀家自筆の感状をもらうほどの一番手柄だったのである。

なお政重が慶長四年から秀家に仕えたと記されているのは、同年秋に宇喜多家の内紛を調停したことを、仕官していたと誤解したのだろう。

いずれにせよ、これ以後関ヶ原の合戦にいたるまで、政重は宇喜多軍の先鋒として秀家と運命を共にすることになったのである。

四

七月二十二日——。

小早川秀秋軍一万二千が伏見城攻めに加わった。

十九歳の秀秋は大坂方の求めに応じて出陣したものの、重臣たちの反対にあって去《きょ》就《しゅう》に迷い、一時は伏見城に入城して徳川方に身方しようとした。

秀秋の兄木下勝俊《きのしたかつとし》が伏見城の松の丸に留守役として詰めていたので行動を共にしようとしたが、鳥居元忠に入城を拒絶された。

そこでやむなく大坂方となったのである。

翌二十三日には毛利秀元《ひでもと》、吉川広家《ひろいえ》の軍勢二万五千が後詰めとして瀬田《せた》に着陣した。

これで大坂方の総勢はおよそ五万。伏見城をぐるりと包囲し、大手搦手《からめて》から攻めたてたが、元忠以下千五百の城兵にはばまれて曲輪ひとつ落とせなかった。

攻めきれない理由は二つある。

ひとつは大坂方の武将たちが、和議が成ることを見越し、自軍を損ずることを惜しんで攻撃を控えたこと。もうひとつは全軍を統率する指揮者が不在で、銘々《めいめい》勝手に攻撃していたことである。

これに業を煮やした石田三成が六千の軍勢をひきいて参陣したのは、七月二十九日のことだ。

三成は大手曲輪にもうけた宇喜多家の本陣に諸大名を集め、紅雪堀の向こうにそびえる城を目前にしながら軍議を開いた。

極楽橋はすでに焼き落とされ、空堀の底に残骸となって横たわっている。

名護屋丸や松の丸にめぐらした多聞櫓《たもんやぐら》の白壁が、夏の陽をあびて白く輝いていた。

「要は城攻めの刻限と合図を定め、四方からいっせいに攻めかかることでござる。さすれば敵の人数は分散され、守りおおせることは出来ますまい」

三成は盤上に広げた城の絵図を軍扇で押さえ、こんな簡単なことがなぜ出来ぬかと言いたげな顔をした。

「まず名護屋丸と松の丸を落とすことでござる。さすれば中の橋を渡って徳善丸に攻め入ることが出来、両者の連携を断つことが出来まする」

「松の丸の守りについている者の中に、甲賀《こうが》の地侍がおりまする。ただ今その者たちの身寄りの者に、内応するように呼びかけているところでござる」

長束正家が秘策を明かした。

正家の領内には甲賀忍者の拠点があるので、夜の間に松の丸に忍び入らせて地侍たちとの交渉に当たらせているという。

「手ぬるい。身方をせねば一族郎党皆殺しにすると伝えられよ」

三成が苛立《いらだ》たしげに軍扇で絵図を叩《たた》いた。

「そのようなことを言っても、真に受けるとは思えませぬ」

「ならばここに張付《はりつけ》柱を並べ、身内の者を機物《はたもの》にかけられるがよい。松の丸からはよく見えるはずじゃ」

「馬鹿を申されるでない」

義弘が不快をあらわにした。

「この戦には天下の耳目が集まっておる。そのような無慈悲な策を用いては、心ある武士《もののふ》の反感を招くばかりじゃ」

「ならば早々に城を落とされよ。五万もの大軍で攻めながら、わずか千五百の敵に手間取っているようでは、我らの無力を天下にさらしているようなものでござる」

三成は伏見城に入ろうとした義弘の真意を知らない。緒戦での思わぬもたつきに苛立ってもいる。そのせいかひどく冷淡な態度で義弘をねじ伏せようとした。

総攻撃は明朝卯の刻《ごぜんろくじ》、合図は三発の花火と決し、軍議は半刻《いちじかん》ばかりで終った。

「ところで本多どの」

三成が鋭い目をして政重に歩み寄った。

「貴殿は六月十八日に石部宿を訪ね、徳川勢の東下を見送られたと聞いたが相違ござらぬか」

「ございませぬ」

「何ゆえそのようなことをなされた」

「このたび宇喜多家の先陣をうけたまわることとなりましたゆえ、戦場にてお目にかかると徳川どのに挨拶《あいさつ》いたしました」

「それだけかな」

「さよう」

「内府は長束どのの招きを断わり、その夜のうちに水口宿を通り抜けた。誰かが急を告げねばこのようなことにはなるまいと存ずるが、中納言どのはこのことをお聞き及びでござるか」

「むろん聞いております。旧主に別れの言上をするは武士《もののふ》のたしなみゆえ、一日だけ暇を与えました」

嘘である。政重は断わりなく備前島の屋敷を抜け出していたが、秀家はすべてを承知した上で庇《かば》ったのだった。

夜半、政重は二十人ばかりの配下とともに、松の丸と弾正丸の間の空堀に下りた。闇《やみ》にまぎれて松の丸に忍び入り、内側から敵を攪乱《かくらん》するつもりだった。

全員黒装束に身をつつみ、星明りを頼りに動いている。

堀の底をはうようにして進み、石垣の隙間に差し込んだ鉄の杭を足場にして松の丸下の犬走りまでよじ登った。

敵は昼間の戦に疲れて寝静まっている。

総攻撃は明朝卯の刻と告げてあるせいか、不寝番さえ置いていなかった。

「ちょろいもんや。俺に任せとくんなはれ」

竹蔵が鉤《かぎ》のついた縄を櫓の屋根にかけ、音もたてずによじ登った。

全員無事に松の丸にたどり着くと、黒装束を脱ぎ捨てて鎧姿になった。

夜の間は互いの顔を見分けることが出来ないので、この方がかえって怪しまれないのである。

敵は明朝の総攻撃にそなえ、東と南に開けた二つの門と角櫓《すみやぐら》の守備を固めている。

中の橋の渡り口には乾《いぬい》門が、本丸の入口には黒鉄《くろがね》門がそびえているが、両方とも守りは手薄だった。

政重は要所に配下を散らして時を待った。

夜明け前に行動を起こさなければ、敵を攪乱することは出来ない。

だがあまりに早過ぎては、身方の援護を得られないまま孤立するおそれがあった。

旧暦八月一日とはいえ残暑は厳しい。

蒸し暑く寝苦しい夜が寅の刻《ごぜんよじ》を過ぎてようやく涼しくなった頃、政重は行動を起こした。

焙烙玉《ほうろくだま》に火をつけて松の丸御殿の床下に投げ入れると、派手な爆発音がして炎が上がった。

それを合図に御殿の数ヵ所で爆発が起こり、鉄砲のつるべ撃ちのような音が上がった。

爆竹を火の中に投げ入れただけだが、闇の中では数百梃《ちょう》の鉄砲を撃ちかけてきたように聞こえる。

「夜襲じゃ。甲賀者が寝返ったぞ」

政重の配下がそう叫びながら走り回り、敵の混乱をあおった。

ふいをつかれた城兵は、すくんだように動かなかった。

闇の中では敵と身方の見分けがつかない。誰が寝返ったのかも定かではないので、己の手勢だけで持場を固めるほかに対応の仕様がないのである。

政重の狙いは南門だった。

名護屋丸から松の丸への通路をふさいで立つ二層の門を攻め落とすことに夜襲の目的を定め、敵が寝起きの混乱から立ち直る前に南門の楼上に飛び込んだ。

中には十数人がいた。政重は敦盛を前後にふるい、手当たり次第に突き倒した。

後につづく竹蔵も、初陣《ういじん》ながら見事な戦ぶりである。

他の者たちが駆け付けた時には敵の大半は倒れ伏し、生き延びた者は逃げ散っていた。

鉄砲も火薬も使わぬままに残されている。

筒先を格子窓から突き出し、名護屋丸の城門を守る松平近正《まつだいらちかまさ》の手勢に鉄砲を撃ちかけた。

これに呼応して、宇喜多勢がいっせいに攻めかかった。

政重から計略を聞いた明石掃部が、夜の間に名護屋丸の間近まで詰め寄っていたのである。

三百たらずながら、松平勢はよく戦った。

前に千余の敵を受け、頭上からは鉄砲を撃ちかけられても、一兵たりとも持場を離れようとはしなかった。

この戦は一手きりだと、鳥居元忠は命じている。それぞれ持場ごとに独立して戦い、守りきれぬ時には玉砕《ぎょくさい》せよという意味である。

松平勢はこの命令を忠実に守り、近正以下全員が枕を並べて討死した。

名護屋丸の城門を破った宇喜多勢は、なだれを打って松の丸に攻め入った。

乾門をほどなく落とし、中の橋を渡って徳善丸へと攻めかかる道を確保したが、本丸の入口である黒鉄門にこもった城兵の抵抗は激しかった。

高い石垣で築いた虎口《ここう》を、鉄張りの門扉が閉ざしている。

敵は虎口の上の総櫓から鉄砲を撃ちかけるので、門に近付くことさえ出来なかった。

絹江がひきいる岡部勢も黒鉄門の守備についていた。

総門の格子窓には勲《いさおし》を誇るように巴紋の旗がかかげてあった。

この門を攻め落とすには、築地塀《ついじべい》を乗り越えて本丸に入り、内側から棒火矢を射込んで焼き払うしかない。

幸い築地塀には鉄砲狭間《はざま》を空けていないので間近まで仕寄ることが出来たが、塀を乗り越えようとすると、黒鉄門の南北に配した三層の櫓から狙い撃ちされた。

「政重どの。総攻撃が始まるのを待たれよ。松の丸を落としただけで大手柄でござる。ご貴殿の意は殿にも充分伝わりましょう」

掃部が制した。秀家の恩義に報いるために、政重が無理をしていると見たのである。

「楯はありますか」

「二、三百はござるが」

「できるだけ集めて下さい。楯を支える足軽もお借りいたす」

「仕寄り道を作られるおつもりか」

「さよう。塀を越えるための足場も必要でござる」

仕寄り道とは敵陣の間近まで攻め寄るための塹壕《ざんごう》のことだ。

普通は地面を掘ったり土嚢《どのう》を築いて作るが、楯を隙間なく並べて代用にしようとした。

掃部はすぐに兵を集め、塀に向かってずらりと楯を並べさせた。

まるで地を割ったように、幅二メートルばかりの道が出来た。

南門の梯子段をはずさせて塀にかけると、政重は後方から数百本の棒火矢を取り寄せた。

先端に火薬筒を結びつけた鉄製の矢を鉄砲で飛ばすものだ。

現代の焼夷弾《しょういだん》に似たもので、城攻めには欠かせない武器だった。

仕度を終えるのを見計らったように、薄明けの夜に合図の花火が上がった。

ひとつ、ふたつ、みっつ。

大手曲輪の上空で爆発音がして、火の花が咲いた。

満を持《じ》していた五万余の大軍が鬨《とき》の声を上げ、四方からいっせいに攻めかかった。

秀吉が天下の粋を集めて築いた城が、軍勢のどよめきと砲声に包まれた。

政重はまず十数人に塀を越えさせ、楯を半円形に並べて橋頭堡《きょうとうほ》を確保させた。

つづいて百人ばかりを送り込んで陣地を広げ、鉄砲隊を中に入れて黒鉄門に棒火矢を撃ち込ませた。

外からの攻撃に対しては厳重に作られている黒鉄門も、内側はもろい。

門扉に鉄が張ってあるのは外側だけだし、楼上の格子も木で作られている。

そこに火をつけた棒火矢が突き立ち、火薬筒が火を噴いて門扉や格子を焼き立てた。

城兵も攻撃を阻止しようと必死で鉄砲を撃ちかけてくる。

内側から鉤のついた棒を突き出し、格子に突き立った棒火矢を叩き落とそうとする。

だが銃弾は隙間なく並べた楯にはね返され、格子に突き立った鉄の矢は容易には落とせない。火薬筒が火を噴き上げ、格子はまたたく間に紅蓮《ぐれん》の炎に包まれた。

城兵は類焼を防ぐために格子を落とした。

丸見えになった楼上には、五十人ばかりがいた。

黒くすすけた顔をした兵たちが、柱や壁を楯にして、鉄砲を撃ちかけてくる。

中に絹江もいた。

萌黄縅《もえぎおどし》の鎧をまとって額金《ひたいがね》を巻き、兵たちの後ろで弾込めをしていた。

両者の距離は五十メートルほどしか離れていない。

長い髪をばっさりと切った絹江の姿は、政重にもはっきりと見えた。

右腕に傷を負っているようである。後方で弾込めをしているのは、鉄砲を使えないからだった。

「大将、絹江さんでんがな」

竹蔵が袖《そで》を引いて訴えた。

何とかならぬかと言いたげだが、政重はすでに武辺者と化している。

「楼上に棒火矢を撃ち込め」

百本ばかりの棒火矢が真っ直ぐに飛び、楼の内壁に突き立った。

火勢は次第に強くなって、内側から黒鉄門を焼き立てていく。

この時、本丸御殿から三十人ばかりの新手《あらて》が現われた。黒鉄門の窮地を見かね、一手きりとの命令に背《そむ》いて救援に駆けつけたのだ。

車井楼《くるませいろう》を前面に押し立て、その陰から鉄砲を撃ちかけてくる。

いずれも戦慣れした者たちであることは立射の構えがぴたりと決まっていることから見て取れるが、中に一人もの凄《すご》い出立《いでた》ちの武者がいた。

黒い鎧に身をつつみ、胡簶《やなぐい》に十梃ばかりの鉄砲を入れ、扇を開いたように筒先を並べて背負っている。

車井楼に身を隠そうともせず、鉄砲を次々に取り替えながら撃ちかけてくる。

その腕は正確無比で、楯と楯のわずかな隙間を狙って兵たちを倒していく。

（あれは……）

戸田蔵人《とだくらんど》ではないかと思ったが、面頰《めんぼお》ですっぽりと顔をおおっているので確かめることは出来なかった。

援軍の出現に力を得た岡部勢が、格子をはずした窓から身を乗り出すようにして鉄砲を撃ちかけてきた。

もはや助かる術《すべ》はないと覚悟したのか、無防備に身をさらしている。

けた。

「棒火矢はもうよい。早合《はやごう》を使え」

鉄砲に弾を込めて反撃させたが、岡部勢はびくともしなかった。

死を決した身には痛みなど覚えぬのか、銃弾が命中してもひるむことなく戦いつづ

歌か念仏だろう。全員が楽しげに何かを口ずさんでいる。そうした者たちの後ろに、

絹江が阿弥陀仏《あみだぶつ》のようなおだやかな笑みを浮かべて立っていた。

この不思議な光景に、政重も家臣たちも一瞬茫然とした。

鉄砲を撃つことも楯で身を庇《かば》うことも忘れて楼上に見入っていた。

やがて華々しい音を立てて門扉が焼け落ち、黒鉄門の屋根を破って炎が噴き上げた。

その門に向かって、面頬の武士が猛然と走り出した。

使い残した鉄砲を投げ捨て、梯子段を駆け登り、黒い影となって炎の中に飛び込んだ。

「絹江、わしじゃ。死んではならぬ」

炎の中から野太い叫びが上がった。

まぎれもなく蔵人の声である。

蔵人は絹江を抱きかかえて虎口の櫓に逃れようとしたが、その寸前に屋根が焼け落

ち、炎の塊《かたまり》となった黒鉄門がゆっくりと内側に倒れた。

「あの声は蔵人はんや。間違いおまへんがな」

竹蔵がぺたりと座り込み、声をあげて泣き出した。

政重は武辺者である。戦場で敵に同情していては、命がいくつあっても足りたものではない。それゆえ二人の悲惨な光景を目にしても、取り乱すことはなかった。

ただ、思考が中断して洞《ほら》のようになった頭の中を、『古今和歌集』の離別歌が回り灯籠《どうろう》のように駆け回っていた。

飽かずして別るる袖の白玉を
　君が形見とつつみてぞゆく

頬が熱い。そこに二筋の涙が流れ落ちていることに、政重は指を当てるまで気付かなかった。

# 第九章　一度の負けは敗《ま》けにあらず

一

堤に上ると、急に眺望が開けた。

満々たる水をたたえた長良川《ながら》の向こうに芒《すすき》の原が広がっている。大きく蛇行《だこう》しながら流れ来る川の上流には金華山がそびえ、頂上には岐阜城の天守閣が威容を誇っていた。

かつて織田信長が天下取りの拠点とし、難攻不落を誇った城には、信長の孫秀信《ひでのぶ》が六千余の兵とともに守りについている。

今や日本中の大名が徳川家康を支持する東軍と、石田三成ひきいる西軍に分れ、天下分け目の合戦にのぞもうとしていた。

木曾川、長良川を楯《たて》として東軍を撃退しようとしている西軍にとって、岐阜城は守りの要《かなめ》と頼む城だった。

黒一色の二枚胴具足をまとった本多政重《まさしげ》は、大黒《おおぐろ》を駆《か》って上流に向かおうとしたが、一キロばかりもさかのぼると支流の犀《さい》川に行手をさえぎられた。

川の北岸には墨俣《すのまた》城がある。

豊臣秀吉が一夜にして城を築き、美濃攻略の足がかりとした城だった。

墨俣は大垣から清洲《きよす》へとつづく美濃街道の宿場町でもある。

清洲城に結集している東軍先鋒《せんぽう》隊に備えて、城には二千の兵が守備に当たっていた。

川向こう一面に広がる平野をながめながら、政重はふと不吉な予感を覚えた。

清洲城の東軍は三万を超えるという。

しかも福島正則や池田輝政など地形に通暁《つうぎょう》した者たちが多く、この広い平野を自在に移動できるはずである。

これに対して西軍の守備陣形は南北に延びすぎていた。

木曾川や長良川を楯にしているとはいえ、東軍が一ヵ所に集中して攻撃を加えたなら、守り抜くのは容易ではなかった。

「大将、そろそろ戻らんと」

竹蔵も胴丸を着込み、栗毛の馬にまたがっている。

政重の一の家来を自任しているだけあって、近頃では騎乗ぶりもなかなか板についていた。

二人は美濃街道を西へと向かい、揖斐《いび》川ぞいの寺の境内《けいだい》に馬を乗り入れた。物見《ものみ》に出た者たちに、ここに集まるように命じてある。本堂の回り縁には、留守役を務める戸次大膳《べっきたいぜん》が所在なげに腰を下ろしていた。

「よい馬でござるな。駆け戻って来る足音を聞いただけで、殿と分り申した」

大膳は豊後の大友家の家臣だったが、主君の大友義統《よしむね》が朝鮮出兵中に卑怯《ひきょう》の振舞いがあって改易《かいえき》されたために牢人《ろうにん》となった。

今度の合戦で大友義統は毛利輝元の支援を得て旧領を回復しようとしていたが、大膳は中央での戦《いくさ》で武勲を立てなければお家再興は叶《かな》わないと、数十人の郎党を引き連れて宇喜多家に身を投じたのである。

歳は四十五、大友家の長鉄砲隊をひきいて九州一円に名を馳《は》せた男だった。

「東の様子はいかがでござる。異変の気配はございましたか」

「静かなものだ。目と鼻の先に敵が迫っているというのにな」

「ここから道行く者たちをながめていても、これから大戦《おおいくさ》が始まるとは思えぬほどでござる。大垣の城に商いに行く者たちで、渡し場はこみ合っておりまする」

大垣城には西軍の主力三万余が入城している。

その者たちに米や野菜、衣服などを売りつけようと、尾張の商人《あきんど》たちが危険をものともせずに城下に殺到していた。

「商人にとって戦はまたとない儲《もう》け口。我らにとっても同じでござる」

「そうかな。私はそうは思わない」

「それは殿がまだお若いゆえでしょうな。それがしの年まで辛酸をなめまするると」

そう言いかけた時、馬が駆け寄ってくる気配がした。

「どうやら木下どのが戻られたようでござるな」

大膳が言った通り、赤ずくめの鎧《よろい》をまとった木下四郎左衛門《しろうざえもん》が蹄《ひづめ》の音も軽やかに駆け込んできた。

「岐阜城下まで参りましたが、さしたる動きはありません。織田家の兵五千、石田家の援軍二千が木曾川ぞいに柵を築いて守りを固めております」

四郎左衛門が片膝《かたひざ》をついて復命した。

若狭小浜《おばま》六万石を領する木下勝俊の一族だが、伏見城の留守役を命じられていた勝俊は、西軍の攻撃が始まる前に城を退去し、叔母に当たる高台院《こうだいいん》のもとに身を寄せた。徳川家にも豊臣家にも縁者の多い勝俊は、去就《きよしゅう》に迷った末に高台院に身をゆだねたのだが、これを武士にあるまじき卑怯な振舞いと見る者は多い。

四郎左衛門もその一人で、木下家を致仕《ちし》して宇喜多家に身を投じ、豊臣家の恩に報いようとしていた。

歳は政重と同じ二十七。旧主勝俊の影響もあって和歌の道に通じている。鎧よりは烏帽子《えぼし》や水干《すいかん》が似合いそうな白面の美丈夫だった。

「織田少将どのは？」

「城下の御殿を本陣とし、敵が来襲したならすぐに出陣する構えを取っておられます」

四郎左衛門の後を追うようにして、岩崎黒兵衛《いわさきくろべえ》と河村右京亮《かわむらうきようのすけ》が戻ってきた。

二人は木曾川下流の物見を受け持っていたが、大胆にも川を渡って清洲城の間近まで行ってきたという。

「城下には諸将の軍勢がとどまり、はずれには小荷駄《こにだ》の者や雑兵《ぞうひょう》が小屋掛けをしております。馬に鞍《くら》もつけず、弓は袋におさめたままでございました」

右京亮は実直一徹の武士だった。

能登の領主前田利政の家臣で、打物《うちもの》取っては家中一と評された達人である。

利政は西軍と行動を共にしたいと願っていたが、兄利長が母芳春院を人質にして徳川方に忠誠を誓ったために表立って動くことができなくなった。

そこで右京亮に二百騎を授け、政重とともに戦うように命じたのだった。

「物見遊山にでも来たような有様でござってな。街道に関所さえもうけておりませぬ」

黒兵衛が後を継いだ。

朝鮮の蔚山《ウルサン》城で戸田蔵人の配下に属していた荒くれである。

蔵人が浅野家を去った後は牢人となっていたが、政重が宇喜多家に召し抱えられたと聞いて駆け付けたのだった。

「数名の透破《すっぱ》を残して参りましたゆえ、異変があればすぐに知らせが届くはずでござる」

「ご苦労。詳しいことは陣屋に戻ってから聞こう」

政重は皆を従えて大垣城下へ向かった。

この四人と陣屋で留守役を務めている穴山武蔵守《あなやまむさしのかみ》が、新座衆《しんざしゅう》を集めた本多隊の組頭《くみがしら》である。

彼らが数百の配下を率いて手足のごとく動いてくれなければ、戦場で全軍を統率することはできないので、常に行動を共にして気心が通じ合うようにしていたのだった。

大垣城三の丸の陣屋では、穴山武蔵守が待ちわびていた。

「明石掃部どのより使いがござった。至急お目にかかりたいとのことでござる」

「分った。留守の間変わりはないか」

「刈り田をめぐるいざこざがござったが、さしたることはありませぬ」

「物見での収穫も多かったようだ。銘々から話を聞いて、思うところを聞かせてくれ」

武蔵守は武田家の重臣だった穴山梅雪《ばいせつ》の従兄弟《いとこ》である。

騎馬隊の指揮に優れているばかりか兵法の心得もあるので、偏屈《へんくつ》者と陰口をたたかれながらも、誰《だれ》からも一目置かれていた。

政重は頭形兜《ずなりかぶと》をぬぎ二枚胴をはずして掃部の陣屋を訪ねた。

伏見城を攻め落とした後、宇喜多秀家は鈴鹿峠を越えて伊勢平定に向かった。

だが掃部と政重だけは二千余の軍勢をひきいて石田三成や島津義弘らと行動を共にしていた。

掃部は籠手《こて》とすね当てをつけた小具足《こぐそく》姿のまま、板の間に座って文机《ふづくえ》に向かっていた。

大柄の体を縮めるように前かがみになり、険しい表情で何かをしたためている。

だが政重に気付くとすぐに筆を置き、いつものように快活に迎えた。

「お呼び立てして申しわけござらぬ。ささ、お上がり下され」

「物見から戻ったばかりで、このように」

ぬかるみを走り抜けたので、政重の足は泥だらけだった。

「構いませぬ。人の罪とはちごうて、泥など洗えば落ちまする」

「文をしたためておられたようですが」

「そのことでお知恵を拝借したいのじゃが、その前に物見のことを聞かせて下され。何か目立った動きはござったろうか」

「これが身方《みかた》の布陣でございます」

政重は白布に描いた木曾川ぞいの布陣図を広げた。

岐阜城に近い米野《よねの》に織田秀信軍五千と石田三成の援軍二千。

米野の十キロほど下流にある起《おこ》しの渡《わたし》には、竹ケ鼻《たけがはな》城主である杉浦五左衛門《すぎうらござえもん》らの軍勢二千。

さらに下流の木曾川と長良川の合流地点には、高須《たかす》城主の高木盛兼《たかぎもりかね》や小西行長の軍勢二千を配置し、渡河地点と目される場所には柵を立て逆茂木《さかもぎ》を植えて守備を固めている。

木曾川を防御線として敵を撃退する作戦で、敵が来襲してきたなら大垣城に残した二万の軍勢を救援に向かわせる構えだった。

「しかし、敵が一点を突いてきたなら、大垣城から兵を出しても間に合いません。今のうちに主力を竹ヶ鼻城へ移しておくべきと存じます」

政重はさっき覚えた懸念を口にした。

起しの渡は清洲と大垣のほぼ中間に位置している。

もし東軍が全軍を投入してここを急襲したなら、二千ばかりの軍勢では守りきれなかった。

「確かにその通りじゃが、石田治部《じぶ》どのは徳川どのが到着されるまでは東軍は動かぬと見ておられる」

「何ゆえでしょうか」

「清洲城におられるのは豊臣恩顧の方々ばかりでござる。しかも大坂城には妻子が人質となっております。徳川どのの動向を見極めた上でなければ、うかつには動けますまい」

「掃部どのも、そう見ますか」

「徳川どのはいまだに江戸に留まっておられます。ここで先駆けしても、三万余の軍勢では後がつづきませぬ」

すでに宇喜多秀家や毛利秀元の軍勢三万が伊勢に入っているので、西軍の総兵力は七万にも及ぶ。

たとえ清洲城の軍勢が緒戦に勝ったところで、徳川家の本隊が来なければ三方から攻められて壊滅する恐れがある。

そんな無謀をするはずがないと、西軍諸将の多くが思い込んでいた。

「あと数日のうちには、殿も毛利秀元どのも大垣城に到着なされます。さすればおおせのごとく、今ここにいる者たちが竹ヶ鼻城に移って後詰めをすることとなりましょう」

「何やら不吉な予感がします。我々と島津どのの手勢だけでも、先に移ることは出来ませんか」

「明日の評定《ひょうじょう》で諮《はか》ってみましょう」

掃部はそう言ったものの、政重ほど危惧《きぐ》を抱いていないようだった。

「ところで清洲城から、このような文が参りました。ご覧いただきたい」

差し出したのは、戸川肥後守達安《みちやす》からの書状だった。

宇喜多家の内紛に際して国許派の首魁《しゅかい》の一人となった肥後守は、東軍に属した加藤嘉明の与力となっていた。

〈この表近々に御在陣の由《よし》候条、御床敷《ゆかしく》存じ、一書中入れ候〉

そんな書き出しで始まる文には、今度の合戦にのぞむ肥後守の心情が綿々とつづられていた。

敵として戦場でまみえることになったことを嘆き、掃部の立場を気遣う文言が連ねてあるが、その目的が掃部の調略《ちょうりゃく》にあることは明らかだった。

「貴殿はどう思われまするか」

掃部は憂鬱《ゆううつ》そうだった。

険しい表情で文机に向かっていたのは、この文のせいらしい。

「どうと申されますと」

「これは肥後守どのの真意でござろうか」

「徳川家から調略せよと命じられたのでしょう。そうでなければ、肥後守どののように剛直なお方が秀家どのを悪《あ》しざまに書かれるとは思えませぬ」

家康は江戸に留まったまま、日本中の大名に文を送って身方するように呼びかけている。だがそれだけでは足りぬと見て、西軍に縁故を持つすべての者に調略の文を出すように命じたのだろう。

たとえ応じる者は少なくとも、西軍を疑心暗鬼におとしいれるだけでもいいと考えているにちがいなかった。

「ならば返書など送らぬ方がよいかもしれませぬな」

「まんまと敵の策に落ちることになるやもしれませぬ。送るべきではないと存じます」

「さようでござるな。お知恵を拝借して、胸のつかえが下り申した」

掃部は決然と言ったが、長年ともに戦ってきた肥後守への思いを断ち切るのは忍び難いようだった。

二

異変は八月二十二日の早朝に起こった。

陣小屋で朝飯の仕度にいそしむ兵たちを見回っていると、木下四郎左衛門が血相を変えて駆けつけた。

「ただ今米野から知らせがありました。東軍は昨夜のうちに木曾川まで迫り、夜明けとともに渡河にかかっているとのことでございます」

事態の急変にそなえて、木曾川ぞいには木下組の透破《すっぱ》を残してある。

その者が合戦の開始を見届けてから注進《ちゅうしん》に来たという。

「敵の数は?」

「薄闇《うすやみ》におおわれて旗印も見えなかったようですが、一万から一万五千ちかいと申しております。木曾川の中洲《なかす》に攻め上がり、織田どのの軍勢に鉄砲を撃ちかけているようでございます」

「分った。ただちに手勢をひきいて物見に出てくれ。状況が分り次第早馬を出して知らせよ」

米野から岐阜城下にかけては四郎左衛門の持場と決めてある。

さっそく二十騎ばかりをひきいて北に向かって飛び出していった。

蹄の音も消えやらぬうちに、岩崎黒兵衛が手ぬぐいで顔をふきながら現われた。

「木下組が出たところを見ると、岐阜方面にも敵が迫っているようでござるな」

「夜明けとともに米野の陣が襲われたそうだ」

「起しの渡にも敵が迫っており申す。主力は福島、黒田、藤堂、細川など、およそ一万六千。川舟を連ねて、押し渡ろうとするところを、対岸より杉浦どのや毛利掃部どのの兵が鉄砲を撃ちかけて防いでおりまする」

起しの渡は大垣から十四キロほどしか離れていない。

合戦は夜が明けてから始まったために、敵の旗印や人数を確認できたのである。

「いよいよ始まりましたなあ。蔚山城《ウルサン》に比べれば、たやすき戦でござるわい」

黒兵衛がぬれたあごひげを手ぬぐいで乱暴にぬぐった。

政重は黒兵衛にも物見に出るように命じ、明石掃部に急を告げた。

「先ほど石田治部どのからも知らせがござった。急ぎ出陣の仕度をせよとのご下知《げち》にござる」

掃部は床几《しょうぎ》に座ったまま数人の小姓に鎧を着けさせていた。

「どちらに出陣なされるのでしょうか」

「ひとまず呂久《ろく》の宿《しゅく》に向かうと申されておる」

「全軍ですか」

「石田、小西、島津など総勢一万二千、城の留守役は福原直高《ふくはらなおたか》どのが七千余の兵とともに務められる」

「それでは起しの渡が守り切れませぬ。今のうちに三千ばかりの兵を後詰めに出し、敵を木曾川で喰い止めるべきと存じます」

「米野の戦も危うい。ここは岐阜城を救うのが先決でござる」

起しの渡の守備兵は見殺しにするということである。家康が着くまでは清洲城の東軍は動かぬと見て軍勢を分散したことが、このような結果を招いたのだった。

不意の来襲だけに、出陣の仕度にも手間取った。

将兵が各家ごとに陣容を整えて東山道《とうさんどう》（中山道《なかせんどう》）を東進し、揖斐川を越えて呂久の宿に陣を敷いた時には、秋の日はすでに頭上にあった。

米野では織田、石田勢七千余が、池田輝政、浅野幸長、山内一豊らの軍勢一万七千余と死闘を演じている。

これを救援するために真っしぐらに岐阜城下に向かうものと誰もが思っていたが、石田三成は全軍に休止を命じたまま動こうとはしなかった。

「なぜですか。このままでは米野の身方は全滅しかねませんよ」

政重は背中を焼かれるような焦燥《しょうそう》を覚えたが、宇喜多家に仕える新参者の身では本陣での評定に加わることはできなかった。

「石田治部どのも小西摂津守どのも、今から米野に駆け付けても間に合わぬとおおせでござる。起しの渡を越えた敵が、大垣城を攻めはせぬかと案じておられるのじゃ」

だから河渡《ごうど》の渡に舞兵庫《まいひょうご》の軍勢三千、墨俣城に島津義弘の一千余を配し、長良川まで防衛線を下げて敵を撃退することにしたという。

だがこれは愚の骨頂というべき作戦だった。

米野の身方が奮戦している間に合流しなければ、敵は河渡の渡の対岸に布陣して進路を閉ざす。その上で岐阜城に攻めかかられたなら、手をこまねいて落城を眺めているほかはない。

三成ほどの切れ者がなぜそんな簡単なことが分らないのか、政重には何とも解しかねる決定だった。

翌二十三日には事態はさらに悪化した。

米野に布陣した西軍を打ち破った池田輝政らの軍勢が、夜明けとともに岐阜城に攻めかかったのである。

この時、熾烈《しれつ》な先陣争いが起こった。

前日のうちに起しの渡の近くにある竹ヶ鼻城を攻め落としていた福島正則は、池田勢に後れを取るまいと、夜間行軍を強行して岐阜城下に攻め入った。

しかも池田勢の進路に当たる町屋に火を放って行軍を妨害したのである。

一方、竹ヶ鼻城に残った黒田長政、藤堂高虎ら一万二千余の兵は、河渡の渡に布陣した舞兵庫らの軍勢に攻めかかった。

このあたりの地理に通じている田中吉政《たなかよしまさ》が川の浅瀬をさがし出し、三ヵ所に分れて長良川を押し渡っているという。

そうした知らせは四郎左衛門や黒兵衛が発した早馬によって刻々ともたらされ、辰の刻《ごぜんはちじ》を過ぎた頃に二人が相次いで帰陣した。

「敵は百曲り口、七曲り口、水の手口の三方から岐阜城に攻め入っております。織田の軍勢はすでに二の丸まで追い上げられております」

「河渡の渡の身方はよく奮戦しております。中でも舞兵庫どの、杉江勘兵衛《すぎえかんべえ》どのの働きは見事なものでござる。されど敵は四倍にあまる大軍ゆえ、早急に援軍を送らねば持ちこたえることはできますまい」

政重はさっそくこのことを掃部に伝え、評定の場で報告してもらったが、三成らは河渡に援軍を送ろうとはしなかった。

それどころか全軍に大垣城へ撤退するよう命じたのである。

この命令が伝わると、本多隊の将兵はいきり立った。

「馬鹿な。治部どのは狂われたのか」

「朝鮮での戦と同じじゃ。身方を見殺しにするくらいしか能がないと見える」

方々から罵声《ばせい》が上がったが、戦場において命令に逆らえば軍律違反に問われる。

理不尽とは思いつつも従うほかはなかった。

「これより墨俣に使者に発《た》ち、このことを島津どのに伝えて参ります。わが隊も麾下《きか》に加え、大垣城まで導いていただきたい」

政重は掃部に後事を託し、穴山武蔵守ら二百騎をひきいて墨俣城へ向かった。

呂久の本隊が撤退し、河渡の陣が破られたなら、墨俣城にいる島津勢は敵中に孤立することになる。

一刻も早くこのことを伝え、早急に撤退させなければならなかった。

「治部の阿呆《あほう》が」

知らせを聞いた義弘は、手にした軍扇を投げ捨てて激怒した。

「昨日のうちに米野まで進撃しておれば、こんな無様なことにはならなかったのじゃ」

「河渡の身方にも撤退命令が下っております。急ぎ大垣までお退がり下され」

「今からでは間に合わぬ」

軍勢の中には徒兵《かち》もいる。荷を担ぐ小荷駄や槍持ち、筒持ち、提灯《ちょうちん》持ちなども多い。

これを騎馬で追撃されては、大垣城まで逃れることは不可能だった。

「我らが殿軍《しんがり》を務めまする。旗と指し物を拝借したい」

政重はありったけの旗を城中にかかげ、丸に十の字の指し物をつけた騎馬隊を長良川ぞいの土手にくり出した。

川向こうには竹ヶ鼻城を落として意気上がる敵が二千ばかり、川舟を並べて渡河の機会をうかがっている。

だが政重の機転にあざむかれ、勇猛で知られる島津隊が墨俣城を死守していると見たらしく、進軍の構えを見せるばかりで河を渡ろうとはしなかった。

「これも本多佐渡守どののゆずりの知略でござろうか」

穴山武蔵守が川向こうの敵を心地よさそうにながめた。

「いや、養父倉橋長右衛門の教えじゃ」

「見事なお手並でござる。そのお方もさぞや良き武辺者《ぶへんしゃ》でござったろうな」

「己の命を美しく使い切れと遺言なされた。その言葉が今も胸に残っておる」

「まことにさようでござる。武士は生き様の見事さにつきまする」

武蔵守は旧主梅雪の無念を晴らすために苦節を耐え抜いてきただけに、その言葉には千鈞《せんきん》の重みがあった。

島津軍が無事に犀川を渡り終えたのを見届けた時、金華山の山頂から爆発音が上がった。

岐阜城二の丸の煙硝倉《えんしょうぐら》に火が放たれたのである。

時に八月二十三日巳の中刻《ごぜんじゅうじ》。

織田信長が心血を注いだ名城も、ついに落城ときわまったのだった。

借用したすべての旗を回収して大垣城に戻ると、義弘が真っ先に出迎えた。大股で歩み寄るなり政重の手を握りしめ、無言のまま上下に揺すった。渋紙色に戦場焼けした顔に、白くなったひげをたくわえている。表情は険しいが、切れ長の目には感謝の思いがあふれていた。

「お陰で家臣を死なせずにすんだ。一緒に来てくれ」

有無を言わせず本丸に引きずって行った。

三成が呂久の宿から撤退したために、東軍は揖斐川を越えて大垣城の北西にある赤坂の宿まで進出し、勝ち戦を誇示するように付近の民家に火を放っている。

その炎と煙が、薄闇の中ではっきりと見えた。

本丸御殿の板の間には、小西行長、福原直高、明石掃部らが車座になっていた。

「これから戦評定《いくさひょうじょう》が始まる。どのような理屈を並べれば今日のような愚かな戦ができるものか、そちもよく見ておけ」

聞こえよがしに言って、政重を自分の席の隣に座らせた。

「島津どの。評定の顔ぶれは決められておりまするぞ」

直高が不快をあらわにした。

豊後大分六万石の領主で、三成の娘婿に当たる。

朝鮮出兵の際には軍監として渡海したが、あまりに居丈高な態度を取るので諸将から憎まれ、何ひとつ成果を上げられなかった男だった。

「昼間の戦で敵中に捨て置かれそうになったゆえ、腹立ちのあまり落馬いたした。足を痛めて走ることもままならぬゆえ、介添えの者を控えさせておる」

「お見受けしたところ、歩行に不自由があるとは思えませぬが」

「誰が歩けぬと言った。走ることもままならぬと申しておる」

「評定の席で走るための介添えが必要とは、奇っ怪な申され様でござるな」

「そのような了見ゆえ、まともな戦一つできぬのじゃ」

義弘が肺腑《はいふ》をえぐるような声で一喝《いっかつ》した。

「敵はすでに赤坂まで迫っておる。評定の最中に攻め寄せて来ぬとも限るまい。その時に走って陣所に戻らなければ、多くの部下を見殺しにすることになりかねぬではないか」

やがて石田三成が島左近とともに席に着いた。

三成は緋縅《ひおどし》の鎧をまとい猛々《たけだけ》しいひげをたくわえているが、憔悴《しょうすい》しきった表情をして目はうつろである。

伏見城攻めの評定で会った時とは別人のような変わり様だった。

「治部どの。今日の戦について、納得のいくご説明を願いたい」

義弘は舌鋒《ぜっぽう》鋭く迫った。

だが三成は義弘の声が耳に入らなかったらしい。

焦点の定まらぬ目を宙に向けたまま、何事かを思い巡らしていた。

「殿」

左近から肘《ひじ》をつつかれ、ようやく我に返る有様だった。

「兵を退《ひ》いた理由についてお訊ねでござる」

「織田家中に東軍に内応した者がいるとの知らせがござった。それゆえこのまま野戦に及んでは、三万余の軍勢に抗しきれぬと判断したのでござる」

「米野での戦では織田の軍勢は奮戦しておった。内応者がいたとはとうてい思えぬ」

義弘が食い下がったが、三成は何を言われたのかさえ分らないようだった。

「岐阜城二の丸の煙硝倉に火を放ったのは内応者でござる。また織田少将どのが城を明け渡されたのも、内応者の助命嘆願によるものと思われまする」

左近がたまりかねて代弁した。

「島津どの。お腹立ちはもっともでござるが、不意の内応とあらばいたし方ござるまい。この先どうするかを決するのが肝要でござる」

小西行長が取り成そうとした。

だが、秀吉から二十万石を与えられて隣国八代に入部した行長を、義弘は以前から快く思ってはいない。この仲裁は燃えさかる怒りに油をそそいだばかりだった。

「誰が身方で誰が敵かも分らぬような愚か者に采配《さいはい》を任せていては、この先命がいくつあっても足りぬ。それゆえかように申しておるのじゃ」

評定の場は気まずい空気に包まれ、このまま大垣城にこもって伊勢にいる身方の到着を待つと決しただけで解散となった。

「上方で異変があったのではないでしょうか」

掃部の本陣まで同行して、政重はそうたずねた。

「何ゆえでござる」

「昨日今日の戦に破れたくらいで、治部どのがあれほど取り乱されるとは思えませぬ」

あるいは秀頼が何者かに害されるような変事でも起こったのではないか。そんなことさえ想像させるほどの三成のうろたえぶりだった。

# 三

赤坂に布陣した東軍と大垣城にこもった西軍は、互いに動かないまま膠着《こうちゃく》状態となった。

東軍は徳川本隊の到着を待ち、西軍は伊勢を平定中の身方の来援を待っている。杭瀬《くいせ》川《がわ》をはさんでわずか四キロしか離れていない互いの陣をにらみながら、不気味な静けさに包まれた日々を過ごしていた。

そんな緊迫した状況の中で、三成はまたしても不可解な行動を取った。

八月二十六日に家臣数名を連れて大垣城を抜け出し、佐和山城へ戻ったのである。

佐和山城の防備を固めるためとも、大坂城に行って秀頼の出陣をうながすためとも言われていたが、一軍の将たる者が無断で戦場を離れては配下の将兵に与える心理的な影響は大きい。

まして防衛線としていた木曾川の守備を易々と突破され、岐阜城を落とされた後だけに、将兵の中には厭戦《えんせん》気分におちいる者も少なくなかった。

そんな中での朗報は、九月二日に大谷吉継が越前敦賀《つるが》から九千余の兵をひきいて関ヶ原に到着したことだった。

翌三日には伊勢の安濃津《あのつ》城を陥落させた宇喜多秀家が、一万余の兵をひきいて大垣城に入城した。

伏見城を落として以来別行動を取っていた政重と掃部は、およそひと月ぶりに秀家と再会したのである。

秀家は大谷隊と連絡をとって今夜にでも赤坂の敵に夜襲をかけると言い張ったが、三成の名代《みょうだい》を務める島左近も小西行長も頑として応じなかった。

九月七日には吉川広家、毛利秀元、安国寺恵瓊《えけい》、長束正家、長宗我部盛親ら西軍本隊二万八千が伊勢から到着し、南宮山《なんぐうさん》の東側に布陣した。

これで兵力差は七万対三万と西軍が圧倒的に有利となった。

もしこの時赤坂の東軍を敗走させ、揖斐川を防衛線とする陣形を築いていたなら、その後の合戦の展開はまったく違ったものになっていただろう。

だが翌八日に大垣城に戻った三成は、

「家康が到着してから雌雄《しゆう》を決しなければ、天下を争う戦とはならない」

そうくり返すばかりで攻撃に踏み切ろうとはしなかった。

九月十四日、徳川家康は三万余の大軍をひきいて赤坂の南にある岡山に着陣した。

同じ頃、小早川秀秋軍一万五千が関ヶ原西方の松尾山に陣を張った。

天下分け目の合戦の顔触れがこれでそろったわけだが、この時点で双方に誤算があった。

東軍は徳川秀忠軍三万五千がいまだ到着せず、西軍は三成の再三の要請にもかかわらず豊臣秀頼と毛利輝元が大坂城から動こうとしなかった。

両者の痛手の度合いを比べれば、西軍の方がはるかに大きい。

家康の到着によって意気上がる東軍に対して、大将不在の西軍は疑心暗鬼にかられていた。

その動揺を見透かしたように、家康は西軍諸将に調略の手を伸ばしてきた。

戸川肥後守が明石掃部に送ったような文が、何百通となく西軍陣地に舞い込んだのである。

このことに危惧を抱いた島左近が宇喜多家の陣所を訪ねて来たのは、十四日の未の刻過ぎ《ごごにじ》だった。

「身方はいささか縮みたる体《てい》にござる。ここは当家と貴家で手勢を出し、小手調べの戦をして敵の恐るるに足らぬことを示そうと存ずるが、いかがでござろうか」

さすがは三成には過ぎたる者と評されたほどの武辺者である。

言葉はおだやかながら、あたりを払うような迫力があった。

「慎重居士《しんちょうこじ》の治部どのも、ようやく重い腰を上げられたと見える」

三成の不決断に苛立《いらだ》っていた秀家は、すぐに明石掃部に出陣を命じた。

「卒爾《そつじ》ながら、わが隊にも先陣をお申し付け下されませ」

政重はそう申し出た。

新参者の集まりだけに、実戦の経験を積んで将兵の結束を強めておく必要があった。

夕方、入念に合戦の打ち合わせをした三隊は、杭瀬川の東岸まで兵を進めた。

島、本多両隊が、岡山のふもとに布陣する中村一忠《かずただ》、有馬豊氏の軍勢を挑発する。敵が誘いに乗って追撃してきたなら、敗走するふりをして杭瀬川の東岸までおびき出し、芒の原に待ち伏せした明石隊が痛撃を加えるというものだ。

島津家がお家芸とした吊り野伏《つのぶし》と呼ばれる戦法である。

夕闇《ゆうやみ》が迫ってから兵を起こしたのは、伏兵があることを敵に悟らせないためだった。

政重は配下の騎馬百騎、戸次大膳の鉄砲隊五十、穴山武蔵守の槍隊五十をひきいて、島隊の後ろ備えを務めていた。

まず防弾用の竹束を押し立てた島隊が中村陣屋の正面まで迫り、頭上めがけて鏑矢《かぶらや》を射込んだ。

古来より合戦の始まりを告げる作法とされる鏑矢が、不気味な音を立てて何十本となく飛んでいく。

だが中村勢もおびき出すための挑発だと分っているので、馬防柵の内側から申しわけ程度に鉄砲を撃ちかけるだけだった。

左近はさらに兵を押し出し、敵陣に火矢を射込ませた。

百本以上もの火矢が、薄闇の中で鮮やかな色を発しながら敵の陣小屋に突き立っていく。

これには中村勢も色をなし、柵を開いて三百騎ばかりが飛び出してきた。

この敵に鉄砲隊が銃撃をあびせ、小競り合いをした後に敗走する手はずである。

徒兵の多い島隊を先に逃がし、本多隊が殿軍を務めながら囮《おとり》になることになっていたが、いざという時になって思いもかけないことが起こった。

槍隊をひきいていた穴山武蔵守が、武田家の四つ割り菱を描いた赤母衣《ほろ》を背負い、従者五騎を従えて真っしぐらに突進して行ったのである。

中村勢と槍を合わせるかと思いきや、敵の横を風のように駆け抜け、岡山のふもとまで進んで大音声《だいおんじょう》に呼ばわった。

「それがしは穴山武蔵守信義《のぶよし》でござる。かの伊賀越え御難の折、徳川どのは主君穴山梅雪をだまし討ち、駿河一国をかすめ取られた。その旧悪、よもやお忘れではござるまい。主君の無念、思い知られるがよい」

その声も消えやらぬうちに、五人の従者が筒先をそろえて岡山の徳川本陣に鉄砲を撃ちかけた。

家康はこの時、合戦を見物しながら湯漬けを食べていたが、驚きのあまり茶碗《ちゃわん》を取り落としたという。

面前で総大将を罵倒されては、有馬勢も手をこまねいてはいられない。

この痴《し》れ者を討ち取れとばかりに、百騎ばかりが武蔵守に襲いかかった。

政重は武蔵守を救うために有馬勢の正面から大黒を乗り入れ、互いに入り乱れての白兵戦《はくへいせん》となった。

これでは鉄砲隊は使えない。島左近は歩兵を先に退却させると、

「かかれ、かかれ」

天をも引き裂くような号令を発し、二百騎をひきいて中村勢の真《ま》っ直中《ただなか》に突っ込んでいった。

この号令と左近の雄姿に、中村勢は一瞬ひるんだ。

槍先をかわそうと左右に馬首を転じたので、軍勢が二つに割れて一本の道ができた。

島隊はその道を直進し、右に反転して有馬勢に襲いかかった。

有馬勢も浮き足立ち、我先にと柵の中に逃げ帰ろうとする。
その隙《すき》に島隊と本多隊は一手になり、敵を巧妙に引き付けながら退却した。
家康の目の前で面目を失った中村一忠と有馬豊氏は、全軍上げての追撃を命じた。
そうして罠《わな》とも知らずに杭瀬川を越え、待ち伏せた明石隊の餌食《えじき》になったのである。
予想以上の大勝利だが、政重の怒りは治まらなかった。
引き上げてきた武蔵守に歩み寄るなり、敦盛《あつもり》の柄《つか》で物も言わずに殴り付けた。
柄に鉄芯を仕込んだ槍の一撃は強烈で、武蔵守は防ぐ間もなく馬から叩《たた》き落とされた。
「軍律を無視して勝手をすることが、見事な生き様か」
虎が吠《ほ》えるような一喝であり、凄《すさ》まじい形相《ぎょうそう》である。
それでも怒りが治まらず、武蔵守の喉元《のどもと》に敦盛の切っ先を突き付けた。
返答次第ではこのまま首をかき切るつもりだった。
「殿、この場はそれがしに免じて」
戸次大膳が素手で穂先をつかんだ。
指を切り落とされることを覚悟の上での仲裁である。
「本多どの、それがしからもお願い申す。敵があれほど必死に追いすがってきたのは、この者の働きがあったゆえでござる」

左近の取り成しがあり、ようやく槍を引いたほどだった。

三隊そろって大垣城に戻ると、凱旋《がいせん》将軍のような歓迎ぶりだった。

杭瀬川での戦いは城の数ヵ所に建てられた物見櫓《ものみやぐら》からも見えたので、噂《うわさ》はまたたく間に全軍に広がったのである。

だが、政重にも掃部にも勝利に浮かれている暇はなかった。

本丸での評定に加わるように、秀家の使者が伝えたからだ。

評定の場は重苦しい雰囲気に包まれていた。

三成、秀家、義弘、行長らいつもの顔ぶれの他に、長束正家、長宗我部盛親、大谷吉継が加わっている。

中でも白い覆面頭巾《ずきん》で顔をおおい、首に黒い数珠《じゅず》をかけた吉継は異彩を放っていた。

政重も吉継の噂は聞いている。

秀吉に百万の軍勢の指揮を執《と》らせてみたいと言わしめたほどの逸材《いつざい》ながら、不治の病《やまい》をわずらってもはや視力さえ失っている。

だが三成との友情は黙《もだ》し難く、この一戦に命をなげうつ覚悟で西軍に身を投じたのだった。

異彩を放っているのは、覆面頭巾をした風体《ふうてい》のためではない。体全体から発する赫々《かっかく》たる気のせいだった。

この気に包まれながら戦いつづける配下の将兵は幸せだ。

政重はそう感じ、こんな男と共に戦えるのは有難いと思った。

そんな気持の動きを吉継は鋭く察したのだろう。閉じたままの目を政重に向け、小さくひとつうなずいた。

西軍諸将が沈鬱な表情で黙り込んでいるのは、敵の陣中に放っていた透破《すっぱ》が東軍の動きを伝えたからだった。

家康は大垣城の西軍を無視し、不破《ふわ》の関を越えて畿内に攻め込むことにしたという。

その報告はあらゆる方面からもたらされているので、三成らは早急な対応を迫られていた。

「これは三方《み》ヶ《かたが》原《はら》じゃ」

義弘がぼそりとつぶやいた。

元亀《げんき》三年（一五七二）、武田信玄が上洛をめざして三万の軍勢を動かした時、家康は浜松城にこもって迎え討とうとした。

ところが信玄はこれを無視して尾張に進撃する構えを見せたために、家康は城外に出て決戦を挑み、三方ヶ原で手痛い敗北を喫《きっ》した。

畿内に向かうというのもこれと同じで、大垣城の西軍を誘い出すための計略だというのである。

「そうとは言えますまい」

大垣城を留守にしていた間に気持のふんぎりがついたのか、三成は肚《はら》のすわった静まった表情をしていた。

「不破の関を扼《やく》する松尾山には、向背《こうはい》定かならぬ小早川勢が留まっておりまする。これが万一敵に寝返り、東軍と結託して畿内への道を封じたなら、打ち破るのは容易ではありますまい。ここは我らが関ヶ原へ先回りして敵の行手をさえぎり、南宮山の身方と呼応して東西よりはさみ撃ちにするべきと存じまする」

「関ヶ原に出れば、南宮山との連絡は断たれる。陣を移した直後に七万もの軍勢に攻めかかられては、はさみ撃ちなどできるものではない。敵が畿内へ向かうのがそれほど恐ろしいのなら、今夜のうちに夜襲をかけて追い払えばよいではないか」

「おおせの通りじゃ。松尾山の小早川の動きが定かならぬとすれば、関ヶ原に布陣した途端にこちらがはさみ撃ちされるおそれもある」

秀家が義弘の後押しをした。

外は冷たい雨が降っている。風も強い。

夜分の悪天候の中で十六キロ以上も行軍をさせては、兵馬《へいば》の消耗が激し過ぎる。それくらいなら家康の本陣に夜襲をかけた方が勝算があるというのである。

議論は二つに分れて次第に白熱していったが、移動にしろ夜襲にしろ早急に決めなければ機を逸することになる。

焦りと苛立ちに評定が決裂しそうになった時、大谷吉継が口を開いた。

「松尾山の小早川秀秋には、それがしが責任を持って対処いたしまする。また関ヶ原には、このことあるを見越して陣所を築いておりますゆえ、敵の急襲を受けたとしても懸念はござらぬ。豊臣家を守護するために兵を挙げた我らが、畿内に進撃する敵を放置したとあっては武門の面目が立ちますまい。ここは敵前に立ちはだかり、正々堂々天下を争う戦を挑むべきでございましょう」

高潔な人柄と並はずれた力量のなせる業か、吉継の言葉には他を圧する説得力がある。

これには義弘や秀家も逆らえず、夜間の移動と衆議は一決したのだった。

さっそくそれぞれの陣屋に戻り、行軍の仕度にかかった。

雨が激しく降っているので、鉄砲、火縄、弾薬が濡《ぬ》れないように細心の注意を払わなければならない。

負傷者を手当てするための薬や布も、濡らしては台無しになる。

替えの草鞋《わらじ》や腰兵糧《ひょうろう》、馬草鞋や飼葉《かいば》など、用意しなければならない物は山ほどあった。

しかも明日は大激戦が予想されるので、誰もが緊張した面持《おもも》ちで黙々と仕度をつづけた。

その最中に、大柄の男が取り次ぎも乞《こ》わずに訪ねてきた。

「本多どの、それがしは平塚因幡守為広《ひらつかいなばのかみためひろ》と申しまする」

美濃垂井《たるい》城の城主で、大谷刑部の与力を務める剛の者である。

「わが隊はそろそろ発ちまするが、その前に貴殿に挨拶《あいさつ》をしたいと大谷刑部どのがおおせでござる。まことに恐縮でござるが、大手門の外までご足労いただきたい」

為広に案内されて外に出ると、吉継が六人の駕輿丁《かよちょう》に支えられた屋根付きの輿《こし》に座り、閉ざしたままの目を関ヶ原の彼方に向けていた。

目は見えないが、心の目で何もかも見通しているような姿だった。

「涼やかな気をしておられる。お手を取らせていただいてよろしいかな」

求められるまま手を差し伸べると、吉継が両手でしっかりと握りしめた。驚くほど温かい手である。吐く息が白くなるほどの寒さの中でこんな手をしているとは、よほど熱があるにちがいなかった。

「よき武辺者の手じゃ。備前中納言どのはよき家臣を持たれた」

「そのお言葉に恥じぬ働きを、こたびの戦でいたす所存にございます」

「本多どの。私は貴殿の父上も兄上もよく存じておる。お二人とも凄まじきお方でござるな」

吉継がかすかな笑みを浮かべ、ふっと息を吐いた。

その息も熱をおびているのか、ひときわ白い色を発して夜の闇に消えていった。

「明日の戦は無念の結果に終るやも知れぬ」

思いがけない一言である。政重はどう応じていいか分らず、雨の中に立ち尽くしていた。

「だが貴殿には、中納言どのとともに生き抜いてもらいたい」

遺言のような言葉を残すと、吉継は進軍の号令を下した。

敵に移動を悟られないように、暗夜に明りも灯していない。馬のいななきをおさえるために口木《ばい》をふくませ、南宮山のふもとに陣した長宗我部隊のかがり火を頼りに進軍していった。

石田、島津、小西の軍勢がそれにつづき、南宮山の南を流れる牧田川ぞいの道をたどって関ヶ原へと向かっていく。

殿軍を務める宇喜多軍一万七千余が目ざす陣所に着いたのは、九月十五日の寅の刻《ごぜんよじ》。合戦が始まるわずか四時間前のことだった。

四

吉継が言った通り、関ヶ原西方の山々には陣所が築かれていた。

伊吹山から連なる笹尾山《ささおやま》、池寺池《いけでらいけ》の南側の北天満山と南天満山に土塁や空堀をもうけ、馬防柵や竹矢来が巡らしてあった。

九月二日にこの地に着陣した吉継が、配下の将兵や付近の村人を動員し、突貫工事で造らせたものである。

この配慮が夜間行軍をしてきた西軍にとっては大きな救いとなり、石田隊六千が笹尾山に、小西隊四千が北天満山に、宇喜多隊一万七千が南天満山に拠って東軍を迎え討つことになった。

だがこの陣は敵に押し込まれた時の防御用であり、中に入れる人数も限られている。先陣の者たちはそれぞれの持場で戦に備えなければならなかった。

宇喜多隊は南天満山の本陣から南東に向かって五段に陣を敷き、次々に兵を入れ替えて敵に当たる構えを取った。

先陣の右翼には明石隊三千、左翼には本多隊二千が鋒矢《ほこや》の陣形を取っている。少勢にて多勢に当たる時の陣形で、左右両翼から二本の鋒となって敵中に突っ込む作戦である。

陣の一番前には鉄砲隊が配されるが、弾込めの間に楯にできるように急きょ馬防柵を立て、内側に鎧櫃《よろいびつ》や挟み箱《はさばこ》などを積み上げて土塁の替わりとしていた。

政重は陣の中ほどに床几を据え、各組が持場につくのを待っていた。

先手は戸次大膳、二陣は穴山武蔵守、中軍は木下四郎左衛門である。河村右京亮が政重の旗本役を務め、岩崎黒兵衛が後詰めとして控えていた。

雨はあい変わらず降りつづき、濡れたままでは指先がかじかむほどである。

あたりは墨を流したような深い闇に包まれているが、どの陣所でも雨よけのついたかがり火を灯し、戦の仕度に余念がなかった。

身方ばかりではない。宇喜多勢が関ヶ原に到着した頃から東軍諸勢も姿を現わし、陣所と陣形の整備に忙殺されていた。

互いの陣所は五、六百メートルしか離れていない。殺気立った声を上げながら働く相手の様子が、闇の中でも手に取るように分った。

やがて雨が上がり、東の空が明るくなったが、あたり一面深い霧に閉ざされて一メートル先も見えないほどだった。

時折北西の風が、林立する旗をゆるがして吹き過ぎてゆく。風が霧の切れ間を作り、東軍諸将の旗が見えることもあったが、すぐに白い霧の中にかき消されていった。

将兵たちはそれぞれ得具足《えぐそく》を手に、合戦の開始を待っている。東西四キロ、南北二キロに満たない関ヶ原は、修羅場《しゅらば》を前にした緊張と不気味な静けさに包まれていた。

政重はふと藤袴《ふじばかま》の香りを嗅《か》いだ気がした。

秋の七草として親しまれる花がどこかに咲いているのかと思ったが、香りは二枚胴の内側に忍ばせた匂い袋から立ちのぼっていた。

父利家の形見《かたみ》だと、豪姫から贈られたものである。

ほんのりと甘い涼やかな香りを聞いているうちに、政重は出陣前夜のことを思い出した。

秀家らとの出陣祝いの酒宴を終えて控えの間に下がると、豪姫が後を追うように訪ねて来た。

侍女も連れず先触れもなく部屋に押しかけ、膝が触れ合うほど間近に座った。

大きくひとつ息を呑《の》んで政重を見据えると、子供でも叱《しか》りつけるような口調で言ったものだ。

「このようなことをあなたに頼める立場ではありませんが、ほかに頼むお方とてございません。どうか中納言さまを、よろしくお願い申し上げます」

今にも泣き出しそうな懸命な表情をして、何があっても夫を無事に連れ帰ってくれと頼んだのだった。

「殿、先陣の陣立てが整いました」

木下四郎左衛門が霧をついて報告に来た。

「戸次どのと穴山どのに、不穏《ふおん》の言動がございます。ご注意が肝要かと存じますが」

昨日武蔵守を殴り倒したことについて、二人とも武士の面目を潰《つぶ》す振舞いだと憤《いきどお》っているという。

「分った。すぐ行く」

政重は竹蔵を連れて見回りに出た。

先手の戸次大膳は椎の実形の筋兜をかぶり、鎧の上に紺色の陣羽織を着て鉄砲隊の指揮に当たっていた。

大友家の長鉄砲隊を育て上げた男なので、戦場での采配に不安はない。だが、この戦に加わったのは大友家の再興を果たすためなので、身方が利を失った時には戦場を離脱しかねない危うさがあった。

「弾薬の具合はどうだ」

「天気などに左右されるようでは、鉄砲隊を抱えている意味がござるまい」

大膳は自信に満ちていた。

「我らは皆新参者だ。この戦にかける思いはそれぞれちがうが、力を合わせねば勝つことはできぬ」

「それがしも武士。戦の間は死力を尽くす所存にござる」

「勝敗が見えた後のことは分らぬということか」

「この戦、勝てると思いますか」

「勝つために死力を尽くすのが我らの務めだ」

「それがしも勝ちとうござる。国許に残してきた妻や子が、吉報を待ちわびておりますのでな」

大膳がにやりと笑って背中を押した。

余計な心配をせずに先に行けというのである。

二陣の穴山武蔵守は槍隊と五十騎の騎馬隊を抱えている。

銃撃戦の後に真っ先に白兵戦を挑むのが穴山組の役目だった。

「首は痛まぬか」

政重は体調を気遣った。

兜の上から横なぐりの一撃を受けると、頭よりも首を痛めるからだ。

「右にも左にも動きませぬ。されど目前の敵に突っ込んでいくには、かえって好都合でござる」

「敵は間近だ。戦の間には必ず徳川本陣を突く機会がある。その時までは無謀なことをしてはならぬ」

「ご覧の通り老骨でござる。そう何度も無分別はいたしませぬ」

武蔵守は笑い飛ばそうとしたが、首に痛みが走ったらしく顔をしかめて黙り込んだ。

「ひとつだけうかがってよろしいか」

「うむ」

「殿は何ゆえ西軍に加わられたのでござろうか」

「分らぬ。自分がどれほどの人間か、試してみたかったのかもしれぬ」

政重はそれだけしか答えなかった。

「なるほど。人が生きるとは、詰まるところそういうことかもしれませぬな」

武蔵守が腰の胴乱《どうらん》から柿をひとつ取り出し、照れながら差し出した。

政重は有難く受け取り、同じように胴乱に忍ばせた。

ついで四郎左衛門と黒兵衛の陣所に足を運んだ。

「先手も二陣も案ずるには及ばぬ。心置きなく存分に働いてくれ」

「かたじけのうござる。大戦を前に、いささか気が立っていたのかもしれませぬ」

四郎左衛門が安堵《あんど》の表情を浮かべた。

「黒兵衛、後詰めの時期を抜かるなよ」

「承知承知。殿こそ逸《はや》り過ぎて一騎駆けなどなさらぬがよい」

黒兵衛があごひげをしごきながらやり返した。

最後に陣の中央に戻り、右京亮に声をかけた。

「この戦に勝って、能登を訪ねてみたいものだ」

「その折にはそれがしの館にお立ち寄り下され。父と母に会っていただきとう存じます」

右京亮は直立不動の姿勢のまま、感激に目をうるませていた。

政重が短い言葉をかけるだけで、全軍の士気が高まっていく。合戦を前に武辺者と化した政重の気が、将兵たちの勇気と信頼を呼びさますのだ。

「不思議でんな。大将はまるで仏さんのようや」

竹蔵も政重がいつもとは別人だと鋭く感じ取り、自分にも何か言葉をかけてほしいとねだった。

「お前はもう立派な武辺者だ。己を信じて無心で戦え」

「はい。そうします」

「それから、決して私の側を離れるな」

「離れません。死んでも離れますかいな」

竹蔵が兜の紐《ひも》をぎゅっと締め直した。

関ヶ原一面をおおった霧は、辰の刻《ごぜんはちじ》になって晴れ始めた。

伊吹山から吹く風が、乳色の闇を吹き散らしていく。

それにつれて東西両陣の陣容が少しずつ明らかになった。

東軍は西軍に間近に正対する陣形を取っていた。

宇喜多隊の正面には、福島正則、藤堂高虎、京極高知《きょうごくたかとも》の軍勢およそ一万二千。

小西、島津隊には、加藤嘉明、筒井定次《つついさだつぐ》、田中吉政の軍勢九千。

石田隊が拠る笹尾山の正面には、黒田長政、細川忠興の一万余。

その後方には井伊直政、松平忠吉、本多忠勝を始めとする第二陣一万四千ほどが控えていた。

徳川家康は西軍陣地から四キロほど東にある桃配山《ももくばりやま》に本陣をおき、配下の将兵三万をもって東山道を封じる陣形をとっている。

そのうちの半数近くは東に向かい、南宮山の西軍の来襲にそなえていた。

関ヶ原に結集した東軍はおよそ八万五千。対する西軍は松尾山の小早川勢を加えても五万六千ほどだが、山裾の高台から攻め下るという地の利はその不足を補って余りがあった。

合戦は霧が晴れてからと誰もが思っていた矢先、東軍陣地から銃声が上がった。

第二陣にいた井伊直政が、家康の四男松平忠吉をともなって福島勢の横をすり抜け、宇喜多隊を銃撃したのである。

徳川家の命運をかけた天下分け目の戦に、他勢に先陣を務めさせてはならぬと考えてのことだ。

この抜け駆けに激怒した福島正則は、すぐさま先手の鉄砲隊に攻撃を命じた。三段に配した五百梃《ちょう》ちかい鉄砲が火を噴いたが、本多、明石の鉄砲隊は鎧櫃などを楯として身をひそめている。

低地から高台に向かって撃つ鉄砲玉は、上に大きくはずれるか地面に突き立つので、陣の後方にいる者たちに当たることはほとんどなかった。

「よいか。弾は一人三十ずつじゃ。無駄に放って命を縮めるでないぞ」

敵を間近に引き付けよと、戸次大膳が塩辛声を張り上げている。

福島勢は弾よけの竹束を押し立ててじわじわと間合いを詰めてきたが、大膳はこれを読んで万全の仕度をしていた。

「火矢、放て」

鉄砲隊の後ろにいた弓隊が、先端に火薬筒を結びつけた矢をいっせいに放った。矢は竹束に命中するなり火を噴き上げ、束を結んでいる縄や葛《かずら》を焼き切った。竹がばらけて用をなさなくなった所を目がけて、二百梃の鉄砲が火を噴いた。後ろに控えた筒持ちが素早く替えの鉄砲を渡し、再び筒先がうなりを上げる。熟練の鉄砲足軽が少ないので、三段構えにするよりこの方が効率がいいのである。

しかもこぶし下がりに撃ち下ろすので命中度は正確で、敵は目の粗いざるでふるい落とされるように倒れていった。

政重は陣太鼓の連打を命じた。

先手の弓隊や筒持ちたちがさっと左右に分れて道を空け、穴山組の槍隊が七メートルの長槍をふるって突撃していった。

福島勢も槍隊をくり出して応戦するが、これも上から下へ攻める方が圧倒的に有利だった。

合戦の手順というものは決まっている。

右翼の明石隊も左隣の小西隊も銃撃戦から槍合戦に移り、東軍先鋒を百メートルばかりも押し込んでいた。

敵を麦畑の下まで押し込んだ時、政重は槍隊に退却を命じた。

これを追って福島勢がくり出した騎馬隊を、大膳の鉄砲隊が柵の前まで走り出て狙い撃った。

「今だ。かかれ」

武蔵守の号令一下、そろいの馬面をつけた五十騎が地をゆるがして突進していった。

天下に名を馳せた武田の騎馬隊の生き残りである。老いたりとはいえ騎乗ぶりは見事なものだった。

穴山組の奮戦で福島勢の先陣が大きく崩れた。

その乱れに乗じて、花十字架《クルス》の旗をかかげた明石の騎馬隊が襲いかかった。

その数三百騎。明石掃部みずから先頭に立って槍をふるっている。

政重も負けじと二百騎をひきいて突撃し、敦盛を縦横にふるって敵の備えを突き破った。

敵はたまらず後ろ備えの鉄砲隊をくり出してくる。

だが身方に当たるのを恐れて撃つのをためらっている間に、政重も掃部も早々に騎馬隊を引き上げた。

それに代わって宇喜多隊の第二陣が前にせり出し、さっきの先陣と同じ手順で戦いを挑む。

すると福島勢も先手を入れ替え、先陣の劣勢を挽回《ばんかい》しようと猛烈な攻撃を加えてきた。

戦は消耗戦である。

こうして次々に軍勢を入れ替え、先に戦場に出た者は後ろに下がって次に備える。

将棋の駒の打ち合いと同じで、この入れ替えを維持して最後まで戦力を切らさなかった方が勝ちを拾う。

戦は一刻《にじかん》ばかりつづいても決着がつかなかった。

わずか一キロほどの前線に敵身方七万ちかくがひしめいているのだから、もはや戦法などはない。目前の敵にひたすら攻めかかっていくしか方法がなかった。

軍勢の喚声が地をゆるがし、断末魔《だんまつま》の叫びは野に満ちている。

間断なく上がる銃声、槍や刀を打ち合わせる金属音、傷をおった馬のいななき、そして突撃を命じる陣太鼓の連打――。

戦況は一進一退で、どちらが押しているとも定かではなかった。

互いにぬかるみに足を取られ、体中泥だらけになりながら、一人でも多くの敵を倒そうと必死の形相で戦いつづけている。

巳の刻《ごぜんじゆうじ》を過ぎた頃、本多隊に三度目の先陣が回ってきた。

二千の兵の二割近くを損じていたが、大半は負傷して後方で治療を受けている者で、戦死した者は七十人ほどしかいなかった。

これは政重の采配と五人の組頭の指揮が的確で、一度も敵に押し込まれなかったからだ。

右翼は前と同じく明石隊が固めていた。

左右の呼吸がぴたりと合っていることも、犠牲者が少ない大きな理由だった。

これではかなわぬと見たのか、福島正則は備えを入れ替え、黒ずくめの鎧をまとった一隊をくり出してきた。

笹の才蔵《さいぞう》と恐れられた可児《かに》才蔵の部隊を投入して、本多、明石隊に対抗しようとしたのである。

陣の入れ替えには手間がかかる。

そこを突けば敵に打撃を与えられるが、こうした時には不思議と相手の隊列が整うのを待つものだ。

相手が攻めて来ないと分ると、ふっと気を抜いてしまうのである。

そうした見合いをつづけている間に、桃配山のふもとで数百の陣太鼓が打ち鳴らされ、家康の本隊が他勢を押しのけて関ヶ原の中央部に押し出してきた。

戦況の膠着に苛立った家康が、桃配山から下りて乾坤一擲《けんこんいってき》の勝負を挑んだのである。

石田三成は雀躍《じゃくやく》したにちがいない。

この機に南宮山と松尾山の身方が東西から関ヶ原に攻め入ったなら、徳川勢は袋のねずみである。

時を移してはならじと、かねて申し合わせてあった合図の狼煙《のろし》を上げたが、毛利勢も小早川勢も動かなかった。

すでに前日、吉川広家は毛利家の所領安堵と引き替えに徳川家康と和を結んでいる。三成や大谷吉継から関白職に任じるという申し出を受けた小早川秀秋も、いまだに態度を決めかねていた。

政重にはそうした事情は分らない。だが両軍に呼応するつもりがないことは肌で感じていた。

「掃部どのと豊久《とよひさ》公に、合図があり次第左右から敵を引きつけていただきたいと伝えよ」

明石掃部と島津豊久のもとに使い番を走らせた。

その間に五人の組頭を集め、全隊ひとつとなって魚鱗《ぎょりん》の陣形を組ませた。

「鉄砲隊、槍隊、騎馬隊をそれぞれ三段に並べよ。これより全軍一丸となって敵の本陣を突く」

やがて掃部と豊久から承諾の返答があった。

すかさず合図の旗を上げると、明石隊が福島勢と筒井勢の間を割って攻めかかった。島津隊も井伊勢と松平勢の間に遮二無二《しゃにむに》突入した。

これを見た田中吉政や加藤嘉明が、福島や井伊を助けようと軍勢を動かしたために、兵馬で埋めつくされた関ヶ原の真っ直中に大きな裂け目ができた。

「今だ。行くぞ」

あたりの空気を震わせて政重の声が響いた。

魚鱗の陣形をとった本多隊は、敵陣の裂け目にくさびを打ち込むように突っ込んでいった。

先手の鉄砲隊が走りながら発砲する。

その後ろから中備え、後ろ備えの鉄砲隊が前線に飛び出し、次々に銃撃を加えた。

何と走りながらの三段撃ちである。

いつの間に訓練をつんだのか、三つの隊は発砲、交替、弾込めの呼吸もぴたりと合って、並《なみ》いる敵を至近距離から撃ち倒していった。

鉄砲隊が弾を撃ちつくすと、槍隊がとって替わった。

十人ひと組となって横一列に並び、穂先をそろえて突進する。

敵にさえぎられたなら左右に押し込んで道を空け、次の組を前に出す。

こうして次々と新手をくり出して敵陣を切り崩し、頼みの騎馬隊に道をゆずった。

先陣は穴山武蔵守の五十騎。主君梅雪の怨みを晴らさんと命を捨てて突っ込んでいく。

その後ろを金の馬標《うまじるし》を背負った政重が百五十騎をひきいてつづいた。

「かかれ、かかれ。目ざすは徳川本陣。狙うは家康どのの首ひとつじゃ」

金の扇に朱の日輪を描いた大馬印と、「厭離穢土欣求浄土《おんりえどごんぐじょうど》」の八字の旗を目当てに、ぬかるみをものともせずに馬を駆った。

これを防ごうと井伊家の騎馬隊が動いた。

赤備《あかぞな》えの三百騎ばかりが、馬の鼻面をぶつけるように真っ向から立ちはだかり、壮絶な騎馬戦となった。

政重は前田利家直伝の敦盛を大車輪にふり回し、渾身《こんしん》の力を込めて鬼落としをふるった。

赤兜と見れば首もめり込むほどに脳天から痛打し、兜の錣《しころ》をものともせずに首を飛ばす。

並の槍の穂先ほどもある石突きで後ろから攻めかかる敵を一撃する。

愛馬大黒も、また見事だった。

馬鎧でおおった巨体で体当たりすると、敵の馬は膝をくだかれたようにへたり込む。

正面の馬には強烈な頭突きをくらわせ、背後の馬には鋭い蹴《け》りで応酬する。

この蹴りには抜群の威力があった。

主人を乗せているので、高く蹴り上げるような無調法はしない。

足を軽く持ち上げ、敵馬の足首を上から力任せに踏みつけるのである。

馬の最大の弱点は足首である。巨体を支えている割には足首が細く、関節ももろい。

大黒はそれを熟知しているかの如く、大きな蹄で狙いすまして蹴りを出した。

足首を砕かれた馬はとたんに戦意を失い、その場に座り込むのだから、赤備えの騎馬武者はたまったものではなかった。

政重と大黒に五騎、十騎と討ち取られると、敵は難をさけて道を空ける。

その間を政重は遮二無二突き進んだ。

この戦は家康の首を取らなければ負ける。全身でそう感じていた。

本陣でこの奮戦ぶりを見た家康は、左右に控える武将たちに、「あれは本多佐渡の悴《せがれ》ではないか」とあきれ顔でたずねたという。

右腕と恃《たの》む本多正信の息子が、敵となって本陣間近まで迫っているのだから、開いた口がふさがらないのも無理からぬことだった。

この時のことを『加賀藩史稿』は次のように伝えている。

〈政重馬に騎し槍を提《ささ》げ、金馬標を負い、東軍の前を横断して過ぎ、井伊直政の兵と戦い、また功有り。家康遠望して左右に問いて曰《いわ》く、あれ何人ぞと。直政対《こた》うるに実

をもってす。後に家康再びこれを父正信に諭《と》うという〉

「対うるに実をもってす」という一文を読むと、しぶしぶ真実を認めた直政の渋面が見えるようだ。

この時南宮山の西軍が東軍の背後をついたなら、戦況は一変していただろう。

だが援軍はついに現われず、政重らも今一歩のところで井伊家の赤備えにはばまれて、退却のやむなきに至ったのである。

五

家康が桃配山から本陣を移したことを知った東軍諸将は奮い立ち、総攻撃の陣太鼓を打って西軍陣地に押し寄せた。

笹尾山、北天満山、南天満山を三方から包囲し、数に物を言わせて力攻めに攻め立てた。

この形勢を見た小早川秀秋は、迷いをふり切って東軍に応じる決断をした。

運命の午の刻《ごごれいじ》、小早川軍一万五千余が松尾山の急坂を駆け下り、ふもとに布陣した大谷隊に襲いかかった。

だがこのことあるを察していた大谷吉継は、嫡男吉勝《よしかつ》、次男木下頼継《きのしたよりつぐ》に三千五百の兵をさずけ、防御の陣地を築かせていた。

小早川勢が駆け下りて来る山道に二重、三重の柵を築き、一兵たりとも関ヶ原へは通さぬ構えを取っていた。

いかに一万五千の軍勢といえども、先陣が立ち往生しては動きがとれない。

吉継はこのことを計算に入れて、自分が責任を持って小早川勢に対処すると言ったのだった。

だが次の瞬間、名将吉継でさえ予想もしなかった事態が起こった。

東軍の西進にそなえて藤川の西岸に布陣していた赤座直保《あかざなおやす》、小川祐忠《おがわすけただ》、朽木元綱《くつきもとつな》、脇坂安治《わきざかやすはる》の軍勢四千二百が、鉄砲の筒先をくるりと転じ、大谷隊に一斉射撃を加えたのだ。

この四人は大谷吉継の与力を命じられ、越前へも行動を共にしている。

小早川秀秋に裏切りのおそれがあることを聞かされ、後方の注意をおこたらぬように指示を受けた者たちである。

だが西軍の敗色が濃厚となり、小早川勢が大谷勢に襲いかかるのを見ると、信義も体面もかなぐり捨てて、勝ち馬に乗ろうとしたのである。

このために大谷隊は前後から挟撃され、大混乱におちいった。

東山道の北側の高台に布陣していた大谷吉継、平塚為広、戸田重政ら千五百は、敗走する身方を集めて陣形を立て直そうとしたが、支えきれずに後退していった。

「島左近どの、討死《うちじに》。石田隊の先陣は総崩れとなっております」

「平塚為広どの、戸田重政どの討死」

「大谷刑部どの、ご自害」

使い番が次々と悪い知らせを持ってくる。

次第に敗色が濃くなっていく中で、南天満山の陣地に拠った宇喜多軍はよく戦っていた。

中でも本多、明石両隊の奮戦はすさまじく、敵がひるむと見ると打って出て、縦横無尽に暴れ回った。

だがすでに北天満山の小西隊も敗走し、孤立無援と化していくばかりである。

「殿、勝手をお許し下され」

間近で戦っていた木下四郎左衛門が暇乞《いとまご》いをした。

小早川秀秋は主君木下勝俊の弟に当たる。四郎左衛門ともわずかながら縁がある。

最後は小早川勢に斬り込んで、せめて一矢を報いたいという。

「ならばそれがしも供をしよう」

返り血で真っ赤になった穴山武蔵守が申し出た。

「殿のお陰で、長年の胸のつかえが下り申した。どうせ捨てる命なら、木下どのの無念を晴らすために役立てたい」

「武蔵守どの……」

四郎左衛門が感極まって声を震わせ、合戦前に武蔵守の言動を疑ったことをわびた。

「気になさるな。殿の戦ぶりを見るまでは、おおせの通りろくでもないことを考えておったのじゃ」

武蔵守がはにかんだ笑みを浮かべた。子供のように邪気のない笑顔だった。

二人に同行したいと願う者が二十人ばかりいた。いずれも四郎左衛門や武蔵守の郎党である。

「分った。だが、もう少し待て」

明石掃部が生き残りの兵をまとめて最後の突撃を敢行しようとしており、政重も応じるつもりである。その混乱に乗じなければ、敵の包囲を突破して小早川勢までたどり着くことはできなかった。

合戦の勝利が決定的になると、東軍の鋒先《ほこさき》が急に鈍くなった。

戦況が五分五分の時には死にもの狂いで戦っていたものの、勝ちと決まると急に戦後の恩賞への欲が出る。

死兵と化した敵にかかって討死するのは損だという打算が働く。

それゆえ西軍陣地を包囲したものの、白兵戦を挑もうとはしなかった。

まばらに鉄砲を撃ちかけるだけで、西軍が算を乱して敗走するのを待っている。

合戦の最後に訪れた静寂を切り裂くように、明石隊三百ばかりが槍先をそろえて突撃した。

本多隊二百も遅れじと柵を飛び出し、正面の田中勢に突っ込んでいく。

「竹蔵、遅れるな」

政重は手に滑《すべ》り止めの松脂《まつやに》をぬり、敦盛を握りしめて真っ先を駆けた。

「分ってます。死ぬも生きるも大将と一緒や」

竹蔵は両手に刀を持ち、取り落とさないように布でしっかりと縛っていた。

ふいをつかれた田中勢は鉄砲隊を前に出して迎え撃とうとしたが、それより早く政重らは敵の中に斬り込んだ。

手当たり次第に突き倒しなぎ倒し、悪鬼のごとき形相《ぎょうそう》で暴れ回る。

ひるんで道を空ける敵を押しのけ突きのけ先へ進むと、田中勢は数にものを言わせて本多隊を押し包み、まなじりを決して斬りかかってきた。

政重はもはや身を捨てている。

防御のことは鎧に任せ、本能の命じるままに槍をふるい、戦う修羅と化していた。

喉が渇く。舌が張りつくようにひりひりと渇く。

ひと口水が欲しいという思いが、過去の記憶を鮮やかによみがえらせた。

子供の頃、父正信とともに金沢御坊から脱出した時のことである。

父に抱きかかえられるようにして馬に乗り、手取川《てどりがわ》ぞいの道をひたすら駆けた。

半日ばかりも走りつづけてようやく追手《おって》をふり切ると、手取川の河原に下りて水を呑んだ。

白山から流れ出す水は冷たくて甘い。川に顔ごと突っ込んで呑んでいると、背後でどさりと音がした。

川まで歩こうとした父が、よろけて膝をついたのである。

その時初めて、父の背中に数本の矢が突き立っていることに気付いた。

背負った阿弥陀《あみだ》如来像が楯となって急所こそはずれているものの、肩や腰を深々と射抜かれていた。

（父はこうして自分を守ってくれたのだ）

申しわけなさに胸が一杯になって駆け寄ったが、どうしていいか分らない。

川までとって返し、両手に水をすくって差し出すのが精一杯だった。

「ああ旨い。今日はちとやられたな」

父はそうつぶやくと、精根尽き果てたようにその場で寝入り込んだ――。

頭の中に稲妻が走ったような一瞬の回想に過ぎない。

だがわずかでも気をそらしたせいか、敦盛をふるう手元が狂った。

敵の胴丸を深々と貫いたために、自由がきかなくなったのである。

その隙をついて横から敵が突きかかってきた。

とっさに刀を抜いてはね上げようとしたが間に合わない。

片鎌槍《かたかまやり》の鋭い穂先が喉元をえぐる寸前、紫裾《すそ》濃の鎧武者が政重の楯となった。

河村右京亮である。

身を挺《てい》して槍を防ぎ、上段からの一撃で相手を斬り伏せたが、胸板を貫かれ、鎧の内側から血が噴き出していた。

政重は敦盛を引き抜き、崩れ落ちそうな右京亮の体を支えた。

「竹蔵、おらぬか」

竹蔵の手を借りて陣所まで運ぼうとしたが、返答はなかった。

「お気に召さるな。これで本望でござる」

足手まといになることを避けようとしたのだろう。

右京亮は政重の手をふり払い、敵の中に斬り込んでいった。

見れば身方は半数ちかくに討ち減らされている。

本陣では帰陣をうながす陣太鼓が急調子で打ち鳴らされていた。

政重は兵をまとめて退却しようとしたが、追いすがる敵にそなえているはずの鉄砲隊の掩護《えんご》がなかった。

戸次大膳が十数名の鉄砲隊とともに陣所から逃げ去ったのである。

これでは敵の追撃をかわせない。

もはやこれまでと覚悟を決めた時、本陣から駆け下りた五十名ばかりの鉄砲隊が掩護射撃を開始した。

政重の窮地を見た宇喜多秀家が、手持ちの鉄砲隊全員に出撃を命じたのだった。

天下分け目の合戦は最終段階をむかえていた。

家康は後に陣場野《じんばの》と呼ばれた場所まで陣を進め、千余人の旗本衆に合図の法螺貝《ほらがい》を吹かせ、全軍いっせいに勝ち鬨《どき》を上げさせた。

天を震わせ地を揺るがして響きわたる声に勢いづいた東軍は、最後のとどめとばかりに西軍本陣に襲いかかった。

笹尾山の石田隊も南天満山の宇喜多隊も、神田《かんでん》の岡に布陣した島津隊も必死で防戦していたが、大谷隊小西隊を葬った敵が寄せ手に加わっているので、陣地のまわりは立錐《りっすい》の余地もないほどだった。

追いすがる敵をふり切って政重らが柵の内に駆け戻ると、秀家自ら馬を出して突撃の陣形を整えていた。

馬廻衆《うままわりしゅう》五百人をひきいて小早川勢に斬り込み、秀秋と刃を交えて討死するという。

「お待ち下され」

掃部《かもん》が馬の口を取って立ちはだかった。

「殿は五大老として諸将に号令するお立場でござる。匹夫《ひっぷ》のごとき振舞いをなされてはなりませぬ」

「離せ掃部。小早川ばかりか毛利までもが裏切っては、天下の形勢はいかんともし難い。余はこの場で討死し、太閤《たいこう》殿下のご恩に報いたいのじゃ」

「たとえ天下の形勢定まるとも、最後まで豊臣家のために戦い抜くことが武士《もののふ》の道でござる。大坂城が無理とあらば、岡山城にこもって挽回の策を巡らされるがよい」

「ええい離せ。諫言《かんげん》無用じゃ」

秀家が槍をふるって掃部を打ち倒そうとした。

その寸前、政重は秀家の袖をつかんで馬から引きずり下ろした。

「一度の負けは敗《ま》けにあらず。漢の高祖《こうそ》の故事をお忘れか」

胸倉をつかみ上げるようにして迫った。

漢の高祖劉邦《りゅうほう》は楚《そ》の項羽《こうう》と百戦して九十九敗した。だが百戦目に大勝し、漢王朝の祖となったのである。

「ここは我らが防ぎまする。この馬に乗って落ちて下され」

秀家を軽々と抱《かか》え上げ、大黒の鞍上におさめて尻を叩いた。

大黒が心得顔で伊吹山に向けて走り出すと、馬廻衆があわてて後を追った。

「政重どの、かたじけない。この場は我らに任せて、殿の後に従って下され」

掃部はこの場で討死するつもりらしい。

「共に先陣をたまわった仲でござる。殿軍《しんがり》もご一緒させていただきまする」

政重は涼しげに笑って左翼の持場に戻った。

配下の二百人ばかりが、柵を乗り越えて攻めかかろうとする敵を懸命に防いでいた。

すでに弾薬は尽きているので、長槍をふるって柵に迫る敵を突き倒し、乗り越えようとする者を叩き落としている。

寄手は盛んに喚声を上げて攻めかかるが、身方は声を出す力も失せたのか歯をくいしばって黙々と戦いつづけていた。

指揮を執っているのは岩崎黒兵衛である。

さすがは蔚山城《ウルサン》の死地をくぐり抜けてきた荒らくれだけあって、数万の敵にも臆することなく踏み留まっていた。

「殿、そろそろ潮時《しおどき》でござるぞ」

攻め込まれてからでは、全員討死するほかはない。

今のうちに退却すれば助かる者もいるというのである。

それは政重にも分っていたが、秀家が安全な場所に逃れるまでにはもう少し時間を稼ぐ必要があった。

「ならば、この場の指揮をお願いいたす」

驚いたことに黒兵衛は、宇喜多家の紋を描いた袖標を引きちぎり、本多隊の目印である太刀の蛭巻《ひるまき》を取りはずした。

「こういうこともあろうかと、こんな物を用意しておりましてな」

浅野家の袖標を得意気に取り出した。

朝鮮出兵の時に使っていたものである。

「運よく陣所を抜け出したなら、この袖標をつけて浅野勢にまぎれ込みまする。貸しのある奴らも多いことゆえ、手柄のひとつくらい分けてくれましょう」

「そうか。無事にたどり着いたなら、皆によろしく伝えてくれ」

「たとえ敗けても、殿のもとで戦った誇りがござる。浅野の腰抜けどもに文句は言わせませぬ」

黒兵衛は腰につけた焙烙玉《ほうろくだま》を柵の外にほうり投げた。

玉は敵の頭上で爆発し、五、六人がなぎ倒された。

未の刻《ごごにじ》になると笹尾山の石田隊も総崩れとなり、伊吹山へ向かって敗走を始めた。これを追って黒田、細川、加藤らの軍勢が笹尾山から相川山《あいかわやま》へとつづく尾根に攻め登った。

本多隊や明石隊も早急に脱出しなければ退路を断たれるおそれがあったが、柵の際まで迫っている敵を何とかしなければ動けない。

鉄砲があればわずかの間でも追い払うことができるのだが、弾も火薬もすでに尽きていた。

「政重どの、もう充分でござる。兵をひきつれて落ちて下され」

掃部からの使者がそう告げたが、盟友を見捨てて逃げ出すくらいならここで討死した方が良かった。

そちらこそ先に落ちられよと勧めても、掃部も頑として動かない。

これでは討死のほかはあるまいと互いに肚を据えた時、天満山のふもとをなめるようにして千余の兵が突き進んできた。

真っ白な旗指し物を背負った剽悍《ひょうかん》な兵たちが、鉄砲隊を先頭に一丸となって駆けてくる。

東軍の将兵たちはこれを見ると、我先にと道を空けた。

白旗は源氏の印《しるし》である。家康の本陣にも総白の旗十二本が立ててあるので、徳川家の旗本衆が寄手に加わったものと思ったのだ。

だが政重は、すぐに島津隊だと気付いた。

本多、明石隊の窮地を見た義弘が、徳川勢になりすまして敵を攪乱《かくらん》しようとしたのである。

島津隊は政重らの陣所の前を駆け抜けると、東へ転じて寺谷川ぞいに烏頭《うとう》坂へ向かった。

東軍諸勢はそれでも正体に気付かない。

先の者にならって、無礼があってはなるまじとばかりに道を空けていた。

この間に政重らは陣を引き払い、天満山の西を流れる藤川を渡って石原峠へと駆け登った。

ここから尾根伝いに迂回《うかい》すれば、伊吹山に逃れた秀家と合流できるはずだった。

峠から関ヶ原をふり返ると、東軍諸勢がまばらになって人馬を休めていた。

戦勝後の安堵感にあふれた軍陣絵巻の中にあって、烏頭坂の一角《いっかく》だけではなおも激戦がつづいていた。

島津隊の擬装に気付いた井伊直政と松平忠吉が、三千余の精兵をくり出して追撃していたのである。

島津隊は白の旗指し物をかなぐり捨て、狭隘《きょうあい》の地に敵を誘い込んでは撃退している。

その間に先頭の者たちは、島津義弘を守りながら伊勢方面へとひた走っていた。

義弘はかつて「人にはそれぞれ恩の返し方がある」と言った。

その約束を違《たが》えることなく、こんな形で恩義に報いたのだ。

「何とも驚き入った御仁でござるな」

掃部は感激のあまり涙ぐんでいた。

政重も思いは同じである。何とか無事に落ちのびてくれと祈りながら、島津隊の姿が見えなくなるまで峠にたたずんでいた。
腰の胴乱には武蔵守がくれた柿がひとつ入っている。
喉は渇き空腹は耐え難いほどだが、その柿を口にすることはどうしても出来なかった。

# 第十章　壮士《そうし》ひとたび行きて

## 一

不吉な小雨が、また降り始めた。

藤川村を横切って伊吹山のふもとにたどり着いた頃には、霧のような細かい雨が宙をただよい、あたりを乳白色に染めていった。

雨に降られるという感触はなかったが、湿気が鎧《よろい》の革や直垂《ひたたれ》を重く湿らせていた。

山頂へとつづく小道は険しく、昨夜からの雨でぬかるんでいる。

爪先《つまさき》立ちになってもずるずると滑りそうな赤土の道を、本多《ほんだ》政重《まさしげ》らは槍や刀を杖がわりにして黙々と登った。

道を知る者もなく案内人もいない。

宇喜多秀家《うきたひでいえ》らがどの方向に逃れたかも分らないので、とにかく尾根伝いに伊吹山の山頂を目ざすことにした。

尾根に姿をさらしては追手《おって》に発見されるおそれがあったが、一刻も早く秀家らを捜すためにはやむを得ない。

それに谷川ぞいの道は両側の斜面から敵に急襲されるおそれがあるが、尾根伝いに行けばその危険をさけられる。襲われた場合にも左右両側に逃げられるという利点があった。

南天満山から石原峠に逃れた時には二百人ちかくいた将兵も、五人十人とまとまって欠け落ち、残ったのはわずか三十余名である。

隊列から離れて走り去る者の足音が聞こえるたびに、政重は身を切られるような思いをしたが、かくなる上はそれぞれの自由に任せることが敗軍の将にできる唯ひとつのことだった。

坂道を一刻《にじかん》ちかくも歩き、一本杉の立つ広々とした尾根に出ると、西側の斜面からかすかに煙が立ち昇っていた。

「掃部《かもん》どの、ご覧下され」

手にした敦盛《あつもり》で煙の方《かた》を指した。

距離にすれば二キロばかりだろう。雑木の中から立ち昇っているので家があるかどうかは分らないが、誰《だれ》かが火を焚《た》いているのは明らかだった。

「まさしく煙じゃ。よくぞ見つけて下された」

「訪ねてみますか」

「手負いの者も多く、皆疲れ果てておりまする。家があるのなら火の側《そば》を借り、少しの間だけでも休ませてやりとうござる」

夕暮れが近付くにつれて、山の冷気は厳しくなっている。

ずぶ濡《ぬ》れのまま夜を明かすのは、手負いの者にとってあまりに酷だった。

煙の場所までは案外遠かった。

直線距離では近く見えても、途中に深い谷や岩場があって回り道をしなければならない。しかも雑木にさえぎられて煙が見えなくなるので、尾根から見た地形の記憶と勘だけが頼りだった。

半刻《いちじかん》ちかくかけてようやくたどり着いたが、期待は無残に裏切られた。

雑木林の切れ間に焚火の跡だけがあり、その側に三人の武士が倒れていた。

いずれも鎧や直垂をはぎ取られ、下帯ひとつという哀れな姿で骸《むくろ》と化している。

ぬかるみに残された足跡がまだくっきりと形をとどめているので、それほど前のことではあるまい。

焚火を見つけられて落武者《おちむしゃ》狩りにあったか、あるいは政重らのように焚火におびき寄せられたのかも知れなかった。

「人とは惨《むご》いものでござる。いずれのご家中か知らぬが、さぞや無念であったことでござろう」

掃部が十字を切って手を合わせた。

せめて葬ってやりたいと思っても、落武者狩りの者たちが近くにひそんでいるおそれがあるので、一刻も早くこの場を立ち去らなければ危険だった。

日は暮れかけている。

ともかく一晩雨露をしのげる場所を捜していると、格好《かっこう》の岩場があった。

巨大な岩が縦に割れて、洞穴が奥へとつづいている。

しかも片側の岩を伝って水がしみ出し、澄み切った水溜りを作っていた。

修験者《しゅげんじゃ》の行場だったようで、奥の岩には不動明王像が刻み込んである。

ここなら洞穴の中で火を焚いても目立たない。万一襲われても、入口の守りさえ固めておけば五十人や百人の土民なら充分に撃退することができた。

しかも幸いなことに、岩場の近くの巨木にあけびが蔓《つる》をからめ、紫色に熟した実をたわわに結んでいた。

ここが行場になっていた頃、修験者たちが五穀断《ごこくだ》ちにそなえて植えたのだろう。

蔓は大人の腕ほどもあり、俵形の実は二十センチほどの長さがある。

縦の割れ目を押し開き、白く透き通った果肉にかぶりつくと、甘さと水気が口いっぱいに広がった。

飢えと渇きが一度にいやされ、生きていることの歓びが体中を満たしていく。

あけびの実と干飯《ほしいい》で腹を満たし、焚火で暖を取ると、多くの者が精も根も尽き果てて眠り込んだ。

昨夜は一睡もしないで大垣城から関ヶ原に移動し、半日あまり死力を尽くして戦ったのだから睡魔に襲われるのは当然だった。

兵たちが充分に眠れるように、政重と掃部は洞穴の入口で不寝番を務めた。

「殿はどちらに向かわれたと思われまするか」

掃部は火であぶったあけびの種を、音をたてて頬張《ほおば》っていた。

「大坂城にもどって、形勢を立て直したいと考えておられましょう。そのためには北近江に出て船で大津まで渡るか、北国街道を抜けて都に戻るしかありますまい」

大津城は徳川方の京極高次《たかつぐ》の居城だが、九月十四日に大坂方の軍勢一万五千が猛攻を加えて開城させている。

これに合流するのがもっとも安全な方法だが、関ヶ原の敗戦を知った大坂方がいつまでも城に踏み留まっているとは思えない。

政重なら大黒《おおぐろ》を駆って北国街道を都へ向かうところだが、大黒に慣れていない秀家には無理かもしれなかった。

「この霧雨では、山中で道に迷っておられるやも知れぬ。明朝から二手に分れてお捜ししたほうが得策ではござるまいか」

「ならば三手に分けて下さい」

「と申されると」

「掃部どのは北近江への道を、別の一手は伊吹山へつづく尾根の道を進んで下さい」

政重は笄《こうがい》を取り出し、岩の上に簡単な地形図を描いた。

琵琶湖の東側に伊吹山がそびえ、北の古田山、金糞岳《かなぐそだけ》へと尾根がつづいている。

尾根の西側は近江、東側は美濃だった。

「私は一人で尾根の東側をたどってみます。方向を失って美濃に迷い込まれているかもしれませんから」

なぜかそんな予感がした。

「お一人では危のうござる。十人ばかり連れて行かれよ」

「これからますます落武者狩りが厳しくなりましょう。大人数ではかえって目立ちますから」

新参者の政重には直臣《じきしん》がいない。気心の知れない者を連れて行くより、一人の方がかえって安全だった。


翌朝、夜明けとともに出発することにした。

時間がたてばたつほど、徳川方は残党狩りを強化する。その前に秀家を見つけ出し、何としてでも無事に大坂城まで連れ帰らなければならなかった。

「運良く殿に出会ったとしても、連絡を取り合うことはできますまい。大坂城でお目にかかりましょう」

政重はすね当ての紐をしっかりと結び直した。

「貴殿もご用心下され。一度の負けは敗《ま》けにあらずとは、けだし至言でござる。必ず再会を果たし、共に戦いましょうぞ」

二人は金打《きんちょう》して再会を約した。

大坂城には毛利輝元が三万の軍勢とともに留守役を務めている。

大津城攻めに当たっていた一万五千の軍勢も無傷のままである。

これらの兵が豊臣秀頼を奉じて大坂城に立て籠《こも》ったなら、まだ挽回《ばんかい》の可能性はある。

その希望を政重も掃部も捨ててはいない。

だからこそ秀家を捜し出し、五大老の一人として采配《さいはい》をふってほしかった。

掃部らが立ち去るのを見届けると、政重は昨日下りてきた一本杉の尾根への道をたどり始めた。

雨はすでに上がっているが、木々の葉は朝露にたっぷりと濡れている。

不用意に幹につかまると、大粒の雫《しずく》が雨のように落ちてきた。

人の気配に驚いた山鳥が、時折頭上でけたたましい声を上げて飛び立っていく。

その音にも反射的に体を伏せるのは、追われる身のおぼつかなさのせいだった。

(お豪どのは、今頃……)

備前島の屋敷で関ヶ原の敗報を聞き、さぞ心を痛めているだろう。秀家の身を案じて気を揉《も》んでいるにちがいない。そんな懸念に追い立てられ、足を速めて先を急いだ。

尾根の近くの岩場にさしかかった時、前方から足音が聞こえた。

昨日政重らがたどった道を、十人ばかりが小走りにやって来る。

敵の追手《おって》か落武者狩りか、それとも西軍残党なのか。いずれにしても出会いたくない身の上だけに、岩場の陰に身を伏せてやり過ごすことにした。

やがて一行が現われた。

ちょうど十人。小具足《こぐそく》姿に額金《ひたいがね》を巻いているので、西軍の雑兵《ぞうひょう》たちだろう。鎧の胴には主家の家紋が描かれているので、身元を隠すために脱ぎ捨ててきたにちがいなかった。

腑《ふ》に落ちないのは、何人かが身分にそぐわぬきらびやかな刀や鎧を抱えていることだ。

戦場の遺体からはぎ取ってきたかとも思ったが、敗戦の混乱の中ではとてもそんな余裕はなかったはずである。

とすれば考えられることはひとつしかない。

政重は怒りにカッとなり、岩場の陰から飛び出して雑兵たちの前に立ちはだかった。

驚いたのは先頭の男である。

まるで地からわき出たように鎧武者が現われたものだから、止まろうとして足を滑らせ、ぺたんと尻餅をついた。

細い道を一列になって走っていた後ろの者たちも、前の者にぶつかるようにして足を止めた。

「どこの家中の者だ」

尻餅をついた雑兵の喉元《のどもと》に、敦盛の切っ先を突き付けて詰問した。

相手は気を呑《の》まれ、身をすくめるばかりである。

「その鎧や太刀は、名のある方々から奪い取ったものであろう。ありのままに答えねば生かしてはおかぬぞ」

「あ、あなた様は、いったい」

落武者にしては堂々とし過ぎている。かといって東軍の武将が一人でこんな所にいるはずがないのだから、雑兵たちが戸惑うのも無理からぬことだった。

「さあ言え。その品々を誰から奪った。その方々はどこにおられるのじゃ」

今にも首を叩《たた》き落としかねない剣幕に恐れをなし、雑兵たちは何もかもありのままに白状した。

尾根の向こうの谷川ぞいを逃げ落ちていく主従四人と行き会ったので、故郷に帰る路銀にするために金目の物を奪ってきたが、相手が誰かは分らないという。

政重は雑兵が持っていた黄金《こがね》造りの脇差《わきざし》を改めた。

中子《なかご》の銘を確かめる余裕はないが、刀身に彫り込まれた仏の種子《しゅじ》といい、互《ぐ》の目乱れの刃文《はもん》といい、相州貞宗《そうしゅうさだむね》の名刀に間違いなかった。

持主は石田治部少輔三成《じぶのしょうゆうみつなり》。

この雑兵たちは西軍の大将とも知らずに、三成主従を追剝《おいはぎ》の餌食《えじき》にしてきたのである。

「この脇差だけは預かっておく。せっかく助かった命じゃ。家に戻って妻や子に元気な顔を見せてやれ」

政重は一本杉の尾根を越え、急な斜面を駆け下った。

雑兵たちが言った通り谷川があり、昨日の雨が濁流となって流れ落ちている。

その流れにそって、人が通った跡があった。

政重は小走りに足跡をたどり、四半刻《さんじっぷん》ばかりで三成主従に追いついた。

三成は蓑《みの》をかぶっているが、供の三人は鎧や刀を奪われて丸腰のままだった。

薄暗い森の中をうつむきながら黙々と歩く姿は、尾羽《おは》打ち枯《か》らすという言葉のままである。

あまりに見すぼらしく、声をかけるのが気の毒なほどだった。

「お待ち下され。道がちがいまするぞ」

三成ははっとしたようにふり返った。

谷川の音が激しいので、間近まで近付いても気付かなかったのである。

「貴殿は確か」

「本多政重でござる」

頭形兜《ずなりかぶと》の目庇《まびさし》を上げて顔をさらした。

「おお、ご無事でござったか」

三成が嬉しそうにほほ笑んだ。

昨日の負けも今日の苦境も超越したような涼やかな笑顔だった。

二

三成主従は北近江を目ざしていたが、山中で道に迷ったので谷川ぞいに伊吹山の頂上に出ようとしていたという。

落人《おちうど》としてはもっとも危険な選択だが、四人とも山に慣れていないのでどうしていいか分らなかったのである。

政重は主従を案内して、もう一度一本杉の尾根に戻ることにした。

三成は疲れきっている。なるべく急な行程とならないように、つづら折りに登っていった。

「あいにく備前中納言どのの行方は存じませぬ」

　秀家を捜していると言うと、三成は気の毒そうに頭《かぶり》を振った。

「あの方のことゆえ、きっとご無事でおられましょう。されど、もはや大坂城での再起は無理でござる」

「どうしてですか」

「豊臣家が我らを見捨てたからです」

　三成の口調はさらりと明るい。

　政重は何かの聞き違いではないかと思い、足を止めて問い返した。

「土壇場になって、豊臣家は我らを見捨てたのでござる。秀頼公や毛利輝元どのが出馬なされなかったのはそのためです」

「何ゆえ、そのような……」

「朝廷から天下の無事をはかるようにとの勅命が下ったからです。我らと徳川方の争いは重臣間の内紛と見なされ、豊臣家は中立の立場を保つことになったのでござる」

　武辺者である政重には納得しがたい理屈だが、これには豊臣家が関白家であるゆえの複雑きわまりない事情があった。

事の端緒《たんしょ》は秀吉が関白に任ぜられたことにあった。

織田信長の覇業《はぎょう》をついで天下人《てんかびと》となった秀吉は、天下に号令する名分を何に求めるかという問題に直面した。

武家の棟梁《とうりょう》である将軍となるのか、それとも関白となって朝廷の権威を後ろ楯《だて》とするのか。

秀吉は最初将軍になることを望んだが、これには重大な差し障りがあった。

朝廷では源氏以外の者を征夷大将軍に任じた前例がないので、出自《しゅつじ》の定かならぬ秀吉の就任を認めなかったのである。

この障壁を乗り越えるために、秀吉は足利義昭の養子になろうとしたが、義昭に拒まれたために近衛前久《このえさきひさ》の猶子《ゆうし》になって関白職についた。

将軍職と同様に、関白職も藤原氏の一門である五摂家（近衛、九条、二条、一条、鷹司《たかつかさ》家）の者しか就任できないという不文律がある。

秀吉が前久の猶子になったのはそのためだが、猶子は一代限りの扱いなので、子や孫の代まで関白就任の資格を得たわけではなかった。

そこで秀吉は天皇に迫って豊臣の姓を下賜《かし》してもらい、五摂家に準ずる家格として関白職に就任できる特例を認められた。

つまり豊臣家は武家ではなく公家なのである。

しかも五摂家に準ずる高位の家柄なので、朝廷の意向に逆らうことができなくなった。

秀吉の存命中でさえその軋轢《あつれき》は激しかったが、秀頼の代になると朝廷の権威に頼るほかに政権を維持する名分がなくなったために、朝廷への依存をますます強めていった。

このことが豊臣家の手足を縛り、関ヶ原の合戦において中立を保たざるを得ない仕儀となった。なぜなら鎌倉幕府開闢《かいびゃく》以来、武家の争いには介入しないというのが朝廷の大原則だからである。

もし戦いが豊臣秀頼対徳川家康という形になったなら、豊臣家を関白家とした朝廷の責任まで問われることになる。

しかも家康が勝った場合、責任を徹底的に糾明《きゅうめい》して朝廷を封じ込めようとすることは火を見るよりも明らかだった。

そこで朝廷では打開策を考え抜き、豊臣家に中立を保つように勅命を下した。

今度の戦いを重臣間の内紛という扱いにすれば、どちらが勝っても豊臣家には傷がつかないし、朝廷に責任が及ぶこともないからである。

こうした事情は武家側の記録にはほとんど残されていない。

だが当時権中納言として朝廷の枢要《すうよう》をになっていた西洞院時慶《にしのとういんときよし》は、慶長五年（一六〇〇）八月十五日の日記に次のように書き付けている。

〈天下無事ノ義、禁裏仰セ出サレ候。広橋《ひろはし》大納言、勧修寺《かじゅうじ》宰相ノ両人、大坂へ明日差シ越エラルト〉（『時慶卿記』）

この天下無事の義こそ豊臣家に中立を保てという勅命であり、その命を伝えるために広橋兼勝《かねかつ》と勧修寺晴豊《はれとよ》という二人の俊英が大坂城に下されたのだ。

清洲城にいた東軍先鋒《せんぽう》隊が八月二十三日に岐阜城に攻めかかったのは、豊臣家が中立を保つという報を得てのことだったのである。

「それがしが長束どのからこの知らせを受け取ったのは、呂久《ろく》の宿《しゅく》に出陣した直後のことでした。事の実否を確かめなければ、戦《いくさ》をつづけられませぬ。それゆえ岐阜城を見殺しにしてでも、大垣城まで退却せざるを得なかったのです」

三成の息は次第にか細くなった。

昨夜も満足に眠っていないようで、前かがみになって山道を登りながら肩で息をついている。

それでも胸にわだかまる無念を吐き出さずにはいられないのか、あえぐように切れ切れに語りつづけた。

「大垣城を抜け出したのは、大坂城に戻って中立の決定をくつがえすためでした。都を訪ねて西洞院時慶卿や近衛前久公に会い、徳川討伐の綸旨《りんじ》を出していただくように嘆願しました」

「治部どの、ご無礼とは存じますが」

政重はかがみ込んで背中を差し出した。

三成は照れてはにかんだ表情をしたが、素直に体を預けた。

身の丈百五十センチばかりしかない三成は、思いがけないほど軽い。

こんなか細い体でよくもあれだけの大事を成し遂げたものだった。

「かたじけない。政重どのの背中は大きな樹のようだ」

「関ヶ原に軍勢を移されたのは、徳川勢が大坂城に入るのを防ぐためだったのですね」

「徳川どのも中立の勅命が下ったことは知っておられましたから、先に大坂城に入り、秀頼公の命《めい》を受けて我らを討伐しようと考えておられたのです。それを防ぐために、越前にいた大谷吉継を呼び寄せて関ヶ原に陣所を築いてもらいました。あそこで徳川どのを討ち取って決着をつける以外に、我らに勝機《しょうき》はなかったのでござる」

関ヶ原に移動する直前、吉継は政重の手を握り締めて「明日の戦は無念の結果に終るやも知れぬ」と言った。

あの言葉には打ち明けることのできない重い意味が込められていたのである。

やがて一本杉の尾根までたどり着いた。

ここから掃部らと同じ道をたどれば北近江に出ることができるが、三成の衰弱はあまりにも激しく、官吏《かんり》肌の三人の従者では何とも頼りない。

政重はやむなく昨日の岩場まで四人を案内し、火を熾《おこ》して一晩ゆっくり眠れるように図《はか》らってやった。

「私は明朝早々に発《た》ちます。ここから北近江までは一本道のようですが、途中で火を焚いたり煙に近付くのはやめた方がいいでしょう。落武者狩りの土民が出没しているようですから」

政重は敦盛の柄にぐるぐる巻きにしていた相州貞宗の脇差を取りはずした。

「ひょんな所でこれを見つけました。治部どのの差し料ではないかと存じますが」

「これを、どうして……」

強情者の三成が、かすかに顔を赤らめた。

「お目にかかる少し前に、敗走する雑兵の一団に出会いました。あまりに分不相応な鎧や刀を持っていたものですから」

「かたじけない。実はその者たちにまんまとあざむかれましてね。情なき仕儀ではありますが、もはや一領の鎧、一振りの刀に頼っても仕方がありませんから」

これを渡すかわりに佐和山城まで警固を頼むと言ったところ、雑兵たちは快く応じた。

ところが鎧や刀を渡した途端、いっせいに逃げ去ったという。

「知恵比べでは人後《じんご》に落ちぬと言われた私ですが、そんな簡単な嘘も見抜けなくなるのですからね。人間というのは不思議なものだ」

三成は苦笑しながら貞宗の握り具合を懐しんでいた。

「これは太閤《たいこう》殿下から拝領したものです。今は何のお礼もできないので」

受け取ってくれと言ったが、政重は固辞した。

「どうか治部どのがご持参下さい。そのうち必要となる時が来るかもしれませんから」

切腹の時に使えという意味である。

三成もそれを察したらしく、

「たとえ何があっても自害はしません。最後の最後まで豊臣家への忠義に生きたことを示すことが、それがしのせめてもの意地ですから」

口元に初めて悔しさをにじませて脇差を腰に納めた。

翌十七日は快晴だった。

政重は夜明けを待って岩場を抜け出し、見晴しのいい場所まで登ってみることにした。

美濃側がどうなっているかは分らない。秀家を捜してやみくもに歩き回るよりは、あたりを俯瞰《ふかん》できる場所に立って見当をつけたほうが確実だった。

尾根伝いに山頂に近づくにつれて雑木林はまばらになり、這松《はいまつ》や岳樺《だけかんば》などの灌木《かんぼく》帯となる。

熊笹《くまざさ》の原も広がっていて、見晴しも次第に良くなっていった。

ふもとの関ヶ原は、もう望むべくもない。

西を見渡せば琵琶湖が横たわり、比良《ひら》山地の山々が衝立《ついたて》のように連なっている。

東には濃尾平野が広がり、長良川や木曾川がゆったりと流れていた。

平野の西の端には、大垣城がいつもと変わらぬ美しい姿をみせている。

一昨日の真夜中、あの城から関ヶ原まで雨に濡れながら移動したことを思い出すと、政重の胸に名状しがたい怒りが突き上げてきた。

三成が言ったように豊臣家が勅命によって中立を保ったのだとすれば、今度の戦はいったい何だったのだろう。

これでは豊臣家を守るために立ち上がった大名や、その命を奉じて戦った将兵が浮かばれないではないか。

怒りに白熱した脳裡《のうり》に、ふと家康の顔が浮かんだ。

内大臣として朝廷の事情に精通している家康は、豊臣家が土壇場になって動けなくなることを知っていたのだ。

だから秀吉の遺命にそむいて諸大名との縁組を強行したり、前田家や上杉家にあらぬ言いがかりをつけて、遮二無二《しゃにむに》合戦に持ち込んだのである。

戦機が煮詰った頃に朝廷に中立の勅命を出させることも、初めから計算に入れていたのかも知れなかった。

(このままでは終らぬ)

政重はひたと地上をにらみ据えた。

何としてでも秀家を捜し出して一矢《いっし》報いる手立てを講じなければ、死んでいった者たちに合わす顔がなかった。

と、視界の隅で動くものがあった。

尾根の東側は険しい傾斜がなだれ落ち、向かいの山との間に深い谷を成している。

水量豊かな川が流れているようで、谷伝いに靄《もや》が立ちこめ、一本の筋となって北の下流へとつづいていた。

その靄の中で、米粒ほどの黒いものが動いたのである。

最初は鎧武者の一団かと思ったが、距離にすれば八キロ近くあるのだから人があんなに大きく見えるはずがない。

よもやと思って目をこらしたが、黒米粒は靄の中にかき消えていた。

まるで煙の中をくぐり抜けるようにして再び姿を現わした時には、わずかながら近付いていた。

間違いない。秀家に貸し与えた大黒が、裸馬になってこちらに向かっているのだ。

そう察するなり、政重は指笛を鳴らした。

高く澄んだ音が木霊《こだま》を呼んで山間《やまあい》に響き渡り、黒米粒の動きがぴたりと止まった。

聞こえたのだ。

大黒は立ち止まったまま、耳を澄まして主人がどこにいるか探《さぐ》っている。

政重はさらに三度、指笛を高く吹き鳴らした。そこを動くなという合図である。そうしてあたりの地形を頭に叩き込み、急な斜面を転がるように駆け下りた。

大黒は谷川の河原で待っていた。

蛇行《だこう》して流れる川が洪水のたびに山を削《けず》り取り、小石ばかりの広々とした河原を作っている。

大黒がここを通ったからこそ、尾根の上からでも姿が見えたのだった。

「おい、こんな所で何をしている」

嬉しさのあまり憎まれ口をきいた。

大黒も政重をちらりと見やっただけで、川に鼻面をつけて悠然と水を飲み始めた。

「腹減ったろう。これを食え」

胴乱から柿を取り出した。

穴山武蔵守の形見の柿だが、大黒は見向きもしなかった。

腹は充分にふくらみ、毛並みもつややかである。昨日今日と手厚く扱われたことがそれで分った。

「秀家どのはどこだ。どこで別れた」

大黒は首を振って口のまわりについた水をふり落とし、先に立って河原の道を下って行った。

四キロばかり進むと川は北から流れる支流と合流し、東へ向かっていた。

政重は知らなかったが、粕川《かすかわ》と呼ばれるこの川がさらに下流で揖斐川《いびがわ》と合流し、伊勢湾へと注ぎ込んでいたのである。

大黒は腹まで水につかって北側の支流へと踏み込んでいく。

政重もずぶ濡れになりながら後を追っていると、川岸の崖《がけ》にしがみつくように数軒の家が建っていた。

高さ三十メートルほどもある崖の上に立って、数人がのんびりと川を見下ろしている。

中の一人は宇喜多秀家だった。

「もう少し上流に登り口がある。そこから参るがよい」

秀家の声は張りがあってよく通った。大黒と同様に手厚くもてなされているにちがいなかった。

崖の上には十数戸の集落があった。

山の斜面にそって段々に連なる宅地に、萱《かや》ぶきの大きな家が建っている。

どの家にも作業用の中庭があり、人の背丈ほどの石垣が巡らしてあった。

何の変哲もない山里のようだが、政重は一目で集落全体が城構えであることを見て取った。

南から北へと川ぞいにつづく大手道は、直角に折れて山の中腹にある本丸へ向かっている。

この道を攻め込んで来る者は、たちどころに石垣の陰に伏せた弓や鉄砲の餌食になるだろう。

石垣こそ野面積みの粗末《そまつ》なものだが、それぞれの家を曲輪《くるわ》に見立てた配置は、いずれも兵法の理にかなっていた。

「伊吹山中で道に迷い難渋しておったところ、五郎右衛門《ごろうえもん》の一行と出会ってな。こうして厄介《やっかい》になっておる」

秀家は本丸に当たる矢野《やの》五郎右衛門の家に政重を案内した。

進藤三左衛門《しんどうさんざえもん》、虫明九平次《むしあけくへいじ》ら七人が、苦難をものともせずに従っていた。

「これ、山の大将」

秀家は五郎右衛門に政重のために食事の用意をするように申し付けた。

「それに湯の仕度もしておけ。着替えも忘れぬようにな」

「かしこまってござる」

五十がらみの五郎右衛門が、命令を伝えるために厨《くりや》にすっ飛んで行った。

「旧知の者でございますか」

「いいや。落武者狩りの大将だが、なかなかよく働いてくれる」

昨日秀家主従は谷川のほとりで五郎右衛門らの一団に襲われたが、秀家は大黒を駆使してたちどころに五人を斬り捨て、

「備前中納言と知っての狼藉《ろうぜき》か」

と一喝《いっかつ》した。

取り巻いていた三十人ばかりは気を呑まれ、槍や刀を投げ捨てて臣従を誓った。中でも五郎右衛門は秀家にぞっこん惚れ込んで、東軍十万が攻め寄せても秀家を守り抜くと悲壮な決意を固めているという。

「大黒はよき馬じゃ。山に放てばそちに出会うこともあろうかと、馬具をはずして使いに出した。まさかこれほど早く戻ってくるとは思わなかったがな」

「昨日石田治部どのに出会いました」

「おお、ご無事であったか」

「ひどく疲れたご様子でしたが、手傷を負うてはおられませぬ」

「五郎右衛門を案内者として、明日にも近江に向かう。一刻も早く大坂城に戻って、秀頼さまの力にならねばならぬ」

秀家は豊臣家が中立の勅命に従ったことを知らない。

たとえ毛利輝元が大坂城から退去しても、独力で徳川方と戦うことになると信じて

いた。

「恐れながら、もはやその儀はなりませぬ」

政重は辛さを堪《こら》えて一部始終を伝えた。

辛いのはもはや挽回の見込みが失われたことではない。秀家のような至誠《しせい》の士が、こんな無残な駆け引きの末に葬り去られることだった。

だが、それは政重の杞憂《きゆう》だったかも知れない。

秀家は話を聞くなり、

「そうか。ならば豊臣家は安泰じゃ。我らもあの世で太閤殿下に申し開きができる」

心からほっとした表情をして、澄みきった目に涙さえ浮かべていた。

三

伏見城下は荒れ果てていた。

唐破風《からはふ》、千鳥破風を配して美しい均整を保っていた五層の天守閣は、跡形もなく焼け落ちていた。

各曲輪に建ち並んでいた大名たちの壮麗な御殿も、大半が戦火をあびて焼失している。

焼け跡には炭と化した柱や黒く煤《すす》けた漆喰《しっくい》の壁が散乱していた。

船宿や商人《あきんど》の店が建ち並んでいた城下も、伏見城を包囲した西軍五万の陣所とされたために、打ち壊されたり踏み荒らされたりしていた。

豊臣秀吉が隠居所とするために「利休好み」に造らせた城は、わずか六年で終焉《しゅうえん》の時を迎えたのである。

宇治川にかかる大橋を渡って城下に足を踏み入れた政重は、三年前に初めてこの地を訪ねた時のことを思い出した。

城のあまりの華やかさに目を奪われながらも、円熟した末に滅びに向かう不吉な気配を感じ取ったものだ。

その予感は現実となって政重の目の前に広がっていた。

「国破れて山河あり、でござるな」

進藤三左衛門が低くつぶやいた。

四十ばかりになる秀家の近臣で、宇喜多家にあっては本丸御番衆として六百石を食《は》んでいた。それが今や人目をさけて頬かむりをし、薪《まき》売りに身をやつさなければならなくなったのである。

伊吹山中にひそんでいた頃にはさほどでもなかったが、こうしてなじみ深い町に出てみると、戦に敗けた現実の厳しさがひしひしと感じられた。

「この城で多くの者が死んだ」

戸田蔵人と絹江も、松の丸の黒鉄門で炎に包まれた。

二人とも取り潰《つぶ》された家を再興しようと懸命に生き、最後はこの城に立て籠る道を選んだのである。

その切なる思いは分っているつもりだったが、実のところは何も分っていなかったのかもしれない。家を失った者の無念は、同じ境遇になってみなければ分らないことに、政重は初めて思い至っていた。

船宿「藤波」は無事だった。

両隣の家は跡形もなく壊されて更地《さらち》になっていたが、藤波ばかりは紫の地に青海波《せいがいは》を描いたのれんをかけて、以前と変わりなく営業をつづけていた。

政重と三左衛門は荷車を引いて裏口に回った。

二人とも薪売りにしては体格が良すぎる。

押売《おしう》りでもやって来たかと、店の者五、六人が六尺棒をつかんで応対に出た。

「相変わらず威勢がいいな」

政重は頬かむりを取った。

「これは、長五郎さま。そのお姿は」

顔見知りの若い衆が啞然《あぜん》とした。

「世を忍ばねばならぬ身でな。ご主人に頼みごとがあって参った」

すぐに二階の部屋に通された。

以前前田利政の世話で長逗留《ながとうりゅう》した時に使っていた所である。あの頃と部屋の造作は何ひとつ変わっていなかった。

ほどなく主人が小走りにやって来た。

「お噂《うわさ》はうかがっておりました。よくぞご無事で」

政重の顔を見るなり、涙ぐんで声を詰まらせた。

「この宿があって助かった。よく守り抜いたものだな」

「能登侍従さまのお口添えで、豊臣家から乱暴狼藉を禁じる制札をいただきました。こうして商いをつづけられるのは、そのお陰でございます」

「利政どのは大過ないか」

「それが……」

主人は一瞬口をつぐみ、姿勢を改めていきさつを語った。

加賀の前田利長は徳川方に身方《みかた》したが、前田利政は病気と称して能登に引きこもった。

そのために大坂方に通じていたと疑われ、所領を没収されかねない窮地に立たされているという。

豊臣家に忠義を尽くしたいと願っていた利政は、政重のもとに河村右京亮《うきようのすけ》ら選《え》りすぐりの二百騎をつかわしたが、自身も二十一万石を棒に振る覚悟で筋を通したのだった。

「実は頼みたいことがある」

「何なりとお申し付け下されませ」

「備前島の屋敷に行きたい。船を都合してくれぬか」

侍上がりの主人はその一言で事情を察し、胸を叩いて請《う》け合った。

「長五郎さまともあろうお方が、そのような形《なり》で行かれてはなりません。手前が万端手配いたしますので、どうぞ月代《さかやき》を当たって装束を整えて下されませ」

合戦から十日の間、政重は月代もひげも当たっていない。

旧知の主人でさえ眉《まゆ》をひそめるほどのむさくるしい姿だった。

翌日、藤波の主人が仕立てた船で淀川を下り、備前島の宇喜多屋敷に着いた。

玄関口は家康の息のかかった者が監視しているおそれがある。念のために勝手口に回った。

「まあ、進藤さまではありませんか」

水汲みに出ていた侍女が、驚きのあまり桶《おけ》を取り落とした。

「騒ぐでない。女中頭を呼んで参れ」

武家装束の三左衛門は、本丸御番衆の威厳を示して命じた。

屋敷には女と子供と小者《こもの》しか残っていなかった。

関ヶ原の敗報が伝わると、留守役の武士たちはすべて領国で蟄居《ちっきょ》するように命じられたのである。

それでは不用心なので、前田家から警固の武士が十人ほど来ているという。

その者たちに気付かれないように、奥御殿の豪姫《ごうひめ》の居間を直に訪ねることにした。

「敗報が届いて以来、奥方さまはご心痛のあまり病《やまい》をわずらっておられますので」

女中頭の指示に従って次の間で待つことにした。

政重は装束を整えてくれた藤波の主人に感謝した。落武者そのままのうらぶれた姿で会ったなら、豪姫の心配をなおさら大きくさせるところだった。

「どうぞ、こちらに」

ふすまが内側から開けられた。

豪姫が夜具の上で上体を起こしていた。

白小袖《こそで》の上に紅葉《もみじ》色の打掛けを羽織り、束ねた髪を左肩の前に垂らしている。

やつれて顔が細くなり、肌の色が透《す》き通るように白かった。秀家を案じていることが一目で見て取れるほどの憔悴《しょうすい》ぶりである。

（このお方は、こんなにも人のことを思えるのだ）

そんな感動さえ覚えたほどだ。

「殿は、ご無事なのですね」

豪姫が恐る恐る目を上げて政重を見つめた。薫《た》き染めた香がかすかに匂った。

「ご安堵《あんど》下されませ。二心《ふたごころ》なき者たちに守られ、堅固《けんご》な山城にひそんでおられます」

「まあ、よかった」

首にかけた十字架を胸の前で握り締め、うつむいたまま感謝の祈りを捧げた。

豪姫はいつキリシタンになったのだろう。

あるいは秀家の身を案ずる煩悶《はんもん》に耐えかね、急に洗礼をうけたのかも知れなかった。

「たとえ天下がどのように動こうとも、決して再起の望みを捨てぬとおおせでございます。お気を強く持たれて、その日をお待ち下されませ」

「山城へ訪ねて行くことはなりませんか」

「そのご容体《ようだい》では無理でございます。それに人目もございますゆえ」

「そうですか。それならこれを」

体を横にねじって、枕元に置いた包みを引き寄せた。

「これを中納言さまにお渡し下されませ」

中には金子《きんす》二十五枚と豪姫が手ずからあつらえた着替えが入っていた。

こうした場合に備えて、敗報が届いた時から仕度していたという。

「承知しました。必ず」

両手を伸ばして受け取ると、ずしりと重い手応えがあった。

月が変わった十月一日――。

政重はただ一人都に向かった。

伊吹山には三左衛門をつかわせば用が足りるので、その間に近衛信尹《このえのぶただ》に会って秀家の身のふり方を相談しようと思ったのである。

都は合戦前と何ひとつ変わっていなかった。

内裏《だいり》があり寺社が並び、町衆の商家が肩を寄せ合うようにひしめいている。

ちょうど紅葉の盛りで、寺や神社の境内《けいだい》のいろは紅葉が真っ赤に色づいていた。変わったことといえば、大坂方に身方した大名の屋敷が固く門を閉ざしていることである。

だが、それがさしたることとも思えないほど、京の都は変わらぬたたずまいを保っていた。

いつぞや世話になった銀閣寺を訪ね、近衛邸への取り次ぎを頼んだ。

半刻《いちじかん》ほど待つと使いの僧が戻り、表に檳榔庇《びろうひさし》の牛車が待っていると告げた。

檳榔庇の車は親王や摂関家しか用いることを許されないもので、関白となった秀吉が好んで用いていた。

何ゆえそんな車をといぶかりながら表に出ると、物見から信尹がちらりと顔をのぞかせた。

「行く所がある。はよお乗り」

政重は前の簾《すだれ》を上げて車の中にすべり込んだ。

「無事で何よりや。備前中納言も息災なんやろ」

当然のような口ぶりである。政重が主を死なせておめおめと生き延びる男ではないことを、信尹はよく知っていた。

「伊吹山中にひそんでおられます。一昨日備前島を訪ね、奥方さまにそのことを伝えて参りました」

「つまらんことに巻き込まれて、難儀《なんぎ》な目におうたな。無念の極みとはこのことや」

「豊臣家に中立を保つようにとの勅命が下ったとうかがいました。まことでございましょうか」

車が動き始めた。

隙間《すきま》なく敷き詰められた石畳の道を、車輪の音を響かせながら下って行った。

「ほんまや。そうなれば大坂方に勝ち目はない。八景絵間の太閤評定《ひょうじょう》では、石田治部の首を差し出して事を丸く治めるだろうという意見が大勢を占めたそうや」

太閤評定とは五摂家の関白経験者が集まって行なうものである。その決定がそのまま帝に奏上され、勅使下向の運びとなったという。

こうした工作を押し進めたのは、前の太政大臣近衛前久だった。

「親父は内府と気脈を通じとったんやろうが、治部を甘く見過ぎとったんやな。あそこまで頑張り抜いて、いま一歩のところまで徳川方を追い詰めたんやから、敗けたとはいえたいしたもんや」

「左府《さふ》さまは、ご存知だったのでございますか」

「今は蚊帳《かや》の外に置かれた身やから、太閤評定の結果を聞かされたわけやない。そやけど八月十六日に大坂に勅使がつかわされたと聞いた時、そんなことやろうと見当はついとった」

「治部どのは、どうなさればよかったのでしょうか」

「勅命が下ったところで潔《いさぎよ》く敗けを認めれば、これほど犠牲を大きくせずに済んだやろな。そやけど人の気持いうもんは、行く所まで行かんとおさまらんもんや」

三成は大垣城を抜け出していた間に大坂城を訪ね、淀殿に勅命を返上するように迫った。

それを拒否されると、戦見物という名目で秀頼を出陣させるように求めた。

出陣はしても、見物だけなら勅命に背いたことにはならない。必死でそう訴える三成に押されて、淀殿も出陣を了解した。もともと三成の挙兵を支持していたのだから、ここで見捨てるのはあまりにも酷だと思ったのだろう。

三成は秀頼出陣のお墨付きを得て、形勢を挽回できると毛利輝元や長束正家らを説き伏せたが、ついに秀頼が出陣しなかったために毛利勢の離反を招いたのである。

公家の中には、こうした三成の抵抗を悪あがきと見る者が多かった。

大坂方の敗報を聞いた西洞院時慶は、日記に、

〈陣ノ義笑止ナリ〉（『時慶卿記』）

と書き付けている。

八月十五日に勅命が下った時点で勝敗の決着はついていたのに、無理やり決戦まで持ち込んだのが笑止だというのである。

「戦の勝ち敗けは戦場だけで争うもんやない。政《まつりごと》の駆け引きを制さんと勝てんもんや。治部と内府では、そこのところの目配りに格段の差があったんやな」

政重は次第に悪酔いしたような気分になってきた。

胸がむかつき吐き気がこみ上げてくる。

武辺一筋に生きた養父の長右衛門の清々《すがすが》しさが、なぜか無性に懐しかった。

「備前中納言は、この先どうするつもりなんや」

「そのことをご相談したくて、不時の推参をいたしました」

「さようか。そんなら都に連れて来たらええ。内府も親父や朝廷に借りを作ったばかりやから、都の寺社に踏み込むことはできんやろ」

信尹が事もなげに言った。

牛車はやがて一条の辻で止まった。

室町通りには群衆がひしめき、祇園《ぎおん》祭の山車《だし》でも出るような賑《にぎ》わいである。

通りの両側には竹矢来《たけやらい》が組まれ、槍を手にした兵が物々しく警固に当たっていた。

「これは何事でございますか」

「そのうち分る。まあ見とき」

檳榔庇の牛車だけに、辻の真ん中に止めても警固の兵は口出しをしない。

簾を中ほどまで上げて待っていると、目の前を二十騎ばかりがだく足で通り過ぎた。

その後ろを罪状を記した捨札《すてふだ》をかかげた刑吏《けいり》が歩き、荷車に乗せられた罪人がやって来た。

石田三成、小西行長《ゆきなが》、安国寺恵瓊《えけい》の三人である。

いずれも白装束をまとい、高手小手《たかてこて》に縛り上げられ、別々の荷車に乗せられている。

六条河原で斬首される前に、洛中を引き回されているのだった。

三成は髭も月代も美しく剃り上げ、真っ直ぐに正面を見据えていた。

「身から出た錆《さび》や」

「罪の報いと思い知んなはれ」

沿道の群衆の中には、罵詈雑言《ばりぞうごん》をあびせる者もいる。

五年前に関白秀次の妻子や侍女三十数人が斬首に処された時、三成は奉行を務めた。

秀吉に讒言《ざんげん》して秀次を切腹させたのは三成だという噂がささやかれていただけに、

洛中には反感を持つ者が多かったのである。

政重は目をそむけた。

捕えられたとは聞いていたが、今日こんなことが行なわれるとは思ってもいなかった。

「辛かろうが目をそむけたらあかん。政《まつりごと》の争いに敗れるとこうなる。大事なのは戦やのうて政治なんや」

武辺者である政重にはそうした視点が不足している。

そのことを教え込むために、信尹はここまで連れて来たのだった。

(治部どの……)

目の前を引かれていく三成を断腸の思いで見送りながら、政重は今日かぎり敦盛を手にするまいと誓った。

武では及ばないのなら、政について研鑽《けんさん》を積もうと思ったのである。

四

関ヶ原合戦後の徳川家康の動きは巧妙だった。

九月十七日に小早川秀秋や朽木元綱ら内応組を先鋒として佐和山城を攻め落とすと、黒田長政、福島正則を交渉役として毛利輝元を大坂城から退去させ、二十七日に西の丸に入って豊臣家の大老に復帰した。

戦は豊臣家の重臣間の内紛という扱いになったのだから、秀頼や淀殿の非を鳴らすような言動は一切しなかったが、大坂方に属した大名の処分は苛烈《かれつ》を極めた。

百二十万石の上杉家は三十万石に減封し、所領安堵を約束していた毛利家からも長《なが》門《と》、周防《すおう》以外の五ヵ国を没収した。

こうして秀吉が定めた五大老の制度を切り崩し、天下取りへ向けて着々と動き出したのだが、表向きは豊臣家の大老という立場を崩してはいない。

そのために秩序の回復と人心の収攬《しゅうらん》も速《すみ》やかだった。

落武者狩りの嵐もようやく静まった十月下旬、伊吹山中にひそんでいた秀家が洛中に入った。

近衛家ゆかりの寺で数日を過ごし、円融院《えんゆういん》に隠棲《いんせい》していた生母お福《ふく》の方と対面した後、備前島の屋敷に戻ることにした。

洛中とちがって大坂市中の警戒はいまだに厳しい。捕えられたなら石田三成らと同じ運命をたどることになりかねなかったが、秀家の決心は固かった。

豪姫が病に臥《ふ》せっているのなら一日も早く戻って元気な姿を見せてやりたいと、身の危険など眼中にないのである。

「そうか。ほなもうひと肌脱ぐとするか」

信尹の計らいで、八条宮智仁《はちじようのみやとしひと》親王から豪姫に見舞いの使者を送ることになった。

親王と豪姫は義理とはいえ姉弟《きようだい》に当たるのだから、病気を見舞っても不自然ではない。二十人にも及ぶ使者の一行は、唐櫃《からびつ》二つに詰めた見舞いの品々を持参して備前島の屋敷を訪ねた。

この唐櫃に秀家が身をひそめていたのだが、親王の使者とあっては市中警固の役人も手を出すことができなかった。

政重は前夜のうちに備前島に渡り、進藤三左衛門ら伊吹山中に同行していた七人と共に一行を待ち受けていた。

前田家から派遣されていた武士たちは、使者のお成りがあるからと豪姫がすべて引き取らせている。

屋敷内には身元の不確かな者は一人もいなかった。

やがて使者の一行が到着し、見舞いの唐櫃が奥御殿の豪姫の居間に運び込まれた。

政重らは万一に備えて次の間で警固に当たっていた。

ふすまはぴたりと閉ざされているが、二人の対面の気配は切れ切れの言葉とともに伝わってきた。

秀家は戦に敗れ国を失ったことをわびている。

豪姫は無事に戻って来てくれただけで嬉しいと、時には声を詰まらせ時にはすすり泣きながら切々と訴えていた。

外では雨が降り始めていた。

霧のように細かな雨に洗われ、庭の紅葉が鮮やかさを増していく。

関ヶ原合戦の朝もこんな雨が降っていたことを思い出しながら、政重は紅葉の赤に見入っていた。

河村右京亮も木下四郎左衛門も穴山武蔵守も死んだ。

岩崎黒兵衛や竹蔵《たけぞう》は行方不明のままである。

この戦で負った痛手は深いが、苦難に洗われて輝きを増す人の絆《きずな》もあるのだ。

秀家と豪姫の睦《むつ》まじさを間近に感じながら、政重は二人の再会を果たせたことに安堵の胸をなで下ろしていた。

三左衛門や虫明九平次はいかつい顔をくしゃくしゃに歪《ゆが》め、もらい泣きしそうになるのを必死でこらえている。

秀家を屋敷に連れて来てほっとした途端に、戦に負けた悔しさと何もかも失った頼りなさがこみ上げてきたようだった。

霞《かすみ》のような雨が足早な通り雨になり、引き潮のようにいつとはなしに上がった頃、秀家と豪姫が姿を現わした。

敗戦以来秀家の表情から消えることのなかった苦悶の影が薄れて、昔の和《なご》やかさを取り戻している。

豪姫は気鬱《きうつ》の病から解き放たれたのか、色白の肌が歓びの灯りに内側から照らされたようにしっとりと輝いていた。

「お陰でお豪を見舞ってやることができた。今日まで仕えてくれたことに礼を申す」

秀家は別室でささやかな酒宴を張り、家臣一人一人にねぎらいの言葉をかけた。

「城も所領も失った身ゆえ、もはやその方らを扶持《ふち》してやることもできぬが、地にひそみ野に伏すとも必ず再起を果たす覚悟じゃ。非常の金子を分かつゆえ、その日までそれぞれの才覚で生き延びてもらいたい」

三方《さんぽう》に載せた金を侍女たちが運んで来たが、生死を共にと願っている家臣たちは身を硬くして見つめるばかりだった。

「金子など不要でござる」

三左衛門が三方を押し返した。

「我らの生きる道など、いかようにもなりまする。この金子は殿が再起を果たされる折にお役立て下され」

「豪姫さまにお願い申し上げまする」

政重が申し出た。

「我らはただ今限り宇喜多家の扶持を離れまするが、この屋敷にて今少し中納言さまとの名残りを惜しみとう存じまする。お許しいただけましょうや」

「申すまでもありません。事情の許す限り留まって下さい」

「ならばその間だけでも前田家の侍として警固に当たれるよう、お計らいいただきとう存じまする」

家臣たちが腑に落ちぬ表情をしたが、これは考えあってのことだった。

秀家と豪姫には、この先離れ離れに暮らさなければならない辛い運命が待っている。その前に一日でも長く一緒に過ごさせてやりたかったが、宇喜多家牢人《ろうにん》のままでは万一の時にこの屋敷を守る名分が立たない。

だが前田家お抱えという扱いにしておけば、危急の場合にも何とか切り抜けられると思ったのだった。

三日後、政重の懸念は現実となった。

夜明けとともに本多正純の家臣二十名ばかりが表門に押しかけ、家康の命により屋敷内を改めると迫ったのである。

そのうち半数近くは物具《もののぐ》姿で、鉄砲をたずさえている。

裏門にも船入りにも人数を配し、脱出路を完全に封じていた。

宿直《とのい》をしていた政重は秀家に急を告げ、中二階の隠し部屋に身をひそめるように進言してから、皆を集めて戦仕度にかかった。

「四半刻ほど手間がかかる。九平次、何とか持ちこたえてくれ」

若年ながら弁舌が立つ虫明九平次に、門外で時間を稼がせることにした。

「承知いたした。お任せ下され」

小姓頭として二百石を食んでいた九平次は、活躍の場を与えられて雀躍《じゃくやく》として飛び出して行った。

残りの七人は手早く鎧を着込み、面頬《めんぼお》をつけ顔を隠した。

鉄砲の用意は二十梃《ちょう》、いずれも十匁《もんめ》玉の長鉄砲である。

鉄張りの歩楯が六枚。表門に向かって押し立て、鉄砲狭間《はざま》から敵を狙い撃つ構えを取った。

門の外では九平次が本多正純の使者と押し問答をつづけていた。

「我らは前田利長公より、豪姫さまをお守りするよう命じられておりまする。いかに徳川どののご使者とはいえ、利長公のお許しなくば何人《なんぴと》たりとも入れるわけには参りませぬ」

愚直なばかりにそうくり返しているが、実はこれがもっとも効果的な方法だった。

この頃の武家屋敷は不入《ふにゅう》の権（治外法権）が認められており、たとえ主君の命令でも意に染まぬとあらば立ち入りを拒否する権利があった。

本多正純の家臣たちがそれでも押し入るというのなら、武力に訴えるしかない。

そうした場合もありうるからこそ鉄砲足軽を引き連れて来たのだろうが、九平次が誠実そのものという態度で応対するので、強談判《こわだんぱん》に及ぶきっかけをつかみかねていた。

「我らとて前田家や豪姫さまに他意があるわけではない。関ヶ原の残党が屋敷内にひそんでいるとの訴えがあったゆえ、役目柄改めさせてもらいたいと申しておるのだ」

「ならば利長公のお許しを得てから来ていただきたい。許可なく他家の方々を屋敷内に入れては、我らがどのようなお咎《とが》めをこうむるやも知れませぬ」

押し問答はしばらくつづいたが、ついに正純の使者は堪忍袋《かんにんぶくろ》の緒《お》を切らしたようだった。

「問答無用。屋敷内に西賊の首魁《しゅかい》がひそんでいることは分っておる。応じぬとあらば力ずくで通るまでじゃ」

九平次を突き飛ばして門扉を押し開いた途端、袴《はかま》姿の使者はぎょっとばかりに立ちすくんだ。

政重が二十メートルほど先に立ちはだかり、右手にかざした鉄扇《てっせん》の先をぴたりと額に向けていた。しかも入口を取り巻くように半円形に並べた歩楯の狭間からは、六梃の筒先がにょきりと突き出して一行に狙いを定めていた。

「な、何の真似じゃ」

「そこなる者が申し上げた通りでござる。利長公のお許しなくば、ここを通すわけには参りませぬ」

「我らはご大老の命《めい》によって取り調べに来ておる。それを承知で刃向かうと申すのだな」

「刃向かうつもりはございませぬ。道理に従って、お断わり申し上げております る」

政重は鉄扇をかざして一歩詰め寄った。

「おのれ、愚弄しおって。構わぬ。踏み込め」

「お聞き届けいただけぬとあらば是非もない。お相手つかまつる」

政重がすっと鉄扇をふり上げた。

敦盛を手にしていなくとも、鬼落としをふるう気迫を保っている。その迫力に圧倒されて、正純の家臣たちは一歩たりとも動けなかった。

無事に追い払って主殿に引き上げると、秀家と豪姫が待ち受けていた。

「見事な働きであった。久々に溜飲《りゅういん》が下がる思いじゃ」

隠し部屋には行かずに二階から様子をながめていたらしい。

「されど徳川方は前田どのの屋敷に使いを発し、午後にも再び押しかけて参りましょう」

政重は兄正純の執拗《しつよう》さを知り抜いている。屋敷内にいる者たちが本当に前田家の家臣かどうか確認し、どんな圧力をかけても立ち入る許可を出させるにちがいなかった。

「急なことではございますが、これよりすぐに都に戻られるべきと存じまする」

「分った。その方らのお陰で思いがけず長居ができた。これで思い残すことはない」

秀家が豪姫を見やった。

「それではご持参いただきたいものがございますので、仕度をして参ります」

豪姫は気丈に振舞おうとしたが、別離の哀しみに足取りがおぼつかなかった。

「上洛後のことは近衛左府さまがお計らい下されましょう。それがしはこの場にて致《ち》仕《し》いたしまするが、今生《こんじょう》の思い出に形見の品を頂戴しとうございます」

政重の意外な申し出に、家臣たちが物問いたげな目を向けた。

「主家の命運尽きた時には、扶持を離れるのが武辺者の習いでござる。わずかな歳月とはいえ、重く用いていただいたことに感謝申し上げまする」

切口上に別れを告げたのには訳があった。

面目を潰されたままでは、正純がどんな卑劣な手を使って秀家を捕えようとするか分らない。それを避けるためには形見の品を持って正純のもとに出頭し、秀家は死んだと信じ込ませるしか策はなかった。

「そうか。何が所望じゃ」

「お腰の差し料を」

「壮士ひとたび行きてまた還《かえ》らずと言うが」

秀家は宇喜多家重代の名刀鳥飼国次《とりかいくにつぐ》を鞘《さや》ごと抜いたが、刀身を改めただけで脇に置いた。

政重の胸の内など、とうに見抜いていたのである。

「余のためにそちを死なせては、亡き利家公に会わせる顔がない。利政や掃部とて、とうてい納得するまい」

「ならばそのお役目、それがしにお申し付け下され」

三左衛門が声高に申し出るなり、髻《もとどり》をつかんでばっさりと切り落とした。

「本多どの。貴殿には殿のためにまだまだ働いていただきたい。この役はそれがしのような無骨者にこそ似合いまする」

国次の脇差を受け取ると、三左衛門はその日のうちに大坂城の本多正純を訪ね、秀家は伊吹山中で死んだと訴え出た。

そのことについて、家康の侍医だった板坂卜斎《いたさかぼくさい》は、『慶長年中記』に次のように記している。

〈十月末、進藤三右衛門と申す侍一人、大坂にて本多上野介《ママ》ところへ、何方《いずかた》よりともなく来り、備前中納言殿、いろいろさまざま御尋ね成され候、最後まで付き居申し候ものなり、上に達しられて聞き候えと申し候〉

この訴えを本多正純や徳川家康が真に受けたかどうかは定かでない。

だが正純の面目だけは立ったようで、それ以後宇喜多屋敷の取り調べは二度と行なわれなかった。

三左衛門が必死の熱弁をふるっていた頃、秀家は再び唐櫃にひそんで洛中へと向かった。豪姫から智仁親王へ返礼の品を贈るという名目で行列を仕立て、難なく潜伏先の寺に戻ったのである。

いろは紅葉も散り果てた頃、政重は西国に向けて旅立った。

目的地は薩摩《さつま》。

近衛信尹の書状と島津義弘との好《よしみ》を頼って、秀家を匿《かくま》ってくれるように交渉する使命をおびての出発だった。

# 第十一章　わが戦《いくさ》、いまだ終らず

一

雪が舞っていた。

北方の山岳地帯から吹きつける冷たい風に、花びらのような雪が混じっている。

湿気の少ない軽やかな雪は、時折中空で渦を巻きながら目の前を通り過ぎていった。

雪は本多政重《まさしげ》の肩にも、大黒《おおぐろ》のたてがみにも舞い落ちた。積もるほどの降りではない。大黒の漆黒《しっこく》の体をうっすらと染めては、体温に触れて溶け去っていく。

政重は岡山城下にさしかかっていた。

町を北から南に貫いて流れる旭川《あさひがわ》の向こうには、岡山城の天守閣がそびえている。

天正十八年（一五九〇）に宇喜多秀家が城の大改修を行なった時、安土《あづち》城にならって築いた三層六階の変則的な造りだった。

外壁には黒塗りの下見板が張ってあるので、別名烏《からす》城とも呼ばれている。

かつて秀家が備前五十七万石の太守として君臨したこの城は、数日前から小早川秀秋の居城となっていた。

関ヶ原の合戦で西軍を裏切り、東軍勝利の立役者となった秀秋は、秀家の旧領の大半を与えられて筑前名島《ちくぜんなじま》から移って来たのである。

城下は引っ越しの喧噪《けんそう》に満ちていた。

転封《てんぽう》にともなって小早川家の家臣と家族、新たに家臣の列に加えられた足軽、小者《こもの》など数千におよぶ者たちが、それぞれ割り当てられた屋敷に入ろうと、家財を満載した荷車を引いて行き交っていた。

道には小早川家の将兵が出て、入居の指示と城下の警固に当たっている。

兵たちが背負った違い鎌の旗指し物を見ると、政重の胸に激しい憤《いきどお》りがこみ上げてきた。合戦当日にこの旗をかざした軍勢が松尾山を駆け下って来た光景が、いまだに脳裡《のうり》に焼き付いていた。

事の真相は石田三成が言った通りかもしれない。だがあの時小早川さえ裏切らなかったなら、あの日の戦は勝っていた。

そんな無念が今も政重の胸にくすぶりつづけていた。

やがて旭川東岸の広場に出た。

秀家の頃には天守閣が敵の砲撃にさらされることを防ぐために出丸が築かれていたが、土塀が取り壊されて荷物置場にされていた。

筑前から移って来た者たちは、ここに家財や武具を運び込んで引っ越しの順番が来るのを待っていた。

転封の際には、細々とした品の不足に悩まされるものだ。

壁に棚をつけるための釘《くぎ》、釘を打つための金槌《かなづち》、洗濯物を干すための竿《さお》など、引っ越し荷物をまとめた時には気にもかけずに置いてきたものが案外と多い。

それを見越した商人たちが出丸のまわりに押し掛け、小早川家の者たちをつかまえて言葉たくみに売りつけていた。

広場の一画に竹矢来《たけやらい》が組まれ、武芸大会が開かれていた。

関ヶ原での功によって十五万石もの加増を受けた小早川家では、石高に見合う軍役を果たすために新たに家臣を召し抱えなければならない。その人材を発掘するためにも、尚武《しょうぶ》の気風を領民に知らしめるためにも、武芸大会は最適だった。

応募したのは、宇喜多家が取り潰《つぶ》されて牢人《ろうにん》となった者たちだった。ついニヵ月前までは何不自由なく暮らしてきた者たちが、新たな扶持《ふち》を求めてかつての同僚と技を競うのである。

常に権力者の無理難題に泣かされてきた庶民にとって、これはなかなか面白い見物《みもの》だった。

他人の不幸を喜ぶという屈折した感情の持主もいれば、知り合いの侍の再起を心から願っている者もいる。そうしたさまざまな思いが交錯し、群衆の熱気は異様なほどに高まっていた。

政重は大黒を降りて竹矢来の側に寄った。

鎧《よろい》をまとい床几《しょうぎ》に座った四人の検分役の前で、二人の武士が立ち合っていた。たすきを掛け額金《ひたいがね》を巻き、木刀を正眼《せいがん》に構えて向き合っている。

互いに打ち込む隙《すき》を見出せないようで、額に脂汗を浮かべ、間合いを詰めたりはずしたりしながら睨《にら》み合っていた。

二人の頭や肩に積もった粉雪が、対峙《たいじ》した時間の長さを示していた。

「下手くそ。はよせい」

「ぼやぼやしとるさかい戦に負けるんや」

た。

焦《じ》れた群衆から心ない野次が飛んだ。

その屈辱に耐えかねたのか、年嵩《としかさ》の武士が鋭い気合を発して上段から打ち込んだ。

年若い相手は体を低くして手元に踏み込み、木刀を横に払いながら体当たりに行った。

左の肩で突き上げた一撃に、年嵩の武士は真後ろにふっ飛ばされて尻餅をついた。

「次の方、出ませい」

検分役に呼ばれて、陣小屋から木刀を手にした若者が進み出た。

何と、戦のさ中にはぐれた竹蔵だった。

「作州牢人、倉橋竹蔵でござる」

いつぞや政重が与えた姓をぼそっと名乗った。

筋肉が出来上がる前の年若い体付きは以前のままだが、発する雰囲気がちがっていた。

手負いの獣のような鋭い殺気をただよわせ、陰気な影を色濃くまとっていた。

「播州牢人、八神甚内《やがみじんない》」

大柄な相手は、三メートルばかりの棒を構えていた。

ひと握りもある太い棒の両端に、鉄の輪を巻いている。

この一撃をまともに受けたなら、頭蓋《ずがい》などやすやすと叩《たた》き割られるだろう。甚内は太刀合いにのぞむ前に棒を軽々と振り回し、相手に恐怖心を与えて優位に立とうとした。

竹蔵は感情の失せた動かぬ目で地面を見つめていたが、ゆっくりと額金を脱ぎ捨て、相手の威嚇《いかく》に屈していないことを見せつけた。

その度胸をたたえる声が、群衆からまばらに上がった。

勝負はあっけないものだった。

甚内がうなりを上げて打ち込む棒を、竹蔵は柳のように体をそよがせてやすやすとかわした。しかも力量の違いを見せつけるように、なかなか打ち込もうとしない。

相手の手首をピシリと打って棒を叩き落としても、嬉しそうなそぶりひとつ見せなかった。

竹蔵は順当に勝ち進んだが、冬の日は釣瓶《つるべ》落としに暮れていく。

最後の八人になったところで勝負は翌日にもちこされた。

誇らしげに表に出て来た勝ち組を、縁者が飛びつかんばかりにして迎えている。

だが竹蔵に連れはいないようだった。

「倉橋どの、お久しゅうござる」

政重は人ごみの中から声をかけた。

竹蔵はふり返るなり、

「大黒、大黒やないか」

人をかき分けながら駆け寄った。

馬の方が大きいのだから、先に気付くのは当たり前というべきか。

「私もいるぞ」

政重は大黒の陰からぬっと顔を出した。

「大将、ようご無事で」

「お前も無事で何よりだ。関ヶ原で身につけたものは多いようだな」

竹蔵の寸の見切りは、命がけで刃の下をくぐらなければ会得《えとく》できないことを、政重も経験によって知っていた。

「身につけたんやあらへん。死物狂いで暴れ回っているうちに、体が自然に覚えたようです」

「それでいい。それが身につけたということなのだ」

「わしのことより、殿さまは……」

と言いかけてあわてて口をつぐんだ。

宇喜多家の旧領なので、誰に聞き咎《とが》められるか分らなかった。

「大事ない。窮地を脱し、再起を期しておられる」

「こんな所ではゆっくり話もできません。わしの宿所に来て下さい」

案内したのは出丸の足軽長屋だった。

武芸大会に出る者は、ここに寝泊りすることを許されていたのである。

政重らが伊吹山に逃れたいきさつを根掘り葉掘り聞き出してから、竹蔵は自分がどうやって関ヶ原から脱出したかを語った。

「それが自分でもよく分らんのです。大将と一緒に敵の中に斬り込んだところまでは覚えとりますが、その先何がどうなったのやらさっぱりでんがな。気が付いたら南宮山の杉林の中に倒れとりました」

おそらく槍の柄か刀の峰で側頭部を強打されたのだろう。痛撃を受けて脳が一時的に麻痺《まひ》し、判断力も記憶力も失ったまま戦いつづけた経験は、武辺者《ぶへんしゃ》なら一度か二度はあるものだ。

その時生き延びられるかどうかが、武人として立てるかどうかの分れ道だった。

「そのまま夜になるのを待ち、鎧を脱ぎ捨てて近江まで逃げましたんや。ちょうど大坂へ向かう馬借《ばしゃく》の一行と行き合いましたさかい、ただ働きをするかわりに馬方としてもぐり込ませてもらいました」

「武芸大会に出たのは、路銀を稼ぐためだけではあるまい」

それだけならあれほど鬼気迫る顔付きはしない。よほど深く心に期すものがあるはずだった。

「殿さまも大将も生きとらへん思たさかい、仇《かたき》を討つつもりやったんや」

武芸大会に勝ち残れば、小早川秀秋から直々に感状《かんじょう》が下される。

その時に秀秋と差し違えて、裏切り者を仕留めようと決意していたという。

「でも、もうやめや。大黒と一緒に薩摩まで供をさせていただきます」

竹蔵は以前のように快活に振舞おうとしたが、戦の暗い爪跡《つめあと》は幼さの残る顔に深く刻み込まれていた。


小西行長の居城があった八代から球磨《くま》川ぞいに六十キロほどさかのぼると人吉《ひとよし》に着く。

古くから八条院《はちじょういん》領の荘園として栄えた土地で、相良《さがら》氏が領主として命脈を保っていた。

関ヶ原の合戦に際して、相良長毎《ながつね》は西軍に属して大垣城の守備についたが、西軍が大敗したと聞くと秋月種長《あきづきたねなが》らとともに東軍に内応した。

その功が認められて、二万二千石の所領を安堵《あんど》されたばかりだった。

まさに安堵の気分ただよう城下町を抜け、球磨川の支流ぞいに国見《くにみ》山地に分け入って久七峠《きゅうしち》にたどり着いた。

肥後と薩摩を分ける国境だけに、日頃から関所の警戒は厳しかったが、関ヶ原の合戦後はさらに厳重になっていた。

西軍に属した島津家を討伐するために、加藤清正や黒田長政らが薩摩に侵攻する構えを取っていたからである。

これに対して島津家では、徳川家康の近習《きんじゅ》である山口直友《やまぐちなおとも》を仲介役として必死の和平工作を進めているが、一方では敵が攻め寄せたなら一丸となって抗戦する構えを取っているという。

久七峠の関所も柵を二重にし、間に土嚢《どのう》を積み上げて大砲の砲撃にもびくともしない陣地を築いていた。

関所には二十人ばかりの兵がいて、旅人の通行を監視していた。

間者《かんじゃ》の侵入を防ぐばかりでなく、領内の百姓が他領に逃散《ちょうさん》することを警戒しているのだった。

政重と竹蔵も陣屋に連行されて剣呑《けんのん》な取り調べを受けたが、近衛信尹の使者だと告げると態度は一変した。

薩摩、大隅《おおすみ》、日向《ひゅうが》にまたがる島津荘は、もともと近衛家の荘園だった。

この地に島津家の祖となった忠久《ただひさ》が地頭として赴任して以来、近衛家と島津家は領家《りょうけ》と職家《しきけ》として特別な関係を保ってきた。

まして今は島津家存亡《そんぼう》の秋《とき》である。

近衛家に頼った和平工作も進められているので、万一手落ちがあっては切腹ものだと思ったのだろう。関所の者たちはすぐに大口《おおくち》城に早馬を出し、上役の指示をあおいだ。

大口城の城主は薩摩武士の鑑《かがみ》と言われた新納《にいろ》忠元《ただもと》だけに、措置《そち》は速やかだった。選《え》りすぐりの二十騎を久七峠に差し向け、政重を警固して帖佐《ちょうさ》の島津義弘のもとまで案内させたのである。

帖佐の城は別府川の西側にあった。

南に錦江湾《きんこう》が広がり桜島がそびえる風光明媚《めいび》の地だが、城の構えは貧弱だった。

入国以来、島津氏は人こそ城という考え方を重んじているので、家臣領民に負担を強いる大規模な築城を行なわなかったのである。

主殿の対面所でしばらく待つと、義弘がただ一人で現われた。髪を下ろした入道姿で、白小袖《こそで》の上に綿入れを羽織っている。関ヶ原後の苦難のせいか、急に老け込んだようだった。

「一別以来じゃな。互いに息災《そくさい》で何よりじゃ」

声は変わらない。以前とは別人のようだと感じていたので、政重は内心ほっとした。

「その折にはご助勢いただき、かたじけのうございました。お陰さまでこうして生きております」

「お互いさまよ。その方らの陣所が、退《の》き口の近くにあっただけじゃ」

「あの後石原峠で戦ぶりを拝見し、感服つかまつりました。今生《こんじょう》の思い出にございます」

「長五郎」

「はっ」

「わしはもう六十六じゃ。若い者のように伊吹山を駆け登って逃れることもできぬ。それゆえ死中に活《かつ》を求めたばかりじゃ。見事な戦をしてくれたのは豊久や家臣たちで、わしは何もしておらぬ。神輿《みこし》のように荷《かつ》がれていたばかりじゃ」

義弘の口調には、多くの家臣を死なせた無念がにじんでいた。

敵中突破のさなかに甥の豊久は殿軍《しんがり》を務め、家老の長寿院盛淳《ちょうじゅいんもりあつ》は義弘の影武者となり、それぞれ壮絶な討死をとげている。

一千近い将兵のうち、死地を脱したのは百人にも満たなかったというから、まさに死中に活を求めた戦だった。

伊勢から大坂へ向かう途中も落武者狩りの土民に悩まされたが、それでも無事にたどり着き、大坂屋敷で人質になっていた島津家の女たちを助け出して来たという。

「ご領国に入るに当たっては、近衛左府さまにお力添えいただきました」

「うむ、忠元が知らせてよこした」

「ご家中にあてた書状を預かっております」

政重が信尹の密書を取り出そうとすると、

「まあ待て」

義弘が鋭く制した。

「薩摩は初めてであろう。しばらくは桜島でもながめながら、旅の疲れをいやすがよい」

急に席を立って障子戸を開けた。

庭の植え込みの向こうに桜島がどっしりとそびえ、もうもうと煙を噴き上げていた。

二

島津家の暮らしは質素なものだった。

朝の食事は一汁一菜、昼は蕎麦《そば》か芋粥《いもがゆ》、夜は一汁二菜が常である。

米の飯など盆と正月と出陣前くらいで、日頃は粟《あわ》や稗《ひえ》や芋と玄米を混ぜたものである。

しかも驚くべきことに、当主の義弘が率先して粗食に耐え、家臣や領民に範を示していた。

帖佐の城で数日を過ごすうちに、政重は君臣一体となった島津家の家風に深く心を打たれた。

だが城外に出て領民の暮らしぶりに触れてみると、そうでもしなければ家が保てないほど領国が疲弊《ひへい》していることや、家中に複雑な問題を抱えていることが見えるようになった。

薩摩、大隅の両国は、もともと肥沃《ひよく》な土地ではない。

火山灰におおわれたシラス台地が大半を占めているので稲作には不向きな上に、朝鮮出兵以来の莫大《ばくだい》な戦費の負担が重なって、来年の種籾《たねもみ》の確保さえおぼつかない有様だった。

しかも独断で西軍に加担した義弘の処遇をめぐって、義弘派と兄義久派の間で深刻な対立が起こっていた。

争いの端緒は秀吉の朝鮮出兵にあった。

文禄の役が始まると島津家にも出兵命令が下ったが、秀吉の九州征伐軍と戦って敗れたばかりの島津家には、とても朝鮮に兵を送る余力はなかった。

だが命令を拒否することはできないので、義弘が総大将として出陣したが、軍勢の数も装備も充分ではなく、渡海用の船さえ調達できない有様だった。

義弘は国元に危機を訴えて軍勢の派遣を求めたが、島津家の当主である義久は応じようとはしなかった。応じたくとも、家臣の一揆などがあって応じられなかったのである。

この窮状を義弘は有りのままに秀吉に伝えた。

それに対して秀吉は細川幽斎（藤孝《ふじたか》）を政治顧問として薩摩につかわし、太閤検地を強行して領内の統制を押しすすめた。

後に石田三成が引き継いだこの検地によって、従来二十二万四千石だった知行高は一挙に五十六万九千石に引き上げられた。

しかも義久、義弘をはじめすべての重臣たちの所替えが行なわれた。所領の表高《おもてだか》を倍以上に引き上げ、重臣たちには今までと同じ石高で所替えを強制するのだから、実質的には扶持《ふち》を半減するのと同じである。

家中に渦巻く怨嗟《えんさ》の声を承知で義弘が太閤検地に応じたのは、秀吉の力を借りて島津本家の力を強め、朝鮮出兵の負担に耐え抜こうと考えてのことだった。

ところが秀吉の意を受けた三成は、所領の分配と所替えに際して義弘に手厚く義久に厳しい措置《ほんがんち》を取った。

島津家の本貫地である薩摩の大半を義弘に与えたり、義弘の家老として検地の指揮に当たった伊集院幸侃《いじゅういんこうかん》（忠棟《ただむね》）に六万石もの加増をしたために、義久の反発を招くことになった。

「兵庫頭（義弘）は秀吉と通じ、お家を乗っ取ろうとしておる」

義久がそんな不信を持つのも無理からぬ状況だったのである。

兄弟分裂のこの危機を、二人は義弘の次男忠恒《ただつね》に義久の娘を娶《めと》らせて世継《よつ》ぎとすることで乗り切ったが、秀吉が死に朝鮮の役が終った途端、思いもかけない事件が起こった。

忠恒が伊集院幸侃を無礼討ちにしたのである。

秀吉の手先となって過分の恩賞を得た幸侃に不信感を抱いていた忠恒は、幸侃を討って伊集院家を取り潰そうとしたのだった。

幸侃の嫡男忠真《ちやくなんただざね》は、忠恒の一方的な措置を不服として兵を挙げた。

義弘は娘婿《むすめむこ》に当たる忠真を説得して矛《ほこ》を納めさせようとしたが、ついに庄内《しようない》の乱と呼ばれる骨肉あい食《は》む合戦となった。

戦いは慶長四年（一五九九）六月から翌年二月までつづき、双方に甚大《じんだい》な被害をもたらした末に、徳川家康の仲裁によって治まった。

こうした複雑な事情があるだけに、関ヶ原の合戦への対応は難しいものとなった。

豊臣家に厚遇されてきた義弘には、西軍につきたい思いが強い。だが庄内の乱に当たって家康の恩をこうむった島津家としては東軍に身方するのが筋で、義久も忠恒も家康に心を寄せていた。

そこで義弘は東軍につこうとして伏見城への入城を申し入れたが、鳥居元忠に拒否されたためにやむなく西軍に加わった。

表向きはそうなっている。

だが義弘には初めから東軍につくつもりはなかった。

伏見城に入城を申し入れたのも、容《い》れられれば西軍に内応できるし、容れられずとも義久や忠恒に言い訳が立つと考えての計略だった。

八月十五日に「天下無事の義」を計る勅命が出されるまでは大坂方が圧倒的に優勢だったのだから、義弘がこうした賭《か》けに出たのも無理からぬことだったのである。

ところが結果は凶と出た。

そこで関ヶ原の中央突破という華々しい戦《いくさ》をし、大坂屋敷で人質となっていた女たちを救出して帰国したのだが、義弘を見る義久や忠恒の目は厳しかった。

関ヶ原の合戦の七日後に、家康は山口直友を義久、忠恒のもとにつかわし、義弘の行動に同意していたかどうか詰問している。

これに対して二人が同意していないと答えたのは、決して責任逃れのための虚言ではない。

義弘は独断で行動し、その責任を取って詰め腹を切らされかねない窮地に立たされていた。

こうした事情を知ったからには、義弘に無理な頼み事はできない。

政重がこのまま黙って帖佐を去り、義久や忠恒と直接交渉しようかと考え始めた矢先に義弘が声をかけた。

「そろそろ左府さまの文を見せてもらおうか」

何が書かれているかは、すでに察していたのだろう。密書に目を通しても、さして驚きもしなかった。

「そうか。備前中納言どのも無事であったとは、大慶《たいけい》の至りじゃ」

「薩摩ご入国の件、いかがでございましょうか」

「なにゆえそこまでするのじゃ」

「…………」

「そちほどの武辺者なら、奉公口などいくらもあろう。なにゆえこれほど中納言どののために尽くすのじゃ」

「それがしの戦は、まだ終ってはおりませぬ」

政重は短く答えた。

義弘ははっと胸を衝《つ》かれた表情をし、ややあって高らかに笑い出した。

「そうよな。わしの戦もまだ終ってはおらぬ。久々によきことを思い出させてくれた」

義弘はさっそく義久あての文を書き、信頼できる者に富隈《とみくま》城まで案内させると言った。

「兄上は気難しきお方ゆえ、生半可な言葉では通じぬ。わしも同行してやりたいが、今はままならぬ身でな」

淋しげにつぶやき、僧形にした頭をつるりとなでた。

富隈城は大隅国の国分にあった。

豊臣家が差配した文禄四年（一五九五）の所替えによって、義久は島津家の当主の地位を追われるように鹿児島から富隈城への移住を強制された。

その無念を無言のうちに示そうとしているのか、義久は入城してからも改修ひとつしていなかった。

城に着くとすぐに御殿の書院に案内された。書棚には数百冊の書物が置かれ、床の間には白磁の壺《つぼ》に一枝の千両《せんりょう》が奥ゆかしく生けてある。

和歌に造詣《ぞうけい》が深い義久の研鑽《けんさん》ぶりがうかがえる、清冽《せいれつ》の気に満ちた書院だった。

「遠路大儀であった」

義久の対応は丁重だった。

六十八歳になる物静かな男で、高位の禅僧のような雰囲気があった。

「左府さまの使いと聞いたが」

「この書状を届けるようにとのお申し付けでございました」

政重が差し出した書状を、義久は綸旨《りんじ》でも拝するようにうやうやしく受け取った。

近衛家は島津家の領家で、前久や信尹の代になっても両者の関係は親密だった。天正三年（一五七五）には織田信長に使いを命じられた前久が、一年半も薩摩に留まって両者の和談をまとめているし、文禄三年（一五九四）には勅勘《ちょっかん》をこうむった信尹が四年もの間坊津《ぼうのつ》に蟄居《ちっきょ》している。

その間、義久以下島津家の主立《おもだ》った者たちは、近衛父子から和歌や書道、茶の湯、蹴鞠《けまり》など、王朝文化の手ほどきを受けた。

義久が書院の床の間に掛けているのも、前久の書だった。

「お申し付けの趣《おもむき》はよく分ったが、お受けすることはできぬ」

義久は丁重に文をたたみ、もう一度頭上に拝した。

「そちも知っての通り、当家は西軍に属した科《とが》によって家康公から詰問を受けておる。対応を誤れば、家の存続さえかなわぬであろう。そのような時に、備前中納言どのを匿《かくま》い通せると思うか」

「思いまする」

「ほう、何ゆえか」

政重は袱紗《ふくさ》に包んだ酔象《すいしょう》の駒を差し出した。

今日の将棋に酔象はないが、この頃には玉に次ぐ重要な駒として用いられていた。

初めは玉の前にあって守りに当たるが、敵陣に入って裏返しになると太子になって玉と同じ働きをする。玉を取られても太子があれば負けにならないという、いかにも戦国乱世に好まれそうな決まりだった。

この酔象は後奈良天皇によって盤上から除かれたと伝えられるが、武家の間ではそれ以後も用いられていたのである。

義久は腕組みをしたまま、酔象をにらんで黙り込んだ。

庭の紅葉が黄色く色付いている。薩摩は温暖の地なので、京都からいろは紅葉を移植しても、あれほど赤くは染まらないのである。

「これが中納言というわけか」

長い黙考の後で、義久がぼそりとつぶやいた。

「御意《ぎょい》」

「万一の時には、この駒を奉じて玉となせということだな」

「いかにも」

秀家の人望は絶大である。

もし島津家が秀家を奉じ豊臣家と結んで挙兵したなら、家康の処分に不満を持つ毛利、上杉などの大名や、主家を取り潰された牢人たちが、こぞって身方に参じるにちがいない。

しかも島津家には、近衛家という強烈な後ろ楯があるのだ。

秀家を迎え入れてそうした計略があることを匂わせるだけでも、家康は島津家の処分に二の足を踏むだろう。

政重が酔象に託した意味を、義久は即座に読み解いていた。

「ご無礼ながら、和議の交渉というものはひたすら詫《わ》びるだけで成るものではございませぬ。決裂の場合には戦も辞さぬ構えで臨むからこそ、相手も譲歩に応じるものと心得まする」

「さすがに佐渡守どのの血筋と言いたいところだが、絵に描いた餅は食えぬものじゃ。石田治部の転びぶりがよい例ではないか」

「絵に描いた餅で終るかどうかは、龍伯《りゅうはく》さまのお覚悟ひとつにかかっていると存じまする」

龍伯とは義久の号である。

「出過ぎたことを申すな。家を保ち家臣領民を守らねばならぬ者の覚悟とは、そちごときの考えの及ぶところではないわ」

「どうあってもお聞き届けいただけぬとあらば、この場でそれがしを討ち果たされるがよい」

「……………」

「この首を徳川家に差し出せば、少しは異心なきことの証《あかし》となりましょう。その功により和議が成れば、兵庫頭《ひょうごのかみ》さまの科をお許しいただきたい」

「何ゆえ、そちが」

「関ヶ原で危うき命を助けられたばかりか、お国の戦ぶりまで見せていただきました。志がならぬのなら、一命をもってご恩に報いたいと存じまする」

「義弘といいそちといい、まことに度し難い奴輩《やつばら》じゃ」

義久は長嘆息をつき、脇息《きょうそく》によりかかってしばらく考え込んでいた。

「左府さまのお申し付けとあらば致し方あるまい。されどその前にやり遂げてもらいたいことがある」

関ヶ原の合戦の後、新納《にいろ》旅庵《りょあん》はじめ数十名が徳川家に捕えられている。この者たちの帰国を実現したなら、秀家の受け入れに応じてもよい。

それが義久が提示した交換条件だった。

三

島津家の用船に乗った政重は、十二月の初めに日向《ひゅうが》の港を船出した。

小早船《こばやぶね》と呼ばれる快速船は日向灘を北へ向かい、豊後水道を通って瀬戸内海へと入っていく。

いくつもの島が散在する波静かな海を進みながら、政重は義久の条件について考えていた。

新納旅庵ら三百人ばかりは、義弘に従って関ヶ原の中央突破を敢行しているうちに、敵にさえぎられて本隊から取り残された。

主とはぐれたからには討死するしかないと覚悟を定めていると、長宗我部家の使い番が義弘が伊勢路を通って脱出したことを告げた。

ならば追い付くことができるかも知れないと北近江を目ざして落ち延び、琵琶湖の西岸を経て洛北の鞍馬寺《くらまでら》にたどりついた。

九月十八日のことである。

だが三百人もが寺に隠れているわけにはいかないので、近衛家ゆかりの寺社を頼って抜け抜けに洛中に潜入することにした。

ところがこのことを察知した徳川家康は、山口直友を捕縛に向かわせた。

直友は庄内の乱の折に島津家のために尽力していたので、旅庵とも昵懇《じっこん》の間柄だったからである。

直友の説得を容れた旅庵は、寺に残っていた百人ばかりとともに捕虜となり、家康直々の尋問を受けた。

この時も義久や忠恒が義弘の行動を知っていたかどうかを厳しく問われたが、旅庵は関与していないと言い通した。

「兵庫頭さまが大坂方となられたのは、伏見城への入城を鳥居どのに拒まれて進退きわまったからでござる。国許のご両所はこのことにご同意なされなかったゆえ、一兵たりとも上方に差し向けられなかったのでござる」

そう強弁したばかりか、もし関ヶ原に島津の本隊一万がいたならこんな尋問を受けることもなかったはずだと啖呵《たんか》を切った。

これには家康も苦笑をもらしたというが、監禁と尋問が長引けば高齢の旅庵の根が尽きないとも限らない。そしてもし旅庵が義弘の真意を白状したなら、島津家は無事ではいられないだろう。

義久が捕虜の解放を急いでいるのは、そうした懸念があったからだった。

二ヵ月半ぶりに大坂に戻った政重は、伏見向島の屋敷に本多正信を訪ねた。

むろん身分を伏せている。だが正信の近臣には顔見知りが多いので、難なく対面を許された。

正信は六畳ばかりの離れで将棋盤に向き合っていた。隅に逃れた玉を詰《つ》む手を考えているらしい。

十二月半ばだというのに、白小袖の上に麻の袖なしを重ねたばかりだった。

「よう来た」

いつもと変わらない素っ気なさである。

「この通り蟄居の身でな。詰め将棋などして退屈をしのいでおる」

「中山道を行軍中に、後《おく》れをとられたとうかがいましたが」

「わしがお側についていながら、秀忠どのを大事の合戦に遅参させてしもうた。年は取りたくないものじゃ」

言葉とはうらはらに正信は楽しげである。あの遅参の意味がお前に分るかと、問いかけてでもいるようだった。

「政《まつりごと》ですか」

「朝廷に圧力をかければ豊臣家が手を引くと、初めから見越しておられたのではありませんか」

今年三月に宇喜多家の内紛が起こった時、正信は策を用いて徳川の世になせぬかと考えていると言った。今度の「天下無事の義」の勅命は、いかにも正信が弄《ろう》しそうな策だった。

「関ヶ原では華々しい働きをしたそうだな。お陰でわしまで殿のお誉めにあずかった」

「………」

「とにかく無事で何よりじゃ。戦も一日で片が付き、民百姓への迷惑も思いのほか少なかった。上々の首尾と言うべきであろう」

「まだ片付いてはおりませぬ」

「島津のことか」

「その件でお知恵を拝借しとう存じます」

新納旅庵らを釈放させるにはどうしたらいいか教えてほしい。政重は卒直に頼み込んだ。

「何ゆえそのことに関わる」

「義弘どのに危うき所を助けていただきました。その恩に報いたいのでございます」

「それだけか」

「島津との戦が避けられれば、父上のお望みにも叶うと存じます」

「長生きはしてみるものじゃ。そちが身方になってくれるとはな」

正信が声を上げて笑った。人を小馬鹿にしたような笑い方だった。

「ところがこの問題は、そちの御恩報じのために口をはさめるほど簡単ではない。たとえ口をはさみたくとも、今のわしにはどうにもならぬ」

島津家の処分をどうするかは、今や徳川家の世継ぎ争いのからんだ問題になっていた。

関ヶ原の合戦に遅参した秀忠は、薩摩攻めの総大将として采配《さいはい》をふることで汚名を晴らしたがっている。

これを本多正純が支持して秀忠との結びつきを強めているが、四男忠吉を推す井伊直政は強硬に反対している。

関ヶ原で戦の口火を切った上に、島津軍を追撃して手負《てお》った忠吉の働きは誰もが認めるところで、このまま世が治まれば忠吉が世継ぎになる可能性が高いからだ。

直政は何とか和議をまとめようと、負傷の癒《いえ》ぬ身でありながら家康との仲介をすると島津家に申し入れたという。

「そちが捕虜を釈放したいのなら、井伊どのを頼るがよい。同志を得たように喜ばれるであろう」

「ご教示かたじけのうございます」

「いつぞや手取川を落ち延びた時、そちは川の水を汲んで飲ませてくれた。あの味が忘れられぬだけじゃ」

正信が照れたように渋く笑った。

合戦のさなかに政重の脳裡《のうり》によみがえった光景は、正信にとっても忘れ難い思い出だったのである。

離れから玄関に向かっていると、前方の角を曲がって細身の武士が現われた。

上野介《こうずけのすけ》正純である。

二人の供を引き連れ一分の隙もない姿勢で歩いていたが、政重に気付くとぴたりと足を止めた。

怒りのためだろう。端正すぎる顔に赤みがさし、ただでさえ冷たい目がいっそう険しくなった。

政重は止まらなかった。

渡り廊下は一本道なのだから、今さら逃げ隠れしても仕方がない。それに事が公になれば正信に迷惑が及ぶのだから、屋敷内で騒ぎ立てるはずがないと一瞬のうちに判断していた。

正純は身動きもせずに政重をにらみ据えた。動揺のあまり立ち止まったために、後れを取ったと感じたのである。

二人は重い空気を押し縮めるようにして近付き、無言のまますれ違った。

互いの肩がすれ合うほどに近付いた瞬間、正純が軽く舌打ちをした。

感情を抑えきれずに無意識にしたことだろうが、その無様《ぶざま》を正純が後で死ぬほど悔やみ、その後悔ゆえにいっそう憎しみをつのらせることが、政重には手に取るように分っていた。

謀《はかりごと》は迅速を要する。

政重は翌日伏見城の徳善丸を訪ね、井伊直政と対面した。

徳善丸は西軍による伏見城攻撃の際にも激戦の地とならず、類焼をまぬかれていた。

徳川家の者たちはここを屯所《とんしょ》として、城の復旧に当たっていたのである。

直政はまだ寝たり起きたりの日々を過ごしていた。

関ヶ原の合戦の時、島津義弘を討ち取ろうとして鉄砲で胸を撃ち抜かれた。医師が胸を切り裂いて弾を取り出したものの、傷口はまだ完治していなかった。

「ご覧の通りの有様でな」

直政はいつまでも治らない傷に苛立っていた。

「大事の折に満足なご奉公もできぬ」

「時こそ薬と申します。安静が肝要《かんよう》と存じます」

「そちは傷ひとつ負うてはおらぬな」

「軍神のご加護があったのでございましょう」

「我が兵を蹴散らして本陣間近まで迫った戦ぶりは、まことに見事なものであった。殿が金の馬標《うまじるし》の男は誰だとおたずねになるので、返答に往生したものじゃ」

直政が苦笑した。

敵となったことには少しもこだわっていない。むしろ武辺者としての働きに感じ入り、今からでも徳川家に呼び戻したいようだった。

「ご家中のお働きも見事でございました。あの赤備《あかぞな》えさえ破れたなら、戦の結果は違っていたかも知れませぬ」

「年甲斐《としがい》もなく先駆けをしたのは、そちの戦ぶりを見て血が騒いだせいであろう。そいかに功成り名を遂げようとも、武辺者は常に戦場に立っていたいものである。それが叶わぬ年になったことが、心の底から淋しいようだった。

「ところで何の用じゃ。帰参の口添えなら、喜んでいたすが」

「島津家の扱いについてお願いがございます」

関ヶ原で義弘に助けられたいきさつと、恩に報いるために島津家の捕虜が釈放されるように尽力していることを卒直に語った。

むろん秀家のことや正信から聞いたことは伏せている。だが、それが直政をあざむくことになるとは思わなかった。

「そうか。わしも兵庫頭どのの手勢と刃を交えたが、命を惜しまぬ戦ぶりは敵ながらあっぱれと感じ入った。その武功に免じて穏便な計らいあるよう、尽力していたところじゃ」

直政も忠吉の世継ぎの問題については一言も触れなかった。

「何かよき方策はないものでしょうか」

「今は上野介らが殿のお側近くに仕え、島津討伐の策のみを進言しておる。あの腸《はらわた》腐《ぐさ》れ、いや、そちの親父どのならもう少しましな知恵を出されようが、蟄居中とあらば如何《いかん》ともし難い」

文弱の徒とののしりながらも、直政は正信の手腕に一目置いていた。

「どうじゃ。佐渡守どのなら、どのような策を用いられると思う」

「討伐の仕度を進めながら、義久公に大坂城まで出向いて釈明するように求められると存じます」

「わしも使者を送ってそのように勧めておるが、ご高齢でもあり当家の仕置に不信を持たれておるゆえ、なかなか応じようとはなされぬ」

「島津家の捕虜を釈放し、使者を同行させて和議の交渉をなされてはいかがでしょうか」

「確かにその通りじゃが」

直政は目を閉じ、長々と黙り込んだ。

「御前での評定となったなら、上野介に言い勝てるか」

「分りませぬ。されどそうした機会を与えていただけるなら、信じるところを残りなく言上いたす所存でございます」

「分った。ならば明日にも西の丸に出向くゆえ、そちも同行いたすがよい」

直政の意気込みにもかかわらず、大坂城での対面は三日後に延ばされた。

豊臣家の大老に復帰した家康は、西軍に属した大名の処分ばかりか秀頼の直臣たちの配置換えにまで手をつけ、多忙を極めていたからである。

年の瀬も迫った十二月二十日――。

政重は直政に連れられて西の丸のお焼火《たきび》の間《ま》に行った。

家康が重臣たちと同じ釜の飯を食べながら腹蔵《ふくぞう》なく語り合う場所で、部屋の中央には大きな囲炉裏《いろり》が切ってあった。

政重は裁着袴《たつつけばかま》に陣羽織という牢人の形《なり》をして、髻《たぶさ》をいつもより大きめに結っていた。

やがて家康が主の座についた。

風邪でもひいたのか、厚手の綿入れを羽織っている。供は正純だけだった。

(まるで達磨《だるま》のようだ)

政重がそう感じたのは着ぶくれした姿のせいではなかった。

九年もの間座禅を組み、ついに悟りに至った達磨大師のように、家康も数十年にも及ぶ忍苦の末に天下を掌中にした。

その自信と誇りとが、家康をひと回りもふた回りも大きくしていた。

当年五十九歳。人は志さえ高く持てば、どこまでも大きくなれると示す生きた手本がここにあった。

「直政、傷の具合はどうだ」

家康が気さくに声をかけた。

「お陰さまで、命を保っております」

鬼武者と呼ばれた直政が、家康の前では数段も格下に見えた。

「冬場の傷は治りにくいものじゃ。湯治場にでも行って養生してくるがよい」

「かたじけのうござる。いつぞやお訊ねのあった佐渡守どのの悴《せがれ》が、言上したき儀があると申しますので、僭越《せんえつ》ながら同道いたしました」

「一昨日の書状で委細《いさい》承知しておる。姓を本多に改めたそうだな」

「ははっ」

政重は平伏して応じた。

「いつぞや石部の宿で見かけた時は、倉橋長五郎と名乗っておった。当家の戦陣作法を忘れぬとは、殊勝《しゆしよう》な心掛けじゃ」

石田三成に家康暗殺の企てがあることを、政重は敦盛《あつもり》のけら首に黄色い布を結びつけて知らせた。伏兵に気付いた時の御先手組《おさきてぐみ》の合図を、家康も見落としはしなかったのである。

「海道一の弓取りと称されたお方と、戦場で槍を合わせてみとうございましたので」

「関ヶ原では見事であった。誉めて取らす」

「かたじけのう存じまする」

「島津家の者どもを、国元に返せと申しておるそうだな」

「御意」

「兵庫頭の恩に報いるためというが、上野介、この儀いかがじゃ」

「この者は一月ほど前に薩摩を訪ね、兵庫頭どのや龍伯公と会っておりまする。また十月末に備前中納言どのの逃亡を助けた者の中に、この者がいたとの証言がございまする。そのことを考えれば、良からぬ企みあっての言上としか思えませぬ」

正純はあらゆる所に密偵《みってい》を配し、不審な動きに目を光らせていた。

「ほう、いかなる企みじゃ」

「島津家との和議の交渉を長引かせ、その間に備前中納言どのを薩摩に入れて再挙を計ろうとしているものと存じます」

「長五郎、そちの兄はこう申しておるぞ」

「薩摩を訪ねたのは、兵庫頭どのに招かれたからでございます」

「島津の年寄り二人はどうじゃ。もうひと暴れする元気があるか」

「そのようなことは毛頭考えておられませぬ。大坂方に加わったやむなきを伝え、和議を結んで御家の安泰を計りたいと望んでおられるばかりでございます」

「上野介、それでも島津を踏み潰せと申すか」

家康は二人を競わせて楽しんでいるようだった。

「秀忠公を総大将として薩摩攻めを命じれば、西国大名の忠節の度合いを計るよい日安となりましょう。後日の禍根《かこん》を断つためにも、厳しき仕置が必要と存じます」

「恐れながら、島津家は恭順《きようじゆん》の意を示しております。これを討つことは、天下無事の義にもとるものと存じまする」

島津家と近衛家は密接な関係にあるだけに、政重の言葉は重大だった。もし家康が勅命に反して戦をつづけるなら、朝廷はどう動くか分らないと言うも同じだからである。

家康は瞬時にその意を察したが、朝廷工作に関与していない正純には何のことか分らないようだった。

「直政、捕虜を返せば向こうは和議に応じると思うか」

「四の五の申さば、それがしが薩摩に下って膝詰めで談判して参ります。何とぞお許し下されませ」

直政が傷口の痛みをこらえて深々と頭を下げた。

翌日家康の裁定により、新納旅庵以外のすべての者が年内に帰国を許されることになった。

一行には直政の家臣と山口直友の与力が同行し、和議に向けて本格的な話し合いに入ったのだった。

四

庭のうぐいすが鳴いていた。

初めはぎこちなかった鳴き方も、桜が咲く頃になると艶《つや》と張りのある声に変わっていた。

表の通りには気の早い花見客が茣蓙《ござ》を抱え、河原へと向かっている。

関ヶ原の合戦から半年が過ぎ、伏見は次第に復興をとげ、落ち着きを取り戻しつつあった。

船宿「藤波」の二階から通りをながめながら、政重は政《まつりごと》について考えていた。

近衛信尹は戦より政治が大事だと言った。正信は上に立つのが豊臣だろうと徳川だろうと、民百姓にとっては同じだと言い放った。

一介の武辺者には受け容れ難い考え方だが、朝鮮での戦の悲惨を目《ま》の当たりにし、万民の平安を実現する道を求めつづけてきた政重は、確かにその通りだと思うようになっていた。

この国に生きる大多数の者たちにとって、大切なのは日々をつつがなく生きることだ。それさえ保障してくれるなら、上に立つ者が誰であろうと関係ないのである。

関ヶ原の合戦には両軍合わせて十五万の軍勢が集まったというが、数の上では織田信長が武田攻めに動員した十八万、秀吉が小田原攻めに動かした二十万人に及ばない。

この合戦がさも天下の大事のように言い立てているのは武士ばかりで、民百姓にとっては権力を握る者たちの私利私欲をかけた戦いに過ぎなかったのだ。

こうして伏見の町の復興と庶民の暮らしぶりをながめていると、そのことがよく分った。

政とはこうした大多数の者たちの暮らしを健やかならしめることで、それをなし得なかった豊臣家が没落の運命をたどったのはやむを得ないことだったのである。

正信は以前、豊臣家の天下がつづく限り戦は終らぬとも、家康のもとに戻ったのは幕府を開いてこの国を浄土と成すためだとも言った。その言葉の真意が、豊臣、徳川の対決という見方から解き放たれて初めて分った気がしていた。

政重は宇喜多秀家からの連絡を待っていた。

島津家の捕虜の帰国を実現したことによって、秀家が薩摩に下向することが本決まりとなったが、豪姫がその前にひと目だけでも会いたいと懇願した。

依頼を受けた政重は何とか実現しようと奔走したが、二人を会わせるのは容易ではなかった。

島津家との和議が進行していることに危機感をつのらせた正純が、秀家の行方を突き止めるために豪姫の監視を厳重にしていたからである。

機会は前田利家の三回忌の法要の日しかなかった。

豪姫が法要に出席するのは当然のことだし、多くの参列者があるので秀家をまぎれ込ませることもた易《やす》い。

それに前田家の法要とあらば、正純も手荒な真似はできないはずだった。

翌日、秀家の生母お福の方が隠棲《いんせい》している円融院から使いが来た。

「お方様、三日の儀承服これ有り候」

書状にはそう記されていた。

利家の法要に出席することを、秀家が同意したという知らせだった。

「竹蔵、これを向島の佐渡守どのに届けてくれ」

政重は梅干の壺を託した。

藤波に顔を出す干物屋の梅干が、養父長右衛門が漬け込んだものと似た味がする。

これを届ける意味を、正信なら察してくれるはずだった。

桃の節句に当たる三月三日、大坂城玉造口の前田邸で利家の三回忌の法要が営まれた。

秀家は近衛信尹の代人とともに巳の刻《ごぜんじゆうじ》に訪れる予定である。

政重はそれより半刻《いちじかん》ほど早く屋敷を訪れ、対面の場とされている奥御殿に入って警固に手落ちがないかどうかを確かめた。

政重は青年の頃、槍の又佐と異名《いみょう》をとった利家とここで槍を合わせ、脳天に強烈な一撃をくらったことがある。その時親身になって介抱《かいほう》してくれたのが豪姫だった。

若い頃の柔らかい心に刻み込まれた記憶は、いつまでたっても色褪《あ》せないものらしい。奥御殿に足を踏み入れた途端、十年以上も前の思い出が昨日のことのようによみがえった。

「長五郎どの、こちらでござる」

中庭から利政が声をかけた。

「おお、孫四郎ではないか」

政重は懐しさのあまりつい幼名を口にし、口調を改めて非礼を詫びた。

「なあに構いませんよ。今は牢人となった身ですから」

能登二十一万石を失ったというのに、少しも気落ちしてはいない。

政重と同じ立場になったことが、かえって嬉しいとでも言いたげだった。

「関ヶ原の折には、河村右京亮らを遣《つか》わしていただきかたじけのうござる。こうして命長らえているのも、右京亮が身を捨てて楯となってくれたからでござる」

「それほどお役に立ったのなら、右京亮も本望でしょう。後ほど最期の様子などをお聞かせ下さい」

「利政どのは法要には？」

「蟄居中の身ですから、公の場に出ることをはばかっているのです。そのかわり姉君の警固を務めることにしました」

表御殿と奥御殿の境である御錠口《おじょうぐち》を閉ざして人の出入りを差し止め、要所に人数を配して警固に当たらせていた。

「思い出すなあ。この庭で長五郎どのに何度も打ちすえられたっけ」

「それでも利政どのは、ひるむことなく向かって来られた」

「一介の牢人となっても平然としていられるのは、あの頃の稽古《けいこ》のお陰かもしれません。生きる気構えを叩き込んでいただいた気がしています」

利政はあの頃のように槍を構える仕草をして、まぶしげな目で政重を見やった。

やがて表御殿から御錠口へとつづく長廊下に網代車《あじろぐるま》がつけられ、近衛信尹の代理を務める吉田兼見《よしだかねみ》が降り立った。

吉田神社の神官ながら従三位《じゅさんみ》に任じられた切れ者である。

従者に姿を変えて車に乗り込んでいた秀家は、兼見に従って奥御殿へ入ってきた。神官の装束をまとい、笏《しゃく》で顔を隠すようにしている。

中庭で警固に当たっている政重と利政に気付くと、軽くうなずいて豪姫が待つ部屋へと向かっていった。

政重は御錠口をぴたりと閉ざし、内側からしっかりと閂《かんぬき》をかけた。

「安心しました。お元気そうではないですか」

利政が奥御殿の式台に腰を下ろした。

「そうだな。逆境にも動ぜぬ強い心を持っておられるのだ」

利政から何度も頼まれ、政重は昔の話し方に戻していた。

「この先どうなるのでしょうね。徳川家の許しがなければ身を置く場所もないとは、情ない世の中になったものです」

「しばらく遠方に身を伏せて再起の時を待つとおおせだ。今日はそのための暇乞《いとまご》いに参られた」

表御殿では僧の読経が終り、参列者の焼香がつづいていた。

亡き利家の人柄を偲《しの》んで、数百人が法要に訪れている。全員が焼香を終えるまでには、半刻近くかかりそうだった。

（遅いな）

政重はかすかな危惧《きぐ》を覚えた。

吉田兼見は真っ先に焼香を終えて控えの間で待っている。早く対面を切り上げて引き上げなければ不測の事態が起こるおそれがあったが、急き立てることははばかられた。

「殿がお呼びでございます」

今も側近くに仕えている虫明九平次が伝えた。

二人そろって奥の部屋に入ると、秀家と豪姫が並んで迎えた。

側には十一歳になる孫九郎と、六歳の佐保姫、末の小平次が行儀よく座っている。

このあどけない子供たちを前にしては、秀家が立ち去りかねているのも無理はなかった。

「そちのお陰で、お豪ばかりか子供たちにも会うことができた。この通り礼を申す」

秀家と豪姫がそろって頭を下げるのを見て、子供たちがあわててならった。

「利政も息災で何よりじゃ。そちが豊臣家への義を貫いたことを、利家どのも決して責めてはおられまい」

「義兄上《あに》……」

利政は嗚咽《おえつ》をもらしそうになり、膝頭を握り締めてこらえた。

「お豪は加賀に戻ることになった。そこで政重にも前田家に仕え、この者たちの力になってもらいたい」

思いもかけぬ申し出に、政重は返答の言葉を失っていた。

「無理は承知しておるが、そちが金沢におれば利政の力になることもできよう。余が再起を図る際にも、連絡を取り合うことができるかも知れぬ」

再び天下大乱となったなら、前田家を動かして身方に参じてもらいたい。そこまで考えた上での申し出だった。

「承知いたしました。おおせの通りにいたします」

「すでに義兄上の同意を得てある。金沢に着けば、しかるべく処遇してくださるはずじゃ」

「殿、おそれながら」

九平次が許しも得ずにふすまを開けた。

「ただ今本多上野介さまが焼香に見えられ、吉田兼見卿に会いたいとおおせでございます」

「それで、何とした」

「兼見卿は急病ゆえ会わぬとお断わりになられましたが、内府さまから直々にご用をおおせつかっているゆえ待たせてもらうと居座っておられます」

「御免」

政重は席を立って階上の物見に登った。

東門と北門を、陣笠をかぶった百人ばかりが取り囲んでいた。

正純は四方の門を厳重に閉ざし、秀家を捕えようとしているのだ。兼見に会いたいと申し入れたのは、御所車での脱出を封じるためにちがいなかった。

「すでに四方が閉ざされております。それがしが応対に出ますゆえ、兼見卿とともに車に乗ってお待ち下さい」

政重は座敷に戻ってそう告げた。

いざとなったら正純を斬り、騒ぎが起こる前に秀家らを脱出させるしかないと肚《はら》を据えていた。

正純は表御殿の対面所にいた。

万一に備えて屈強の家臣二人を連れているが、大刀は持参していなかった。

「法要にお出ましと聞き、ご挨拶《あいさつ》にうかがいました」

政重も脇差だけである。それでもこの三人なら間髪をいれずに討ち果たす自信があった。

「ほう、そちも来ておったか」

「利家公には、ひとかたならぬお世話をいただきましたゆえ」

「わしも同じじゃ。公さえご存命なら、石田治部らが曲事《くせごと》を構えることもなかったであろう」

「兼見卿にご用とうかがいましたが」

「殿が是非お目にかかりたいとおおせでな。お迎えに参ったのじゃ」

正純がにやりと笑った。

お前たちの浅知恵などお見通しだと言わんばかりだった。

「道中難儀なされたゆえ、お疲れのご様子でございます。奥で休んでおられますので、ご案内いたしましょう」

「今度は前田家に仕えたか」

「奥には豪姫さまもおられます。ご挨拶に参上したところ、上野介どのが参られたとうかがいましたので」

「向島といい伏見城といい、牢人の身でありながら顔が広いことだな」

正純は何の疑いもなく従った。家康の威光を背負っているという自信のせいか、政重が自分を討ち果たすつもりだとは想像さえしていないようだった。

政重は先に立って表に出た。

奥御殿に通じる長廊下には、網代車が横付けされている。

さっきは開いていた物見がぴたりと閉ざされているのは、秀家と兼見が乗り込んでいるためだった。

奥御殿まで連れ込んで討ち果たせば、気付かれるまでしばらく時間が稼げる。

政重は逃がさぬ程度の間合いを保ちながら、素知らぬふりをして歩いた。

「二人とも、しばらく待て」

背後で聞き覚えのある声がして、正信が苦笑いしながら歩み寄ってきた。

「利家どのの法要にそろって顔を出すとは殊勝なことじゃ。一緒に供物《くもつ》などいただきたいが、あいにく殿からご用をおおせつかっておる。正純、すぐに西の丸に戻れ」

「それがしは殿のお申し付けでここに参りました。お呼びになるはずがございませぬ」

「薩摩からの急使が参ったゆえ、そちの意見が聞きたいとおおせじゃ」

正純は突っ立ったまま迷っていた。

今や政敵にも等しい父親だが、家康の名を騙《かた》ってまであざむこうとはするまい。そう思いを巡らしているようだった。

「まことに殿のご下命なのですね」

「そうじゃ。この場はわしに任せて、早々に登城するがよい」

「分りました。ならば兼見卿のことは佐渡守どのにお任せいたします」

正純は家臣二人を残そうとしたが、正信は無骨者では用が足りぬと追い払った。

「かたじけのうございます」

政重は素直に礼を言った。

この間贈った梅は、前田家の梅鉢紋に通じている。正信はそれを見て今日のことを察し、家康に手を回したのだろう。

「そちのためではない。この上正純まで斬り捨てられては、本多家は立ちゆかぬでな」

正信はおぞましげにつぶやき、焼香を済ませてくると立ち去った。

無事に法要を終え、秀家らの退出を見届けてから御殿を出ると、竹蔵が待ちかねたように駆け寄ってきた。

「大将、えらいこってすがな」

「どうした」

「さっき表門を囲んでいた侍の中に、蔵人はんがおりましたで」

「馬鹿な。そんなはずがあるか」

「ほんまや。陣笠をかぶっておられたさかいはっきりとは分らへんかったけど、あれは蔵人はんに違いないと思います」

「まさか……」

政重は半信半疑で門の外に出てあたりを見回したが、門を固めていた正純の手勢はすでに引き上げている。

夕暮れに包まれた通りには、常夜灯の明りが並んでいるばかりだった。

# 第十二章　間近き春ぞ風強くとも

一

通りは師走《しわす》の喧噪《けんそう》に包まれていた。

年の瀬を前に貸借《たいしゃく》の清算を迫られた商人《あきんど》や、主人や上役に歳暮を届けようとする武士たちが、あわただしく行き交っている。

駕籠《かご》に乗って大坂城玉造口を出た本多山城守政重《やましろのかみまさしげ》は、檻《おり》に閉じ込められたような窮屈《きゅうくつ》さに耐えながら、物見を開けて通りの様子をながめていた。

前田家の大坂屋敷から城門までは、わずか五百メートルばかりしか離れていない。できれば駕籠など用いたくなかったが、前田家の家老として三万石を扶持《ふち》される身となったからには、今までのように気ままに振舞うわけにはいかなかった。

すべては宇喜多秀家の計らいによるものだった。

実家に戻ることになった豪姫《ごうひめ》に同行して金沢に入ると、前田利長が直々に出迎え、以後は家老として仕えよと申し渡した。

秀家は豪姫や前田利政のためばかりではなく、将来の再起に備えて、政重が高禄をもって前田家に仕えられるよう根回しをしていたのである。

秀家の義兄にあたる利長にとっても、これは願ってもない話だった。

朝鮮の役や関ヶ原の合戦で勇名を馳《は》せた政重を召し抱えたとなれば、とかく軟弱者と評されがちな悪評を払拭《ふっしょく》することができる。

それに政重の実の父は本多正信なので、家康との交渉においても便宜を図ってもらえる可能性があった。

利長は政重を大坂屋敷の留守役に任じ、諸大名や朝廷との交渉に当たるように命じたが、その効果は絶大だった。

蔚山《ウルサン》城で共に戦った加藤清正は政重にぞっこん惚れ込んでいるし、浅野幸長《よしなが》は命の恩人と公言してはばからない。

この二人に引きずられるように福島正則や黒田長政、細川忠興らが親交を求めて来たので、彼らと前田家との関係も目に見えて良くなった。

徳川家との交渉も順調だった。

政重が正信との連絡を密にし、いち早く家康の内意を確かめたからである。だが正信を以前の政重なら、正信の威を当てになど絶対にしなかったはずである。

親としてではなく、政《まつりごと》にたずさわる先達《せんだつ》として評価できるようになったせいか、そうしたこだわりは不思議なほど感じなかった。

それに天下は再び争乱のきざしを見せている。

今はこの争いをどう回避するかで頭がいっぱいで、己一個の体面にこだわってなどいられなかった。

原因は家康の征夷大将軍就任が内定したことだった。

家康は朝廷に猛烈な圧力をかけ、来年慶長八年（一六〇三）二月十二日に将軍宣下《せんげ》を行なうという確約を得た。

つまりは徳川幕府を開き、武家の棟梁《とうりよう》として豊臣家の上位に立つというのである。

関ヶ原の合戦に際して交わした誓約を公然と踏みにじるやり方だけに、豊臣家では連日恩顧の大名たちを集めて対応を協議していた。

政重も前田家の代表として評定《ひようじよう》に加わっていたが、父正信がすべての元凶のようにやり玉に上がるので居心地の悪いことこの上ない。時には批判の矢面《やおもて》に立たされることもあったが、評定の場を戦場と心得て欠かすことなく出席していた。

駕籠が屋敷の玄関先に横付けされると、竹蔵が片膝をついて出迎えた。

「お帰りなされませ。先ほど島津忠恒《ただつね》さまがお出ましになり、対面所でお待ちでございます」

家老の用人らしい改まった物言いを身に付けていたが、表情は相変わらず暗い。念願の侍に取り立て一千石もの扶持を与えているのに、時折獣が森を恋しがるような切羽詰った目をすることがあった。

「ご用件は？」

「お訊ね申し上げましたが、余人には話せぬとおおせでございます」

「大黒《おおぐろ》はどうした」

「馬屋《うまや》につないでございます」

「評定つづきで遠乗りにも出られぬ。たまには外の空気を吸わせてやってくれ」

「承知いたしました」

対面所には忠恒が一人で待っていた。

背がすらりと高く、額の広い面長の顔立ちである。細い目がきりりと吊り上がり、鼻筋が細く通っているので、どことなく狐に似ていた。

年は二十七。政重より二歳下である。

「島津忠恒でござる。初めてお目にかかり申す」

言葉こそ丁重だが、腹に刃《やいば》を呑《の》んだような鋭さがある。尋常《じんじょう》な用件ではないことは、吊り上がった目に殺気を漂わせていることから察しがついた。

(焼け火箸を素手でつかむような男だ)

政重はそう見て取り、ゆったりと間《ま》を取って応じた。

「本多山城でござる。昨年薩摩を訪ねた折には、龍伯《りゅうはく》公、惟新《いしん》公にひとかたならぬお世話をいただきました」

「当家の窮状について、お聞き及びでござろうか」

「徳川家との和睦《わぼく》のためにご上洛なされたとうかがいましたが」

「家康公から当家の所領、我らの身上ともに安堵《あんど》するとの起請文《きしょうもん》をいただき、一身をゆだねる覚悟で上洛いたしした。されど大坂に着いてみて、意に反することばかりがつづきまする」

まるでお前のせいだと言わんばかりである。どうやら秀家に関することで問題が起こったようだった。

「備前中納言どののことでござろうか」

「貴殿の兄上のことでござる。本多上野介どのはよほど当家を憎んでおられるらしく、隙《すき》あらば取り潰《つぶ》そうと画策しておられる」

正純は薩摩に手の者を送り込み、島津家が秀家をかくまっていることを突き止めた。その証拠を忠恒に突きつけ、真相を明らかにせよと迫ったという。

「それればかりではない。関ヶ原の戦の際に惟新公が何を企んでおられたのか執拗に問い詰め、ついに新納《にいろ》旅庵《りょあん》を責め殺しにいたしたのじゃ」

「新納どのは病死なされたとうかがいましたが」

関ヶ原の合戦後徳川方の捕虜となっていた旅庵は、昨年四月に講和の使者を命じられて薩摩に下り、釈明のために上洛するように義久を説得しようとした。

ところが義久は家康本人の起請文がなければ信用できないと言い張り、起請文を得てからも病気と称して上洛しようとはしなかった。

天下は再び大乱に向かうと見て取り、講和を引き伸ばして徳川方の譲歩を引き出そうとしたのである。

だがこのような態度をつづけていては、家康が争乱を未然に防いだ場合、島津家は秀吉の時と同じように征伐を受けるおそれがある。

それを危ぶんだ忠恒は、義久の反対を押し切り、旅庵を同道して上洛することにした。

一行は十月十四日に無事兵庫に着いたが、それからいく程も経《へ》ない十月二十五日に旅庵が急死した。

年はまだ五十歳だが、忠恒の上洛を果たして安堵した途端、これまでの疲れが一度に出たのだと噂《うわさ》されていた。

「それは表向きのことでござる。旅庵は大坂に着いた翌日から西の丸に呼び出され、連日上野介どのの訊問を受けておった。このままでは耐えきれぬと見て、自決して己の口を封じたのでござる。されど、このことが公《おおやけ》になれば、痛くもない腹をさぐられるゆえ、病死とするほかなかったのじゃ」

「そうですか。上野介どのはまだ……」

「ここまで執拗に喰い下がられるとは、とても上野介どの一人の考えとは思えぬ。家康公は当家の安泰を保証すると約束しておきながら、裏では取り潰す口実を捜しておられるのではあるまいか」

「ご用の向きとは、そのことでしょうか」

「家康公との対面も近いゆえ、この先どうすればいいのか近衛左府さまにご相談申し上げたところ、山城どのの知恵を借りるがよいとおおせられた。それゆえ恥を忍んでまかり越したのでござる」

「承知いたしました。無事にご講和が成るように力を尽くしますゆえ、しばらくお待ちいただきたい」

秀家を島津家に預かってもらった責任がある。それに忠恒がこんなに殺気立っているようでは、これ以上問題がこじれたなら秀家を謀殺しかねなかった。

「山城どの、ここだけの話だが、今度の将軍宣下にかんがみ、大坂からねんごろな密書を送って来られる御仁もござる。当家をこれ以上追い詰めては徳川家のためにもならぬと、お父上や兄上にお伝えいただきたい」

忠恒は恫喝《どうかつ》にも等しい言葉を投げつけ、あわただしく席を立った。

慶長七年（一六〇二）十二月二十日――。

江戸に戻っていた本多正信が、家康よりひと足先に伏見に着いた。

将軍宣下や忠恒との対面など、山積する問題の下交渉を行なうためである。

翌日、政重はお忍び駕籠に乗って向島の屋敷を訪ねた。

他にも多くの来客があり、水面下でのやり取りの激しさがうかがえたが、正信は先客を後回しにして政重と対面した。

「そちからの書状を、岡崎の宿《しゅく》で受け取った」

江戸から夜を日に継いで上洛したというのに、正信は溌剌《はつらつ》としていた。

政略家の血が騒ぐのか、大きな困難に直面すればするほど活気づいてくるのである。

「確かに島津家への対応を誤れば、豊臣家と結んで事を起こすかもしれぬ。殿もそのことを案じておられるゆえ、龍伯公に起請文を送られたのじゃ。決して二心《ふたごころ》など持っておられぬ」

「ならば上野介どののご詮議《せんぎ》は」

「秀忠公が何としても島津征伐を行ないたいと望んでおられる。その意を汲んでのことであろう」

四男忠吉を推していた井伊直政がこの年二月に他界したこともあって、徳川家の後継者は秀忠と正式に決まっていた。

それでも秀忠は関ヶ原の合戦に遅参した汚名をそそぐべく、島津征伐を強行しようとしていた。

秀忠に忠義を尽くすことによって、次期政権内での権勢を確保しようと狙う正純は、家康の許しも得ずに対島津工作を進めていたのである。

「だがそのような内情を、他家に知られるわけにはいかぬ。将軍宣下を控えているだけに、事を穏便に収めたいのじゃ」

「秀家どのが上洛なされば、ご助命いただけましょうか」

「無罪放免とはいくまいが、手の打ちようはある」

「身の安全さえ請け合っていただけるなら、島津家も秀家どのの引き渡しに応じましょう。さすれば上野介どのに先んじて、講和を取りまとめることができるものと存じます」

事は単に島津家だけの問題ではない。

家康の将軍宣下に不満を持つ豊臣家が、島津家や宇喜多秀家と結んで兵を挙げたなら、再び天下を二分した大乱となり、民百姓に多大な迷惑を及ぼすことになる。

それを防ぐには、秀家を引き渡してでも講和を結ぶしかなかった。

「それができれば苦労はせぬ。だが島津家が引き渡しに応じたとしても、秀家どのが承知なされまい」

「私が薩摩まで出向いて説得いたします」

「前田家の家老の身じゃ。軽はずみなことをすれば、新たな波風を立てることになる」

「利長公のお許しを得て、致仕《ちし》いたす所存でございます」

「生きては戻れぬかもしれぬぞ」

敵は正純ばかりではなかった。政情によっては島津家がどう動くか分らないし、秀家に無礼討ちにされるおそれもあった。

「私も心に期することがございます。ご案じ下されますな」

天下万民の平安のために尽くすことこそ、己の命を美しく使い切る道なのだ。徳川家を致仕して五年の放浪の果てに、政重はそう考えるようになっていた。

「そうか」

正信は政重の目を深々とのぞき込み、近習《きんじゅ》に酒の仕度を命じた。

「いや、よい。わしがやる」

待つ間ももどかしいのか、自分で立って酒と梅干を運んできた。

「これはそちからもらったものではない。こんな日が来ることもあろうと、長右衛門の葬儀の日にもらったものを大事にとっておいたのじゃ。まあ呑め」

大ぶりの盃《さかずき》に注がれた酒を政重が呑み干す間、正信はまるで自分が味わっているような表情をして口元をながめた。

「どうだ。うまかろう」

「はい」

「ようやく差しで酌み交わせる男になったな。これも長右衛門のお陰じゃ。心して味わうがよい」

差し出された梅干をひと粒つまんだ。

厳しい味わいの中に何ともいえない甘味と豊かさがある。

それが亡き養父の人柄のようで、政重は思わず涙ぐんだ。

驚いたことに、正信の目にも光るものがある。

政重は見てはならぬものを見たきまり悪さを覚えながら、うつむきがちに酒を勧めた。

「秀家どのの助命については、このわしが後生《ごしょう》を賭《か》けて請け合う。だがな、島津家の内情は複雑で、険しい対立もある。ひと筋縄ではいかぬと覚悟しておけ」

正信は快く盃を受けたが、他の客との折衝があるので軽く口をつけたばかりだった。

二

慶長八年の年明け早々、政重は竹蔵と大黒を供として金沢へ向かった。

北陸道は雪におおわれ、木ノ芽峠では腰まで雪に埋もれて難渋したが、一刻も早く前田利長に会って致仕《ちし》の許可を得ようと、夜明けから日没まで黙々と歩きつづけた。急がねばならぬ訳があった。

昨年の十二月二十五日、徳川家康が改修されたばかりの伏見城に入り、二十八日には島津忠恒と会って両家の和議を取りまとめた。

この時秀家の処遇についても問題になったが、忠恒は彼をかくまっていることをありのままに認め、家康の将軍就任までには上洛させると約束した。

これは秀家の同意を得た上でのことではなかった。

対面前に薩摩に使者を立てて内意をうかがったところ、秀家は即座に上洛を拒否し、家康の降人《こうにん》となるくらいならこの場で腹を切ると言ったという。

この報告に当惑した忠恒は、対面の前日に政重を訪ねて策を乞うた。

そこで政重は、自分が薩摩に下って秀家を説得するので、身柄を引き渡すと約束しても構わないと請け合ったのである。

犀川《さいかわ》ぞいの高台に立つと、金沢城下が一望に見渡せた。

犀川と浅野川。並行して流れる二つの川の間に、小立野《こだつの》台地と呼ばれる丘陵がある。

金沢城はその先端部を利して築かれたもので、一昨年五月に政重が豪姫らとともに訪れた時には、鉛瓦《なまりがわら》で屋根をふいた壮麗《そうれい》な天守閣が威容を誇っていた。

ところが十月三十日の落雷によって、天守閣ばかりか本丸御殿のことごとくが焼失し、いまだに復興の目処《めど》さえ立っていなかった。

天守閣を失った城は、こんもりとした丘のように見える。

そのなだらかな形を見ているうちに、政重は金沢御坊の大御堂があった頃のことを思い出した。

ここが政重の魂《たましい》の故郷《ふるさと》である。

父も母も一向一揆《いっこういっき》として織田信長の軍勢と戦いつづけ、この大御堂で最期の決戦を敢行《かんこう》した。

母は多くの門徒と運命をともにし、父正信は生き抜いて志を実現するために、幼い政重を連れて脱出した。

本能寺の変の後に徳川家に帰参した正信は、ほどなく家康の知恵袋として辣腕《らつわん》をふるうようになるが、志を実現するという亡き妻との約束を片時も忘れたことはなかった。

時には武士らしからぬ謀略を用い、徳川譜代の重臣たちから白眼視されながらも、家康を着々と天下人《てんかびと》の座に押し上げたのは、徳川幕府を開くことによって天下太平と万民の安楽を実現しようとしてのことだ。

自分も父や母の血を色濃く受け継いでいることを、この場に立つとひしひしと感じるのだった。

「大将、俺強くなりたいんや」

政重と並んで雪景色の町をながめていた竹蔵が、思い詰めた顔をしてつぶやいた。

「いくら扶持をもろたかて、強くなければ武士やない。そやさかい……」

「当家を致仕するか」

「すみません。我がまま言うて」

「気にするな。私も前田家に暇乞《いとまご》いをするためにここに来たのだ」

胸中を明かすのは初めてである。

竹蔵は一瞬ぽかんとしたが、やがて満面に喜色を浮かべ、

「やったで。またお前と一緒や」

大黒の鼻面に抱きつきながらそう叫んだ。

大手門をくぐって到着を告げると、すぐに二の丸御殿に案内された。

すでに来訪の趣旨は書状で知らせてある。大広間でしばらく待つと、前田利長が不機嫌極まりない仏頂面《ぶっちょうづら》で現われた。

まだ四十の坂を越えたばかりだが、利家他界後につづいた心労のせいか精気を失っ

ている。

めったに感情を表に出さない男だが、今日ばかりは気持を抑えかねているようだった。

「先にお知らせいたしましたごとく、備前中納言さまの処遇をめぐって徳川、島津両家の間で険しい折衝がつづいております。このままではご身辺さえ危うくなりかねませぬゆえ、上洛して公《おおやけ》の裁きに身をゆだねられるよう、薩摩に下って進言申し上げとうございます」

秀家があくまで上洛を拒めば、忠恒は容赦なく斬り捨てるはずである。政重が説得に行こうと決意したのは、それを防ぐためでもあった。

「ならぬ」

利長が小さくつぶやいた。

「このままでは島津家が豊臣家と結んで事を起こすおそれさえあります。身勝手なる願いながら、曲げてお許し下されませ」

「ならぬと申しておる。そちはすでに前田家の禄《ろく》を食《は》む身じゃ。余の下知《げち》に従うのは当然であろう」

「それゆえ扶持をお返し申し上げ、致仕させていただきまする」

「勝手を申すな」

利長がいきなり悲鳴のような声を上げた。

「秀家どののたっての頼みゆえ、一門や重臣の反対を押し切って家老に取り立てたのだ。今ここで致仕するは、余の顔に泥を塗るも同じじゃ。それにこの先やるべきことがあるとは、そちも重々承知しているはずではないか」

関ヶ原の合戦の前年、家康に謀叛《むほん》の疑いをかけられた利長は、生母芳春院を人質として和を乞うた。これは生涯最大の痛恨事で、芳春院の帰国の実現を悲願としている。

政重を高禄で召し抱えたのは、正信との縁を利して家康との交渉を有利に進めようという狙《ねら》いがあったからだった。

「お許しいただけるなら、その儀は薩摩から戻った後に計らいまする。天下の太平が成ったなら、事はおのずとよき方に進みましょう」

「ならぬ。勝手な振舞いは金輪際《こんりんざい》許さぬゆえ、屋敷に戻って身を慎しむがよい」

「備前中納言どのを、見殺しにされるご所存か」

「薩摩へは中村刑部《ぎょうぶ》をつかわせばよい。あの者こそ適任じゃ」

中村刑部は豪姫の輿《こし》入れに従って宇喜多家に仕えたが、宇喜多左京亮ら国許派と対立して内紛を引き起こす元凶となった。

刑部の身を案じた秀家の計らいでひそかに金沢に戻りながら、関ヶ原にも馳せ参じなかった腰抜けである。そんな男に秀家の説得ができるはずがなかった。

「承知いたしました。ならばお許しを得られるまで、身を慎しむことにいたしまする」

これ以上無理押ししても、利長の不興を買うばかりである。ここはいったん引き下がり、夜陰に乗じて脱出するつもりだった。

「待て。屋敷に下がるには及ばぬ。城中にて謹慎申し付ける」

利長の下知と同時に、次の間からたすきをかけ袴の股立《ももだ》ちを取った十数人が飛び出してきた。

中には手槍を構えた者までいる。これではいかに政重とて逃れる術《すべ》はなかった。

連れて行かれたのは、二の丸の五十間長屋だった。

二の丸と三の丸の間にうがたれた内堀にそって、長さ九十メートルもの多聞櫓《たもんやぐら》をめぐらし、攻め寄せて来る敵に備えている。

通常は武具の置場とされているが、その一角を格子《こうし》で仕切り、座敷牢にしてあった。

政重は脇差《わきざし》まで奪われ、八畳ばかりの板の間に押し込められた。

長屋の屋根は厚い雪におおわれ、床板は氷のように冷たい。それなのに火鉢ひとつ与えないところに、利長の屈折した怒りが表われていた。

利長は父利家の遺命を守り通せなかった。自分の死後三年間は大坂で秀頼を守護せよと命じられていたにもかかわらず、家康の圧力に屈して早々と領国に引き上げた。

しかも謀叛の疑いがあるとの言いがかりをつけられると、母芳春院を人質にして和を乞い、関ヶ原の合戦でもいち早く徳川方に付くことを表明した。

その結果として加賀百万石の当主となったものの、謀略を駆使して母を奪った家康に対する思いは複雑だった。

政重はその謀略の立案者というべき本多正信の次男なのだから、家老に任ずるに当たっては気持の引っかかりも大きかったはずである。

それを堪《こら》えて取り立てたのに、後ろ足で砂をかけるように致仕するとは何事か。利長がそう思うのも無理はなかった。

政重は四方を見渡し、脱出の方法をさぐった。

長屋を仕切った格子は頑丈で、押しても引いてもびくともしない。両側の壁には窓もないので、外の様子をうかがうこともできなかった。

牢の隅には薄い夜具が積んであるばかりで、脱出の手助けとなりそうなものは釘《くぎ》一本落ちていなかった。

(火をつけるしかあるまい)

格子を焼き落とし、槍を奪えば何とかなる。政重はそう肚《はら》を決めた。

首にかけた守り袋の中には火薬が入っている。傷口に火薬をかけて焼けば化膿《かのう》を防ぐ応急処置となるので、肌身離さず持ち歩くのが習い性となっていた。

この火薬を夜具の綿にまぶし、火きり棒で熱を加えれば火を発するはずである。

だが火きり棒の代わりになる物など牢内にはなかった。

その日は食事も与えられないまま厳寒の一夜を過ごしたが、翌朝思いがけない差し入れがあった。

「朝餉《あさげ》をご持参いたしました。ご無礼をお許し下され」

牢番の若侍が、冷飯と香の物を格子の間から差し入れた。

謹慎の身とはいえ、家老に出すような食事ではない。大いに恐縮しているのはそう感じているからだろうが、政重は食事よりも添えられている箸に気を引かれた。

小指の太さほどもある頑丈な栗の箸だった。

「そうか。今日は八日であったな」

「はい。具足《ぐそく》開きの祝いがございます」

政重に声をかけられたのが嬉しいのか、若侍はほっとしたように相好《そうごう》を崩した。

武家では一月八日に、具足にそなえていた鏡餅を雑煮や汁粉にして食する習慣がある。これを具足開きと呼び、栗の箸を用いることが多かった。

若侍はあまりの粗食が気の毒で、箸くらいは祝いの品を届けようとしたらしい。

「心遣い、かたじけない」

「滅相《めっそう》もございません。ご無事のご処置がなされることを、お祈り申し上げまする」

若侍が引き下がるのを待って、政重は箸の強さを試してみた。

火きり棒として充分使えそうな丈夫さだが、昼間から煙を出してはすぐに気付かれる。

夜が来るまで充分に眠っておこうと横になっていると、表で牢番を手厳しく叱《しか》りつける女の声が聞こえた。

「それゆえ、ここは我らが番をすると申しておるのです。早く具足開きの祝いにお出《い》でなさい」

高飛車に牢番を追い立て、数人の女たちが入って来た。いずれもたすき掛けで長刀《なぎなた》を手にしている。

何事ならんと呆《あき》れていると、灰色の頭巾《ずきん》で顔をかくした打掛け姿の女が入ってきた。

何と豪姫である。

牢の戸口に走り寄って片膝立ちになると、

「兄上から聞きました。中納言さまのために薩摩へ向かわれるというのは本当ですか」

急《せ》き込んでたずねた。

「その許しを得に参ったのですが、かような扱いを受けております」

「ならばわたくしも連れて行って下さい。約束していただけるなら、ここから出して差し上げます」

とんでもない申し出である。だが頭巾からのぞく豪姫の顔には切羽詰った真剣さがあった。

「わたくしが命をかけて頼んだなら、中納言さまにも分っていただけるはずです」

「薩摩までは遠い。とても奥方さまには」

「耐えてみせます。もし拒まれるのなら、昼夜監視を厳重にして逃げ出せないようにいたしますよ」

まるで脱出の計略を見抜いたような強談判《こわだんぱん》である。

これには政重も兜《かぶと》を脱がざるを得なかった。

三

犀川の河口にある金石港《かないわ》を出た船は、一直線につづく砂丘にそって西へと向かっていった。

加賀の国は冬の間海からの強風にさらされる。海岸が砂丘と化すのはそのためで、砂浜の奥には砂と風を防ぐための松林が延々と植え込まれていた。

空は低い雲におおわれているが、冬にはめずらしく風も波もおだやかである。

船頭は今のうちに少しでも距離をかせごうと、水夫《かこ》たち全員に艪《ろ》を漕ぐように命じた。

ねじりはち巻きをして袖《そで》なしを着た二十人ばかりが、船側の棚に出て声を合わせて艪を使っている。

昼間のうちに越前岬を越えて敦賀湾に入らなければ、天候が急変するおそれがあるので、誰《だれ》もが張り詰めた必死の形相をしていた。

政重も竹蔵も手をこまねいて眺めているだけである。

船頭に無理を言って乗せてもらった大黒は、船尾に取りつけた柵の中に神妙におさまっていた。

出発に際して政重は敦盛《あつもり》の封印を解いた。それを柵の横に立てているので、大黒は政重らの姿が見えなくても安心しているのだった。

「一人で薩摩まで付いて来るやなんて、度胸のいい奥方さまでんなあ」

竹蔵は昔のように政重と旅に出られることが嬉しくてたまらないらしく、久々に快活さを取り戻していた。

「それだけ殿のことを案じておられるのだ」

「一時はどうしたものかと途方に暮れましたがな。奥方さまのお陰で助かりましたで」

竹蔵は三の丸の詰所で政重を待っていたが、夕方になっても二の丸から出て来ない。これは何かあったにちがいないと察して、豪姫の屋敷に急を告げた。

豪姫はさっそく利長に真相を確かめ、具足開きの祝いにかこつけて政重を助け出したのである。

城を脱出するための駕籠と、薩摩に下るための船を用意しているほどの手際の良さだった。

忍びの旅なので、前田家の用船は使えない。

奥州産の海産物を運んでいる商人《あきんど》船を、相当の運賃を支払って借り上げていた。

その立役者は、甲板下の船室にいた。誰かに見られては騒ぎになりかねないので、船が港を離れるまで身をひそめていたのである。

「竹蔵」

「はい」

「この間強くなりたいと言ったが、この先どうするつもりだ」

数日前の竹蔵の言葉が、政重は気になっていた。

「大将と一緒にいます。それができんのやったら、一人で武者修行に打ち込むつもりです」

「これからは戦の世ではない。強くなっても出世は望めぬぞ」

「ええんです。誰にも負けない男になれば、関ヶ原の悔しさを忘れられる気がしますから」

あの敗戦の痛手を乗り越え、誇りを取り戻すために強くなりたい。竹蔵はそう決意していた。

「そうか。私に従ったばかりに、重い荷を負わせてしまったな」

「何言うてはりまんねん。大将のお陰で生き方を見つけることができましたんや」

船は金石港から遠く離れたが、豪姫は上がって来なかった。

どうしたのかと気になるものの、呼びに行くのも出過ぎたようである。政重はしばらく風に吹かれながらためらっていたが、前方に安宅《あたか》の関跡が見えるのを口実に声をかけてみることにした。

「奥方さま、ただ今安宅の関の沖を通過中でございます」

戸の外から声をかけたが返答はなかった。

まわりには山のように昆布や干魚が積まれているので、潮臭いとも生臭いとも言いようのない凄《すさ》まじい臭気が立ち込めていた。

あるいはこの臭いのせいで船酔いしたのかもしれぬ。そう案じて戸を開けると、豪姫は横になってうずくまっていた。

「ご気分がすぐれぬのでございますか」

「何でもありません。少し疲れたばかりです」

豪姫は背中を向けたままだった。

どんなことにも耐えてみせると言った手前、船酔いしているとは知られたくないらしい。

「外の風に当たれば、楽になるかと存じますが」

「…………」

「ちょうど義経《よしつね》ゆかりの安宅の関が見えまする。ご見物なされませ」

「分りました。それほど勧めていただくのなら」

豪姫は立ち上がったが、目まいのせいか足元がおぼつかない。

政重が手を差し伸べても、つかまろうとはしなかった。

「大丈夫です。何でもありませんから」

甲板に出る階段を上ろうとしたが、船が揺れたはずみによろめいてあお向けに倒れそうになった。

政重は反射的に腕を回して体を支えた。

厚手の打掛けの上からでも、やわらかい体の感触は伝わってくる。一瞬途方にくれたが、手を離すわけにはいかなかった。

船は順調に航海をつづけ、六日目には筑前の博多港に着いた。

古くから九州の玄関口として栄えた港で、関ヶ原の合戦後は黒田長政が筑前五十二万石を与えられて入部していた。

長政は黒田家の父祖の地である備前福岡にちなんで、この地を福岡と名付けることにしたという。

港の南に新たな城も築いていたが、このことが政重たちに思わぬ不都合をもたらした。

築城の費用を捻出《ねんしゅつ》するために、船の積荷の検査を厳重にして税を取り立てていたからだ。

そのために検査がとどこおり、二日も足止めをくうことになった。

「いいではありませんか。薩摩まではあと三日で着くというし、陸に上がって船宿にでも泊りましょう」

豪姫は船酔いにも慣れたらしく上機嫌だった。

九州の空は冬でも青い。北陸では鉛色の雲が低くたれこめる日が多いだけに、気分が晴れ晴れとするらしい。

それに久々に湯にも入りたいはずである。衣類の洗濯もしたいだろう。政重はそう察し、黙って従うことにした。

船宿に二泊し、三日目の朝船に戻ると、思わぬ事態が持ち上がっていた。

昨日入港して来た船が操縦を誤り、政重らの船に衝突したのである。しかも船尾を直撃されたために、舵《かじ》の修理に十日ほどかかるという。

「何者だ。ぶつかったのは」

政重は焦《き》くささを覚えた。

薩摩に向かったことを知って、正純が追手《おって》を差し向けたのかもしれなかった。

「筑前の商人船です。修理費も出すし損害も弁償すると言っております」

「もう少し早く修理できぬか」

「この通りの混み具合で、船大工も手が回らないと言いますので」

先を急ぐ旅である。十日も待つわけにはいかないが、知らない土地なので乗せてもらえる船もなかった。

「仕方がありません。陸路を行きましょう」

豪姫が政重の袖を引いた。

「しかし、険しい峠もございますので」

「大丈夫です。歩けないようなら大黒に乗せてもらいますから」

薩摩までは四百キロちかい距離がある。いくら豪姫が気丈でも、耐えきれるとは思えなかった。

何とか船を確保しようと手を尽くしていると、事情を聞いた地元の船頭が声をかけてきた。

「そんなら有明海に出なされ。うちの船が港にあるけん、乗れるごと手配して差し上げまっしょう」

脊振《せふり》山地を突っ切れば二日で有明海に出られるので、そこから薩摩まで船で行けばいいという。有明海は波が静かなので大型船でなくとも馬を乗せられるし、二日もあれば坊津《ぼうのつ》に着くというのだ。

政重は何となく嫌な予感がしたが、他に方法もないので好意に甘えることにしたのだった。


その夜は西隈の宿に泊り、翌日の山越えに備えた。

ここから那珂《なか》川ぞいに南に向かい、脊振山地を越えて佐賀平野に出る。およそ三十キロの道程《みちのり》である。

博多の港と有明海を結ぶ輸送路として、古くから利用された道だった。

翌朝、政重は板屋根を叩《たた》く雨の音で目を覚ました。

山裾《やますそ》にもやが立ち込め、大粒の雨が降っている。

それでも蓑《みの》と笠《かさ》を買い込み、豪姫を大黒に乗せて出発することにした。

一月の末には島津忠恒が帰国する。それまでに秀家を説得しなければならないので、先を急ぐ必要があった。

那珂川ぞいの道をさかのぼるにつれ、雨はますます激しくなった。

四方の山から雨水が流れ込むために、川の水位はみるみる上がり、茶色の濁流が河原いっぱいに広がって流れていく。

寺倉《てらくら》という集落を過ぎてしばらく歩くと、長さ二十メートルばかりの橋があった。東の谷から那珂川に流れ込む支流にかけられたもので、二ヵ所の橋桁《はしげた》で支えられている。

増水した川の水は橋を押し流しそうな勢いで流れているが、これくらいではビクともしないことを知っているのか、旅人たちはためらうことなく渡っていた。

橋詰には番所があり、一人五文、馬は十文の通行料を取っている。

三人と一頭分の銭を払い、豪姫を鞍から下ろして渡ろうとした時、大黒がぴたりと足を止めて耳をそばだてた。

何事かとあたりを見渡すと、上流から数十本もの材木が流れて来た。激しい濁流に浮き沈みしながら、橋に向かって一直線に突き進んでいる。

「危ない。早く渡れ」

政重は橋を渡っていた者たちに危険を知らせた。

戦場で鍛え上げた野太い声にぎょっとして、五、六人が小走りに向こうの橋詰にたどりついた。

その直後に、数本の材木が橋桁を直撃した。

大きく傾いた橋に次々と流木が襲いかかり、あっという間に本流へと押し流した。

政重らは茫然として橋の行方を追っていたが、大黒は何かの気配を嗅《か》ぎ取ったのか上流に鼻面を向けていた。

その目が尋常《じんじょう》ではなかった。黒い瞳に狂おしげな色を浮かべ、たてがみを逆立《さかだ》てている。

「おい。どないしたんや」

竹蔵が声をかけた途端、高くいなないて棹立《さおだ》ちになり、猛然と駆け出した。

「おい待て。待たんかい」

竹蔵は蓑も笠も脱ぎ捨てて後を追った。

「どうしたんでしょうね。怖い顔をして」

事の急変に豪姫は取り乱していた。

「分りません。やがて竹蔵が取り押さえるでしょう」

大黒は材木を流して橋を落とした者に気付いたのだ。政重はそう察したが、豪姫に不安を与えまいと口をつぐんでいた。

上流に行けば何とかなると思っていたが、行けども行けども橋はなかった。

谷は少しずつ狭くなり、川の両側に山が迫ってきたが、渡れそうな浅瀬さえ見当たらない。

いつの間にか雨は霙《みぞれ》へ、そして雪へと変わり、あたりの山を白くおおっていった。川をさかのぼるほど深くなる雪を踏み分けて進んでいると、

「まあ、福寿草」

豪姫が山を見上げて立ち止まった。

垂直に切り立った崖の中程に、福寿草が黄色い花をつけていた。白い雪の下から小さな花が身を寄せ合って頭をのぞかせている姿は清らかで健気《けなげ》である。

豪姫は福寿草がひときわ好きで、年の始めには必ずこの花を刺繍《ししゅう》した打掛けを着るほどだった。

いつか大坂屋敷を訪ねて来た時、福寿草が欲しいとだだをこねて利家にこっぴどく叱られたことがある。

遠くで様子を見ていた政重は、どこかで手に入れてやりたいと思ったが、大坂に出て来たばかりでどうしようもなかった。

今もできるものなら取ってやりたかったが、花は三十メートルばかりの高さに咲いている。夕暮れも迫っているので、雪の積った岩壁を登っている余裕はなかった。

これ以上進めば山中で夜を明かさなければならなくなる。かといって大黒と竹蔵の行方が知れないので、里まで引き返すわけにもいかない。

政重はやむなく、山の中腹にある炭焼小屋で一夜を過ごすことにした。

粗末な作りながら雨露をしのぐことはできる。しかも有難いことに、小屋の片隅にくず炭がうずたかく積み上げてあった。

炭を取り分け、守り袋の中の火薬を懐紙に落とし、火打ち石で火をつけた。

火薬と紙はぱっと燃え上がったが、炭は湿っているのでくすぶるばかりだった。

「ほら、こんなものを見つけましたよ」

蓑を脱いで打掛け姿になった豪姫が、火吹き竹で火を吹いた。

竹に口を当て、頬をふくらませて息を吹きかけるが、火の勢いはいっこうに強くならなかった。

「案外難しいものですね。侍女たちは囲炉裏《いろり》の火を簡単におこしているのに」

見ると火吹き竹を反対に使っている。これでは息を吹き込めるはずがなかった。

火がおこり濡れた服が乾くのを待って、政重は小屋を出ていくことにした。

「それがしは外の炭釜で宿直《とのい》をいたします。ご用があれば声をかけて下されませ」

「ここの方が暖かいではありませんか。わたくしに遠慮することはないのですよ」

豪姫の頬が炭の火に照らされてつややかに上気していた。

「いえ。そのような訳には」

律儀な挨拶《あいさつ》をして引き下がり、蝙蝠《こうもり》の巣と化していた炭釜に入った。

まるで氷室《ひむろ》のような冷たさだが、敦盛を肩に抱き、土の壁によりかかって眠ることにした。

　夏の野の繁みに咲ける姫百合の
　　知らえぬ恋は苦しきものぞ

若き日に口ずさんだ『万葉集』の歌が、ふと脳裡《のうり》をよぎった。

四

胸騒ぎを覚えて目を覚ました。宿直をするつもりが、つい寝入っていたのである。

外はすでに明るかった。

まだ夜が明けて間もないはずなのに、降り積もった雪が白く輝いて闇《やみ》の底に明るさをそえていた。

政重は表に飛び出した。

南無三。炭焼小屋の戸は開いたままで、膝の深さまで積もった雪が踏み荒らされている。

小屋の中は藻抜《もぬけ》の殻《から》だった。

荒らされたり争った形跡は何ひとつないが、自分で出かけたのなら戸を開け放しにするはずがない。誰かに、しかも相当の手練《てだれ》に、手向かうこともできずに攫《さら》われたにちがいなかった。

政重は足跡を追った。

木を切り倒して作った道に点々と足跡がつづき、下の川へと向かっている。

足跡は一人分だから、豪姫に当て身を入れて気を失わせ、肩に荷《かつ》いで連れ去ったのだ。

足跡の上にも六センチばかり雪が積もっているので、すでに一刻《にじかん》は過ぎているだろう。

賊は夜の闇をものともせずに易々と事をなし遂げたにちがいなかった。

政重は己のうかつさに歯嚙《はが》みしながら足跡を追った。

いかに疲れていようとも、賊の気配にも気付かぬようでは武辺者《ぶへんしゃ》とはいえない。よりにもよってこんな時にこんな失態を演じるとは、何たることか。

ひと足ごとに自分を責め、怒りと心配に総毛立つ思いをしながら川まで下りると、足跡はぷつりと切れていた。

雨が雪に変わったために川の水位は下がっているが、それでも幅八メートルほどの河床いっぱいに広がった濁流が、人が走るほどの速さで流れている。

川は胸までの深さがありそうなので、人一人を荷いでは絶対に渡れない。

だとすれば岸の近くの浅瀬を歩いて足跡を消したか、道が平坦になった所で樏《かんじき》を用いたか。考えられるのはその二つである。

政重は上下どちらに向かったか突き止めようと地面に目をこらしたが、手がかりは何ひとつなかった。まるでこの場で忽然《こつぜん》とかき消えたかのように、何の痕跡も残っていない。

敦盛を差し入れて川の深さを測った。案の定百五十センチばかりの深さがある。流れは速いが川床が岩場なので、一人ならば槍か棒で体を支えれば渡れそうだった。

「そうか。これは」

政重は足跡の雪を払って底を詳細に調べてみた。

重心が炭焼小屋に向かってかかっている。爪先立った形なので、この足跡は登る時にできたものだ。

小屋の戸口からつづいていたので、逃げた時のものだと思い込んでしまったのだった。

こんなことにも気付かないとは、余程焼《やき》が回っている。家老として政《まつりごと》に専念しているうちに、武辺者の勘が鈍ったらしい。

政重はあわてて炭焼小屋まで駆け戻ったが、逃げた時の痕跡《こんせき》はどこにもなかった。賊は余程の切れ者にちがいない。

万策尽きた政重は、山の尾根に上がってみた。

伊吹山で大黒を見つけた時のような奇跡を期待してのことだが、雪におおわれた雑木の茂みにさえぎられて何も見えなかった。

政重は指笛を鳴らした。

大黒よ、竹蔵よ、豪姫さまよ。この音が聞こえたなら応じてくれ。

そんな祈りを込めて何度も吹いたが、高く澄んだ音が木霊《こだま》を呼んで響き渡るばかりだった。

政重はもう一度炭焼小屋にもどった。

床にはいつくばって賊の正体を知る手がかりを捜したが、藁《わら》の雪沓《ゆきぐつ》をはいていたらしい足跡が五つ残っているだけだった。

敵の目的は薩摩行きを妨害することである。だから橋を壊して行手をさえぎり、豪姫を攫《さら》って足を止めたのだ。

（おそらく船の衝突も……）

政重らを脊振山中に誘い込むために、兄正純の手の者が事故を装ってやったにちがいなかった。

だとすれば取るべき道は二つしかない。このまま単身薩摩へ向かうか、この炭焼小屋に残って敵からの連絡を待つかである。

正純は政重を殺せと命じているだろうから、敵は豪姫を囮《おとり》にして必らずおびき出そうとするはずだった。

一日待つ。それがぎりぎりだ。

政重はそう決して炭焼小屋の火をおこしにかかったが、ふと川向こうに人の気配を感じた。

何と豪姫である。昨夜のままの打掛け姿で、急ぎ足に歩いて来るではないか。

危なげな足取りで歩を進めるにつれて桃色の袖がひらひら揺れて、まるで初めて晴着をまとった少女のようだった。

（罠《わな》か）

政重は素早くあたりを見回し、伏兵がいないことを確かめた。

誰もいない。火薬も匂わない。そう分ると脱兎《だつと》のごとく飛び出し、万一狙われている時の用心にジグザグに道を取りながら川まで駆け下りた。

「奥方さま、そこで待たれよ」

そう声をかけるかわりに身振りで伝え、敦盛で体を支えて濁流を渡った。

「いかがなされた。お怪我はございませんか」

川から上がるなり片膝をついてたずねた。

「何でもありません。それよりそんなに濡れて寒くはありませんか」

豪姫は平然としていた。

手荒く扱われたわりには、怪我ひとつしていない。

「こんなものは着ているうちに乾きます。何があったのか、何者の仕業か、教えて下されませ」

「それが覚えていないのです」

「覚えて……、おられないとは」

「昨夜眠りについたことまではっきりしているのですが、その先何があったのか分りません。ふと気がつくと、この道を歩いていました」

あるいは眠っている間に薬でもかがされたのではないか。体の具合は大丈夫か。矢《や》継早《つぎばや》にたずねたが、豪姫は要領を得ない返事をくり返すばかりだった。

その夜は那珂川ぞいの民家に泊めてもらった。

豪姫はさすがに疲れたらしく、夕餉《ゆうげ》もわずかに口にしたばかりだった。

何か少しでも思い出したことはないかとたずねても、思い詰めた表情をして黙り込む。人を寄せつけない頑《かたく》なな態度で、政重は当惑するばかりだった。

「何か、ご入用の品はございませぬか」

「湯屋はありませんか」

風呂に入りたいというが、山奥の百姓家に湯屋などあるはずがなかった。

「ならば盥《たらい》で湯あみをします。用意して下さい」

これも無理な注文である。だが政重は家の老夫婦に何とかしてくれと頼み込んだ。

「こんな物《もん》しかなかばってん」

老婆が漬物を漬けるための平べったい桶《おけ》を持ってきた。

三十センチほどの深さしかなかったが、湯を入れて体をふくことはできる。

政重は竈《かまど》を借りて湯をわかし、桶に張って土間に運んだ。

「このような用意しか整いませぬが」

「それで構いませぬ。ここに運んで下さい」

板の間に運び上げると、湯あみの手伝いをしてくれという。

「ここで髪を洗いたいのです。ここで横になって髪をひたしますから、この櫛《くし》ですいて下さい」

豪姫が朱塗りの櫛を差し出した。

額の秀でた利発そうな顔に切迫した表情を浮かべているが、そんなことをすれば秀家に申し開きができないようで応じるわけにはいかなかった。

「それがしは無調法ゆえ、この家《や》の老婆に頼んでまいります。しばらくお待ち下され」

「それなら結構です。足をすすぎたいので洗って下さい」

「それもやはり、老婆に」

「どうしてです。旅籠《はたご》の下男のような真似はできないというのですか」

豪姫が苛立《いらだ》たしげに髷《まげ》を解き、二度三度首を振った。

豊かな黒髪が胸の前に垂れ、生き物のように怪しげに揺れた。

「無調法ゆえ、お許し下され」

政重が老婆を呼びに行こうとすると、豪姫がいきなり櫛を投げつけた。

螺鈿《らでん》細工をほどこした櫛が戸に当たり、真っ二つに割れた。

政重は立ち尽くしたまま、灯《ともしび》に照らされて虹色に輝く螺鈿を見つめた。こんなに取り乱すとは、いったい何があったのか……。

「もう頼みません。どんなことにも耐えると約束したのですから、自分でいたします」

豪姫は上がり框《かまち》に桶を運び、足を差し入れて洗い始めた。

両手で甲や臑《すね》をさすりながら、すすり泣きに泣いている。涙がうつむいた頬を伝わり、あごの先からしずくとなって落ちていた。

(奥方さま……)

政重はどうしていいか分らなくなった。

あるいは攫われていた間に酷《むご》い目にあわされたのかもしれぬ。

不吉な予感とともに、全羅北道《チョルラプクト》で日本兵に凌辱《りょうじょく》された女の姿が脳裡《のうり》をよぎった。

万一そのようなことがあったとしたら、豪姫にも秀家にも泉下《せんか》の利家にも申し訳が立たぬ。腹を切ってわびるしか責任の取りようがなかった。

「何でもありません。昔のことを思い出して、急に涙が止まらなくなったのです」

豪姫は気を取り直して足をぬぐった。

政重は無言のまま桶を片付け、土間で宿直をすることにした。

ひとつ屋根の下で夜を過ごすのははばかられたが、昨夜のことがあるので間近に控えることにしたのだった。

「あれからもう十四年も過ぎたのですね」

豪姫が横になったまま声をかけた。

政重は片膝を立てて壁によりかかっている。今夜は一睡もしないと決していた。

「利政が兄を慕《した》うようにあなたにまとわりついていましたっけ。その姿を見て、わたくしも男に生まれれば良かったと思っていたのですよ」

「………」

「いつぞや父上と槍の勝負をなされて、手ひどく打ち据《す》えられましたね。あの時は悔しくて悔しくて、どうしてこんなに手荒なことをなされるのかと、父上に喰ってかかったものでした」

利政の指南役として前田屋敷に通っていた政重は、槍の又左と異名《いみよう》をとった利家と一度手合わせをしたことがある。腕前は互角だったが、勝負が長引くにつれて息が上がり、脳天に強烈な一撃をくらって気を失った。

その時親身になって介抱してくれたのが豪姫だった。

「あの頃、長五郎さまはわたくしのことをどう思っておられたのでございますか」

政重は聞こえないふりをした。

知らえぬ恋は苦しきものとは、口が裂けても言えなかった。

「きっと見映《みば》えの悪い、陰気な感じの娘だと思っておられたのでございましょうね」

「いえ。瞳の澄んだ、利発そうなお方だとお見受けいたしました」

「絹江という方と暮らしておられたそうですね」

こんな詮索《せんさく》までするとは、今夜の豪姫はやはり普通ではなかった。

「仇同士なのに好き合っておられたと利政から聞きました。本当ですか」

「ひと月ほど共に暮らしました」

「そのお方の、どんなところが気に入っておられたのですか」

政重は黙ったままだった。

「気立ての良さですか。それとも武士の娘らしい凜《りん》としたところ?」

「明日は早うござる。そろそろお休み下されませ」

政重は豪姫の変貌ぶりに戸惑うばかりで、真意を慮《おもんぱ》かる余裕を失っていた。

「もしわたくしが中納言さまのもとに嫁《とつ》がなかったら、妻にしていただけましたか」

「過ぎた人生に、もしということはございませぬ」

「そうですね。でもわたくしは、それを望んだこともあるのですよ」

豪姫が儚《はかな》げにつぶやいた。

「豪姫さま……」

ふいに政重の胸に悲しみの熱いかたまりが突き上げてきた。

失われたあの頃のことが脳裡をよぎったからか、尾羽打ち枯《おはうちか》らしたような豪姫の様子が哀れになったのか。自分でもはっきりとは分らないが、豪姫の心を癒《いや》すために何かをせずにはいられなくなった。

「しばらく他出して参ります。戸を厳重に閉ざし、夜明けまでは誰が来ても決してお開けになりませんように」

敦盛をつかんで表に出た。

天には皓々《こうこう》たる月が浮かび、雪に包まれた野山を白銀色に輝やかせている。

那珂川の増水もようやく治まり、鉛が溶けた時のような底光りのする白い色を発しながら流れていた。

政重は支流ぞいをさかのぼり、昨日豪姫が見つけた福寿草のある岩場にたどりついた。

高さ三十メートルばかりの切り立った崖《がけ》に、その花は月の光をあびてひっそりと咲いていた。

万一足を踏みはずせば、助かる見込みはない。腰まで水につかって川を渡ったので、裁着袴《たつつけばかま》は夜の冷気に凍っていたが、政重は敦盛の石突きで岩をえぐって足場としながら登り始めた。

翌朝、豪姫が戸を開けると、ひと株の福寿草と書き付けが置かれていた。

冬の野の高みに咲ける福寿草

間近き春ぞ　風強くとも

見事な筆でそう記されている。

近頃政重の腕はひときわ上達し、近衛信尹《のぶただ》の書に匹敵するような気品と優雅さをそなえていた。

これが『万葉集』の夏の野の歌を取ったものだということも、花に託した政重の思いもすぐに分ったのだろう。

豪姫は頰を上気させて書き付けを取ると、胸に当ててしばらくたたずんでいた。

# 第十三章　義に殉《じゅん》ずるは

一

山は白く輝いていた。

筑前と肥前をへだてる脊振山地が雪におおわれ、壁のように立ちはだかっている。

山懐《やまふところ》から流れ出した那珂川の河原には、昨日の洪水の爪痕《つめあと》がいたる所に残っていた。

早朝に民家を出た本多山城守政重《まさしげ》は、豪姫とともに有明海へと急いだ。

昨夜は一睡もしていない。

豪姫のために福寿草を取ろうと切り立った崖《がけ》をよじ登り、雨で増水した川を渡って戻ってきた。

戻るなり豪姫の部屋の前で宿直《とのい》をした。

明け方の冷え込みは厳しく、固く絞っただけの衣服はごわごわに凍りついたが、衣の内側に藁《わら》を入れて寒さをしのいだ。

並の者なら病みつきそうな厳しい一夜だが、政重はかえって溌剌《はつらつ》としていた。久々の荒業が、武辺者《ぶへんしゃ》としての魂《たましい》を甦《よみがえ》らせたのである。そのことが自分でも感じられるだけに、清々しい充実感があった。

豪姫も憑《つ》き物が落ちたように明るくなっていた。

枯らしてはかわいそうだと、福寿草は民家の老婆に託《たく》してきたが、胸の中にはそれ以上に大きな花が咲いたようである。政重に接する態度も、わだかまりのないさらりとしたものになっていた。

雪の積もった道を、二人は峠に向かって黙々と歩いた。

脊振山地を越えれば、有明海までは半日の道程《みちのり》である。何としてでも今日のうちに港までたどり着かねばならなかった。

途中、杉が折り重なって倒れている所があった。

一昨日の雨で地盤がゆるんだ上に、枝葉に雪がふり積もったので、重みに耐えきれなくなったらしい。二十本ばかりが身を投げ出すように行手をふさいでいた。

豪姫にはとても越えられない高さである。枝が邪魔をしているので、下をくぐり抜けることもできなかった。

「豪姫さま。それがしの背に」

政重は片膝をついて背中を向けた。

そうすることに何の抵抗も覚えなかった。

「重いのに、大丈夫でしょうか」

豪姫は危《あや》ぶみながら身を預けた。

確かに重い。少女の頃のすらりとした体付きから比べれば、二倍も重くなったようである。

それは十四年という歳月の重みかもしれなかった。

「足元が滑るやもしれません。それがしの肩に手を回し、しっかりとおつかまり下され」

「こうですか」

豪姫が政重の首にしがみつくようにして、耳のあたりに頬をつけた。

冷えきった耳たぶに、柔らかい肌の感触が伝わってくる。政重は何やらこそばゆい思いをしながらすっくと立った。

「長五郎さまの背中は、父上とよく似ています。こうして背負ってもらうのは、何十年ぶりでしょうね」

「お父上はどのような背中をしておられましたか」

「戦で鍛え上げた巌《いわお》のような背中でした。これが人の体だろうかと、幼な心に思ったものです」

政重は敦盛《あつもり》を杖にしながら、倒木の上を渡っていった。

体を触れ合わせていることさえ、もはや気にならなくなっていた。

「お疲れでしょう。しばらくお休み下され」

杉の倒木から下りても、豪姫を背負って歩きつづけた。

「でも、長五郎さまこそ」

豪姫は気の毒がったが、五、六百メートルも歩くうちに軽い寝息をたて始めた。

やがて前方の山の中腹に、二十戸ばかりの集落が見えてきた。

その先は道が急に険しくなり、九十九《つづら》折りになって山頂へとつづいている。七曲《ななまがり》峠と呼ばれるのはそのせいらしかった。

集落までは二キロばかりも離れている。だが政重は吹き寄せてくる風に大黒《おおぐろ》の匂いを嗅《か》ぎ取り、指笛を鳴らしてみた。

恥じている。

「まあ、いつの間に」

豪姫がぴくりと体を震わせて目を覚まし、身をちぢめるようにして寝入ったことを

「もうじき大黒が迎えに来ます。それまで休んでいて下され」

「夢を見ていました。父上に福寿草をねだって叱《しか》られた時のことです」

豪姫が甘えるように政重の首に回した両手に力を込めた。

大黒は一頭ではなかった。雪の精が形を成したような純白の馬を従えていた。

桜雪《おうせつ》である。二頭寄り添うように駆けてくる姿を見て、政重はすべてを悟った。

一昨日大黒が急に駆け出したのは、桜雪の気配を感じたからなのだ。

そして桜雪がいるからには、絹江も近くにいるはずだった。

やはり竹蔵が見たのは戸田蔵人《くらんど》だったのだろう。蔵人と絹江は伏見城の黒鉄《くろがね》門から

脱出し、兄正純の配下となって追手《おって》に加わっているにちがいなかった。

（道理で手際がいいはずだ）

政重はかえってほっとしていた。

たとえ敵になったとしても、豪姫をさらったのが蔵人なら手荒く扱うはずがなかった。

それにしても、どうやって脱出してきたのだろう。蔵人が人質を逃がすようなへまをするとは思えなかったが、豪姫に改めてたずねるのは気が進まなかった。

大黒は嬉しそうだった。愛《いと》しい桜雪にめぐりあえたせいか、毛の色艶までが良くなっている。

自力で捜し当てたことが得意でたまらないのか、鼻面を持ち上げて胸を張っていた。

桜雪は恥じ入るように目を伏せている。

交尾の季節でもないのに、昨夜大黒がけしからぬことを仕掛けたにちがいなかった。

「おい、竹蔵はどうした」

政重が鼻面をこつんと叩《たた》くと、大黒は首を振って後ろを振り返った。

「もうじき来るさ」

そう言っているようだった。

豪姫を大黒に乗せて集落へ向かっていると、竹蔵が血相を変えて走って来た。

「やっぱり大将や。そやないと大黒が逃げ出すはずがないもんな」

膝頭に手を当てて前かがみになり、肩で大きく息をついた。

「お前の耳には、指笛は届かなかったか」

「この下の倒木をどかさな、馬は通れまへん。そやから村の者たちに力を貸してくれるよう頼んどったんや」

竹蔵は道端の雪をつかみ上げ、大口を開けて詰め込んだ。

蔵人が手強い相手だということは、政重が一番良く知っている。

だが島津忠恒の帰国の日が迫っているので、このまま有明海への道をたどるしかなかった。

政重は先頭に立ち、七曲りの坂道を登り始めた。

大黒のくつわは竹蔵に取らせている。桜雪の手綱は大黒の鞍に結びつけていた。

風はおあつらえ向きにふもとから山頂に向かって吹いているので、蔵人は途中で待ち伏せて政重を狙撃《そげき》するはずだった。

鉄砲の腕前だけは並はずれた男である。しかも風下から撃てば火薬の匂いに気付かれることもない。

(奴は木の上から撃ってくる)

政重はそう読んでいた。

山の斜面に立って拳下《こぶし》がりに撃とうとすれば、降り積もった雪が邪魔になって目標がとらえにくい。

だが木の上からなら、遮蔽物《しゃへいぶつ》も少ないのでたっぷり狙《ねら》えるだろう。

政重は敦盛を肩にかついで悠然と歩いた。

小袖《こそで》の下には鎖帷子《くさりかたびら》を着込んでいる。遠くからの射撃なら、たとえ命中しても致命傷になることは避けられるはずだった。

腰には二本の棒手裏剣を仕込んでいた。

蔵人は必ず間近から撃つ。最初の一発をはずしたなら、木から下りる間を与えずに山を駆け登り、棒手裏剣で仕留めるつもりだった。

二本用意したのは、絹江が掩護《えんご》に回っていた場合のことを考えてのことだ。

女人ながら鉄砲の腕前はあなどれないだけに、二人して狙われてはたまったものではなかった。

政重は竹蔵や豪姫の五十メートルばかり先を歩いた。

どこから撃って来るかを突き止めるには、かすかな気配を感じ取る以外にない。一緒に歩いていては、馬の足音や呼吸音が邪魔になって物音が聞き取れなかった。

七曲りの半分近くを登っても、異変は起きなかった。

蔵人は峠の近くで待ち伏せ、政重が緊張に疲れるのを待っているらしい。そうと察した政重は、岩陰の安全な場所で長々と休みを取った。

蔵人が木の上にいるのなら、この寒さで手がかじかむはずである。なかなか現われないことに苛立《いらだ》てばしめたものだった。

「大将、頭を狙われたらどないしますねん」

竹蔵が気を揉《も》んだ。

政重は一言も話さなかったが、さっきからの動きを見て意図を察したのである。

「奴の狙いは私を薩摩に行かせないことだ。傷を負わせれば用は足りる。的《まと》の小さな頭より胸板を狙うはずだ」

「そやけど、これでは大将の方が分が悪過ぎます。万一のことがあったら、どないしますねん」

「その時には、豪姫さまを連れて加賀に戻ってくれ」

政重は竹蔵に体を寄せてささやいた。

ここで自分が倒れたなら、豪姫一人で薩摩までたどりつけるはずがなかった。

「そんな、殺生や」

「強くなりたいのなら覚えておけ。勝負は生きたいと望む者が負ける。戦いの場には、生死を放念して出かけることだ」

政重の口調の厳しさに、竹蔵は息を呑んで黙り込んだ。

政重は再び先頭を歩き出した。

目の焦点を定めぬまま前方を向き、体の力をだらりと抜いている。傍目《はため》には呆《ほう》けたように見えるが、敵に備えるにはこの構えがもっとも有効だった。

異変は五つ目の曲りを曲りきった時に起こった。

山頂近くで何かがキラリと光り、乾いた銃声が上がった。

政重は視界の端に光をとらえた瞬間、前に飛んで地に伏せた。

肩口をかすめた銃弾が、雪に深々と突き刺さった。

やはり木の上からの狙撃である。その場に立っていたなら、確実に胸板を撃ち抜かれていたはずだった。

政重は素早く身を起こし、敦盛を杖にして山の斜面を駆け上がった。

あたりの静寂を破って二発目の銃声が上がったが、幸いなことに密生した木が楯となって政重の身を守った。

蔵人はひときわ高い木の上にいた。

雪にまぎれるために白装束をまとっている。

鉄砲も白い布でおおっていたが、火挟《ひばさみ》と火皿だけはむき出しにしたままだった。

布に包めば火挟が火皿に落ちず、発砲できなくなる。キラリと光って異変を告げたのは、この火挟だった。

木から下りる前に棒手裏剣を叩《たた》き込もうと、政重は獣のような速さで山頂に駆け上がったが、その直前に蔵人はひらりと宙に舞った。

別の木にかけた綱にぶら下がり、むささびのように悠然と飛び去っていく。大きな図体《ずうたい》からは想像もつかない身軽さだった。

（なるほど。そういうことか）

豪姫がさらわれた時、炭焼小屋のまわりに足跡がなかった理由がようやく分った。

蔵人はどこかの木に綱をかけ、豪姫を抱えたまま宙を飛んだのである。

炭焼小屋の近くに何本か木があったが、降りつづいた雪が痕跡《こんせき》をおおい隠していたので、そのことに気付かなかったのだった。

政重は七曲峠に登ってみた。

蔵人がひそんでいる気がしたが、その気配はどこにもない。雪におおわれた木々が、何事もなかったようにひっそりと立ち尽くしていた。

峠から真っ直ぐ南に下り、夕方には浮島の宿に着いた。

筑後川ぞいの宿場で、有明海からさかのぼって来た船がここで積荷を下ろす。船頭や水夫《かこ》たちが泊る船宿が、川ぞいに軒を並べていた。

その中の一軒に宿を取ることにした。二階の部屋から川が眼下に見下ろせる。窓から竿《さお》を出せば、魚が釣れるほどだった。

久々に風呂に入り、明朝の早出にそなえていると、

「ご無礼をいたします」

聞き覚えのある声がしてふすまが開いた。

外の廊下に紺色の頭巾《ずきん》をかぶった女が身を伏せていた。

「絹江どの……」

体付きを見ただけで、政重にはすぐに分った。それほど深くなじんだ間柄だった。

「お久しゅうございます。お伝えしたきことがあって推参いたしました」

絹江は顔を上げようとしなかった。

「こちらに入られよ。あの猛火の中を、よくぞ無事で」

「蔵人さまに助けていただきました。今も共に旅をしております」

「伝えたいこととは何ですか」

豪姫が横からたずねた。

初対面のはずなのに、前から絹江を知っているような口ぶりだった。

「上野介さまの手勢が、夜半にこの宿場に焼き討ちをかけます。急ぎお立ち退《の》き下さ

れませ」

そう告げるなり、顔を伏せたまま立ち去ろうとした。

「お待ちなさい」

政重は廊下まで出て呼び止めた。

「これは蔵人の指図ですか」

絹江が反射的にふり返った。顔の半面に無残な火傷《やけど》を負っていた。

政重は息を呑んで立ち尽くした。

色白の端整な顔立ちだけに、火傷の痕がいっそうむごたらしかった。

「わたくしの一存で参りました。二度とお目にかからぬつもりでおりましたが、火急のことゆえ……」

柱行灯《あんどん》の下で消え入りたげに身をすくめた。

「下の馬屋に桜雪がいます。竹蔵に案内させますから、連れて行って下さい」

政重はふいに赤ん坊の泣き声を聞いた気がした。切々と悲しみを訴える、やる瀬ない声である。

その嘆きが深々と胸に突きささったが、黙って絹江を見送る以外になす術《すべ》がなかった。

二

その夜のうちに筑後川の河口の船宿に移り、翌朝未明に船を出した。

有明海は九州本土と島原半島にはさまれた内海である。海は遠浅で波も静かだが、外海から流れ込んだ海流が湾内を環流《かんりゅう》しているので、船は南に流れる潮に乗って快調に進んで行く。

政重は豪姫と並んで船の舳先《へさき》に立ち、九重山《くじゅうさん》から昇る朝日をながめていた。空に薄くかかった雲をあかね色に染めながら昇る陽は、何ともいえず美しい。吹き抜ける風も春のような暖かさだった。

船尾に仮設した馬屋では、竹蔵が大黒の世話を焼いていた。

桜雪と引き離された大黒は不機嫌の極みで、船に乗ろうともしなかった。竹蔵が無理に引き上げようとすると、蹴《け》ったり嚙《か》みついたりして抵抗する始末である。

竹蔵はうまく身をかわしながら何とか船に乗せたが、大黒は怒りに血走った不穏《ふおん》な目付きをしたままだった。

「そんなに怒ったかて、桜雪は絹江さんのもんや。仕方あれへんがな」

竹蔵は何とかなだめようと好物のおからを差し出したが、大黒は見向きもしなかった。

「昨夜絹江どのが参られた時」

政重は気になっていたことを豪姫に質《ただ》した。

「以前に面識のあるような話し方をなされましたね」

「ええ。会いました」

「炭焼小屋から連れ去られた日のことでしょうか」

「はい。いましめを解いて逃してくれたのは、あの方なのです」

豪姫はあの日のことをつぶさに語った。

夜半に不穏の気配に目を覚ましたが、蔵人に当て身を入れられて声を上げる間もなく気を失った。

気がついた時には、どこかの座敷に横たわっていた。夜具こそかけてあったものの、足は固く縛られていた。

部屋には誰もいなかった。

板戸が閉ざしてあるので、昼か夜かも分らない。身を起こして途方にくれていると、戸が開けられ、まぶしいほどの光とともに絹江が入ってきた。

絹江は豪姫に無礼をわびた上で、身の危険はないので安心するようにと言った。

そうして二人きりで過ごすうちに、なんとなく互いの身の上を語るようになったのである。

絹江は少女の頃から政重にあこがれていたという。だが三千石の旗本である岡部家と五百石の倉橋家では釣り合いが取れないので、声をかけることさえはばかっていた。

ところが六年前に政重が兄庄八を斬殺したので、図らずも仇同士《かたき》になった。

絹江は兄の仇を討つために政重を追ったが、思わぬことから深い仲になり、伏見城下で共に暮らすことになった。

だがそれでは取り潰《つぶ》された岡部家の再興は叶《かな》わない。政重の寝首をかき、首尾を届け出た上で自害しようと思い詰めたこともあったが、どうしてもできなかった。

絹江はやむなく政重のもとを離れ、合戦で手柄を立てて岡部家の再興を果たそうと決意した。

鳥居元忠が立て籠《こも》る伏見城に入ったのは万一の僥倖《ぎょうこう》を期待してのことだが、城は大坂方の猛攻を支えきれず、絹江も城と運命を共にする道を選んだ。

自分がここで討死《うちじに》したことが、やがて徳川家康や秀忠の耳に達し、岡部家再興が叶うのではないかと期待したのである。

ところが松の丸の黒鉄門が炎上する寸前に、戸田蔵人が助けに飛び込んできた。

そうして絹江一人をひっかつぎ、炎の中から脱出したのである。

絹江は蔵人をなじった。これで岡部家再興の道が断たれたではないかと、助けられた恩も忘れて責め立てた。

困り果てた蔵人は、ならば自分が手柄を立てて岡部家を再興してやると、本多正純の下知《げち》に従うことにしたのだった。

家の再興を果たそうとしたことが間違っていたとは、絹江は今でも思ってはいない。だが時々、何もかも捨ててあのまま政重と暮らしていたなら、どれほど幸せだったろうと考えることがあるという。

「長五郎さまは天に愛されたお方なのです。だからご自分の利害など露ほどもお考えにならずに、人のために尽くすことがお出来になるのでしょうね」

絹江はそうつぶやくと、豪姫の足を縛った麻縄を切ったのだった――。

長い話を終えると、豪姫はふうっと大きなため息をついた。

「あんなに一途《いちず》な胸の内を聞かされて、きっと妬《や》いていたのでしょうね。だから絹江どのに会ったとも話さず、長五郎さまを試すようなことばかりしたのでしょう」

まことに申し訳なく不徳を恥じるばかりだと、豪姫は深々と頭を下げた。

「でも後悔などしていません。だってあんなに美しい福寿草をいただけたのも、狂おしい気持になったお陰ですもの」

ちらりと政重を見やり、晴々とした顔で風に吹かれている。

大黒は相変わらず不機嫌で、隙《すき》あらば嚙みつこうとして竹蔵を手こずらせていた。


宇喜多秀家は大隅郡牛根《うしね》郷辺田《へた》にいた。

桜島の東のふもとに近い海ぞいの地である。

慶長六年（一六〇一）六月に海路山川《やまがわ》港に入った秀家を、島津家は丁重にもてなし、辺田の平野《ひらの》家に応接の役を命じた。

これは政重の奔走の賜物《たまもの》だった。

政重が島津家の捕虜《ほりよ》解放に尽力したことに恩義を感じた島津龍伯（義久）が、秀家の面倒万端を抜かりなく見るように、垂水《たるみず》城主の島津以久《もちひさ》に厳命したのである。

万一徳川方との合戦になった場合、秀家を大将に押し立てて豊臣家と同盟しようという狙いもあった。

両家が起てば、福島正則、浅野幸長、加藤清正ら豊臣恩顧の大名が身方《みかた》に参じるにちがいない。関ヶ原合戦後の処分に不満を持つ毛利輝元や上杉景勝も、旧領回復の好機と見て動くだろう。

そうなれば徳川家康ともう一度天下を争う戦ができる。老雄龍伯はそこまで読んで、秀家を手厚く保護していたのだった。

政重らは八代から球磨《くま》川ぞいをさかのぼり、久七峠を越えて薩摩に入った。

まず帖佐《ちょうさ》城の島津義弘を訪ね、急な来訪の目的を伝えた。

徳川家と島津家の和議が成った今では、秀家は邪魔者として抹殺《まっさつ》されかねない。

そう訴えて秀家の上洛実現に協力を求めると、義弘は二つ返事で了解し、帖佐から辺田まで船で送るように家臣に命じた。

船は鹿児島湾を南東に向かい、桜島をかすめるようにして辺田の港に入った。

小さな港には五隻の軍船がつないであり、甲冑《かっちゅう》姿の者たちが警戒に当たっている。

まるで戦が間近に迫ったような物々しさだった。

秀家が逗留《とうりゅう》している平野屋敷の警固も厳重だった。

「本多山城守政重と申す。備前中納言さまに御意を得たい」

そう名乗るとすぐに奥に通されたが、秀家はいなかった。四キロほど離れた所にある神社に参拝に出かけているという。

「豊臣家の安泰とご自身の武運長久を祈願され、日々欠かすことなくご参拝なされております」

留守役の近習《きんじゅ》がそう告げた。

客間で半刻《いちじかん》ほど待つと、長廊下を小走りにやって来る足音がした。

政重の来訪を聞いた秀家が、嬉しさのあまり走り出したらしい。その後を数人の近習があわてて追っている様子が手に取るように分った。

「政重、よう来てくれた」

ふすまを開け放って喜びの声を上げた秀家は、豪姫がいることに気付いて茫然と立ち尽くした。

「お豪……、どうして」

「政重さまに連れて来ていただきました。桜島は名前に似合わぬ恐ろしげな山でございますね」

豪姫はにこりと笑って頭を下げた。

その夜、秀家は二人を歓迎して酒宴を張った。

竹蔵も末席に連なることを許され、大黒は居心地のいい馬屋を与えられた。

酒宴が始まる直前に、明石掃部《あかしかもん》が駆けつけた。

「政重どの、お久しゅうござる」

客間に入るなり、政重の手をしっかりと握り締めた。

甲の厚い大きな手である。百九十センチは優にあるので、立ったままでは頭が天井にぶつかりそうだった。

「掃部どのも、お元気そうで何よりでござる」

関ヶ原では二人して宇喜多軍の先陣をつとめ、退却の際にも殿軍《しんがり》として踏み留まった。生死をともにした間柄だけに、懐しさもひとしおだった。

「豪姫さまもご一緒とうかがいましたが」

「ただ今、奥で中納言さまとお過ごしでござる」

「さぞや積もる話もあるであろう。政重どの、よいことをして下された」

掃部は感極まったのか、節くれ立った太い指で目頭を押さえた。

やがて秀家と豪姫が連れ立って現われた。相変わらず似合いの夫婦で、二人でいると互いに命の輝きを増したように生き生きとしていた。

内輪だけの酒宴は、楽しく心温まるものだった。

秀家も掃部も溌剌としていて、敗残者の暗さは微塵《みじん》もない。そんな二人を見ているだけで満ち足りた心地がして、政重はいつになく酒を過ごした。

秀家には伝えなければならないことがある。だが今夜ばかりは黙ったまま、再会の歓びにひたっていたかった。

先に切り出したのは秀家だった。

「よい機会じゃ。折り入って話しておきたいことがある」

急に真顔になって姿勢を改めた。

「天下の政《まつりごと》についてでございましょうか」

「そうじゃ」

「ならば、前田家に累を及ぼしてはなりませぬ。奥方さまには席をはずしていただくべきと存じます」

政重はそう言ったが、真意は別にあった。

二人の対立に巻き込まれては、秀家と豪姫の間が気まずいものになる。

ようやく再会した二人だけに、あと数日は政とは関係のない平穏な日を過ごしてもらいたかった。

「征夷大将軍に就任すると決したことで、家康どのの天下への野心が明らかになった。これを放置していては、豊臣家の存続さえ危うくなろう」

それゆえ今のうちに豊臣家を動かし、天下の大名と盟を結んで徳川家を倒さねばならぬ。秀家は感情を抑えた低い声で訥々《とつとつ》と説いた。

「おそれながら、その儀はならぬものと存じまする」

政重は襟《えり》を正して反論した。

いつの間にか、酔いは跡形もなく覚めていた。

「忠恒どのはすでに徳川家と和を結び、一月末には薩摩に戻られます。さすれば龍伯公や義弘どのも、豊臣家と結んで事を起こすお考えは捨てられましょう。また万民のためにも、天下を二分した合戦に及ぶべきではないと存じます」

「そちは……、余に助勢するために来たのではないのか」

秀家が急に青ざめ、手にした盃《さかずき》をことりと置いた。

「島津家と徳川家の和議に際し、中納言さまのご処遇が問題となりました。徳川方は中納言さまが薩摩におられることを知り、引き渡しを求めたのでございます。忠恒どのはこれに応じる約束をなされましたゆえ、この地にいてこれを拒むことは叶わぬものと存じます」

秀家は腕組みをしたまま、怒りと失望に耐えていた。

昔なら声を荒らげて政重を責め立てたはずである。だが長年の苦難にさらされ、器《うつわ》がひと回り大きくなったようだ。

（中納言どのが豊臣家の総大将として采配《さいはい》をふられたなら、家康どのとて無事には済まぬかもしれぬ）

政重はふとそう思った。

そうした事態を避けるために薩摩まで来たはずなのに、成長した秀家の大将ぶりを見てみたいという誘惑に心を動かされそうになった。

「そちの考えは分った」

秀家は無念がにじんだ大きな目で政重を見据えた。

「だが、それでは秀頼さまの行末はどうなるのだ」

憤懣《ふんまん》やる方なげにつぶやき、肩を落として席を立った。

「政重どの、貴殿の申されることも分らぬではない」

掃部がぼそりとつぶやいた。

「だが殿は、貴殿のことを頼みにしておられた。政重さえ側にいてくれたらと事あるごとにおおせであったが、豪姫さまの行末を案じて呼び寄せることをはばかっておられたのじゃ。そのご胸中も、お察し下され」

掃部が大きな音を立てて鼻水をすすり上げた。

この実直な男は、秀家の無念を思って心の中で泣いていたのである。

## 三

翌日から秀家は政重を避けるようになった。

まだ話すべきことは山ほどある。互いに腹を割って話し合い、上洛に応じるように説得したかったが、秀家は多忙を理由に会おうとはしなかった。

かといって政重を邪魔者扱いしているわけではない。ほうっておけばそのうちに身方になると確信しているのか、何ひとつ口出しせずに勝手に任せていた。

（あと三日）

待ってみようと政重は決めた。

秀家とて政重の胸の内は百も承知しているはずだから、くどくどと言い立ててはかえって逆効果である。それに秀家を連日わずらわせては、豪姫にも気の毒だった。

平野屋敷は海ぞいに建てられた堅牢《けんろう》な屋敷だった。まわりに土塀と堀をめぐらし、屋敷の内には望楼《ぼうろう》を上げて敵の来襲にそなえていた。

年貢米や物資の輸送を船に頼っているので、海から外堀まで水路を穿《うが》って小舟を引き入れられるようにしてあった。

屋敷の背後には山が迫っていた。高峠《たか》までつづく険しい斜面で、屋敷のすぐ側を清く澄んだ小川が流れていた。

小川ぞいの道を五百メートルほどさかのぼると、上屋敷と呼ばれる真新しい館があった。

万一の場合に備えて秀家が築いたものだ。高い石垣の上に三層の櫓《やぐら》を建てた、小なりとはいえ城の構えである。

途中にも二ヵ所に柵をもうけて谷をふさいでいる。

山里には不似合いな厳重すぎるほどの造りには、新たな運命を切り開こうとする秀家の決意が表われていた。

二日目の夕方、三々五々と連れ立った武士たちが、人目を忍んで平野屋敷を訪ねてきた。

いずれもひと廉《かど》の武辺者らしい面構えで、その数は一刻《にじかん》ばかりのうちに百人あまりにのぼった。しかもあらかじめ申し合わせていたように、屋敷を通り抜けて上屋敷へと登っていく。

鎧櫃《よろいびつ》を背負い、槍や鉄砲を手にした者たちが多い。驚いたことに誰もが腰兵糧《こしびようろう》まで身につけていた。

（これは戦仕度《いくさじたく》だ）

政重はそう察したが、秀家が何のために軍勢を集めているのか分らない。腑《ふ》に落ちないまま見守っていると、夜半までに三百人ほどが上屋敷に上がっていった。

翌朝、平野屋敷は何事もなかったように静まり返っていた。三百人もの武辺者を呑み込んだ気配など露ほども見せず、いつもと変わらぬ静けさを保っていた。

そのあまりに見事な擬態が、政重に強い疑念を抱かせた。余程周到な準備がなければ、とてもこうはいかない。秀家は何事かを行なうために、入念な計画を練り上げてきたにちがいなかった。

（急がねばならぬ）

政重は愛用の袋から小さな砥石《といし》を取り出し、脇差の寝刃《ねたば》を合わせた。秀家があくまで上洛に応じない時には、忠恒に約束した通り首を二つ届けねばならない。秀家を討った後に即座に腹が切れるように、入念に寝刃を合わせた。

朝餉《あさげ》は取らなかった。井戸端に出て手と顔を洗い、真新しい下帯と白小袖に着替えた。

その上にいつもの旅装束をまとえば準備は万全だった。

秀家は書院の文机《ふづくえ》で書き物をしていた。

この頃は休復《きゅうふく》と号し、各方面に盛んに文を送っている。日本の南端に蟄居《ちっきょ》しながら、諸大名に連絡を取って再起に備えていた。

「この地はどうじゃ。気に入ったか」

政重が訪ねて来ることを予期していたらしく、鷹揚《おうよう》な態度で迎えた。

「城になされているとは、思いも寄りませんでした」

政重はさりげなく一足一刀の間境に席を占めた。

「桜島が見事であろう。あの雄々しい姿を見ていると、武士《もののふ》の魂を揺り動かされる思いがする」

「昨夜、戦仕度の者たちが上屋敷に上って行きましたが、宇喜多家の牢人たちでございましょうか」

「わしを慕って備前から来た者や、小西どのの遺臣たちだ。伊集院家の者たちもいる」

八代二十万石を領していた小西行長は、関ヶ原から脱出した後に捕えられ、石田三成らとともに斬首された。小西家も取り潰しとなり、八代に残った家臣たちは伝《つて》を頼って各地に逼塞《ひっそく》することを余儀なくされていた。

伊集院家の家臣たちの運命も悲惨だった。

島津義弘の娘婿である伊集院忠真《ただざね》は、庄内の乱を引き起こした後に徳川家康の仲介によって和を結び、庄内八万石から薩摩国頴娃《えい》二万石に転封された。

ところが昨年八月、徳川家との講和のために上洛すると決意した忠恒は、同道していた忠真を日向《ひゅうが》で謀殺した。

忠真ばかりか薩摩にいた弟三人と母親も殺され、伊集院家は無残に取り潰《つぶ》された。

秀家がこうした者たちと連絡を取り、昨夜を期して召集をかけたのは、何かの計略があるからにちがいなかった。

「戦をなされるおつもりですか」

島津家が秀家を捕えるために兵を出したなら合戦に及ぶつもりかもしれぬ。政重はそう考えたが、秀家の構想はもっと大きかった。

「琉球《りゅうきゅう》に出兵する。それも明日だ」

机を離れて政重と正対し、初めて計略を打ち明けた。

今夜、あと三百人の牢人が集まることになっている。その者たちをひきいて琉球に攻め込み、琉球王朝を支配する。渡海のための船は薩摩半島南端の山川湾にそろえてあり、明石掃部が受け取りに行っているという。

「しかし、何ゆえ」

「琉球を押さえれば、南洋各地の日本人町と連絡が取れる。生糸や硝石の商いに食い込むこともできる。その力をもって豊臣家を支えるのだ」

政重は完全に虚を衝《つ》かれた。

思えば秀家ほどの男が、薩摩に逃れて一年有半もの間を無為に過ごしていたはずがないのである。そのことを考慮に入れていなかったために、膝詰めで説得したなら何とかなると甘く見込んでいたのだった。

それにしても途方もない計略だった。

南洋の呂宋《ルソン》や安南《アンナン》・暹羅《シャム》などには日本人が多く住みつき、日本との交易に当たっている。後に山田長政《やまだながまさ》がアユタヤ王朝の有力者となったように、その軍事力と経済力にはあなどり難いものがあった。

しかもその大半は、豊臣家に恩義を感じている者たちだった。

彼らの南洋進出を、金を惜しまず援助したのは秀吉だからである。

もし秀家が琉球を支配し、彼らを強固に組織したならどうなるか？

万里の波濤《はとう》を乗り越えてきた屈強の水軍がたちまち出来上がり、一万を下らぬ兵が集まるだろう。この兵をもって硝石の商いに介入しようと考えたところに、秀家の非凡さがあった。

なぜなら日本に硝石は産出しないので、火薬はすべて輸入に頼っていたからだ。たとえ徳川方に何万梃《ちょう》の鉄砲や大砲があろうと、火薬がなければただの鉄屑《てつくず》である。秀家が計略通り硝石の輸入経路を押さえたなら、徳川方は息の根を止められたも同然だった。

（さすがだ）

こんな途方もない夢を聞いて、血が騒がない男はいない。

政重も久々に胸が熱くなったが、同意はできない立場である。どうあっても上洛に応じないなら、その夢もろとも秀家を斬る以外になかった。

「おそれ入ったるお考えとうけたまわりましたが、もはや天下万民は戦を望んではおりませせぬ。それに琉球国は明国から冊封《さくほう》を受け、臣従を誓っております。これを討とうとすれば明国との争いは避けられず、朝鮮出兵と同じ過ちをくり返すこととなりましょう。ご無念とは存じますが、天下静謐《せいひつ》のために曲げてご上洛いただきとう存じまする」

「ならばもう一度問う。それでは豊臣家の行末はどうなるのだ」

「このたび秀頼さまは内大臣に任ぜられることになりました。また秀忠どののご息女、千姫《せんひめ》さまとの縁組も行なわれますので、両家の安泰を図れるものと存じます」

家康は自らの将軍就任と同時に秀頼を内大臣に昇進させることによって、主従の序列を保とうとしている。また秀頼と千姫の縁組を行なって、両家の間の和を図るつもりである。

上洛後にどこかに配流されるとしても、秀家が生きつづけることが徳川家に対する牽制《けんせい》となり、豊臣家を守ることにつながるのだ。

政重は真っ正面から必死で説いたが、秀家を説得することはできなかった。

「このことは島津惟新どのも内々承知なされておる。もはや後戻りはできぬのじゃ」

(やむを得ぬ)

政重が脇差の柄《つか》に手をかけようとした時、

「おやめ下されませ」

豪姫が風のように飛び込んで秀家に取りすがった。

「琉球征服などという、恐ろしいことをなされてはなりませぬ。かの地の罪なき民を犠牲にして豊臣家の安泰を計ることが、人として許されるでしょうか」

秀家にしがみつくようにして訴えたが、これは説得するためではなかった。政重の意図を察し、自ら楯《たて》となって秀家を庇《かば》ったのである。

政重に血も涙もなかったなら、この機を逃さず二人を刺殺しただろう。そうしなければという思いもよぎったが、刀の柄に手をかけることはどうしてもできなかった。

突然、轟音《ごうおん》とともに屋敷が揺れた。

どこかに砲撃をくらったのである。それも五百匁《もんめ》を超える砲弾にちがいなかった。

「御免」

政重は表に飛び出した。

表門が直撃され、屋根が吹き飛び門扉が傾いていた。

正面は海である。弾がどこから発射されたのかつきとめようと物見櫓《ものみやぐら》に登った。

見張り台にいた番兵が、呆《ほう》けたような顔で首をかしげていた。

「敵はどこだ」

一喝《いっかつ》すると、無言のまま西の海を指差した。

桜島と大隅半島の間の瀬戸海峡を通って、三隻の軍船が接近していた。

いずれも五百石積みほどの関船《せきぶね》で、船首に大砲をそなえている。

砲撃したのは先頭の船らしく、舳先《へさき》のあたりに薄く煙がただよっていた。

「馬鹿者、なぜ鐘を打って知らせぬのだ」

「掃部さまが戻られたと思ったものですから」

明石掃部が今日のうちに琉球出兵のための船団をひきいて戻ることになっている。番兵はてっきりその船だと思ったのだった。

船ばかりではなかった。海ぞいの道を東と西から、縦長になった軍勢が進んでくる。丸に十の字の旗をかかげた島津家の軍勢で、双方合わせると千人を超えていた。

すぐに鐘を打つように命じ、秀家のもとに駆け戻った。

「敵が迫っております。すぐに上屋敷にお移り下され」

すでに表門は破壊されている。この上海からの砲撃にさらされては、ここで防戦するのは無理だった。

秀家の動きは早かった。

数人の近習に何事かを指示すると、二十人ばかりの家臣をひきつれて上屋敷に向かった。

「竹蔵、奥方さまをお守りしろ」

大黒に豪姫を乗せて上屋敷に向かわせると、政重は近習の一人をつかまえた。

関ヶ原を脱出して以来秀家に従っている虫明九平次だった。

「殿は何をせよと申されたのだ」

「この屋敷には煙硝《えんしょう》の間がございます。敵を引きつけて火を放てとのおおせでございます」

九平次は落ち着き払っていた。

屋敷に残っているのは三十人にも満たない。ここで敵を喰い止めろとは玉砕せよと言うも同じだが、もとよりその覚悟を定めていたのである。

「本多さまも上屋敷に向かって下さい。殿をお頼み申します」

「まだ忠恒どのは戻っておられぬ。何ゆえ島津家が中納言どのを討とうとするのだ」

「分りませぬ。龍伯公の差し金かもしれませぬ」

いずれにしろ秀家を守り抜くことが先決である。敵の思惑を忖度《そんたく》しているような場合ではなかった。

「煙硝の間は」

「表御殿にあります」

廊下の両側にある部屋がそうだった。壁の一方に火薬樽を積み上げ、踏み込んで来た敵を爆殺するための仕掛けである。

政重は玄関の式台と廊下の数ヵ所に土嚢《どのう》を積み上げ、それを楯として迎え撃つように命じた。

敵は洋上からの砲撃によって門と塀を破壊し、東西から攻め込むつもりである。

屋敷内の抵抗がなければ大人数で突入することもないので、爆発の直前まで囮《おとり》となって敵を引きつける必要があった。

「貴殿は殿を説得に参られたのではないのですか」

「かくなる上は話は後じゃ。館内の戸板やふすまを取りはずし、庭に山形に立てて目隠しとせよ。鉄菱《てつびし》があればすべて撒《ま》け」

あわただしく指示をすると、政重は鉄砲二梃を持って最前線に陣取った。

戦場の緊張した空気に触れるのは関ヶ原以来である。

久々に武辺者の血が騒ぎ、じっとしていられなかった。

四

政重の計略は、ものの見事に当たった。

目隠しの陰からの思わぬ反撃にあった島津勢は、屋敷の三方から兵を突入させて一挙にひねりつぶそうとした。

政重らは玄関から廊下へと後退しながら敵を引きつけ、煙硝の間に火を放って脱出した。

山と積まれた火薬は、桜島の噴火と見まがうばかりの大爆発を起こし、百人ちかい敵を一瞬に葬り去ったが、宇喜多勢には一人の手負いもなかった。

秀家は上屋敷の櫓の最上階にいた。緋色《ひいろ》の鎧直垂《ひたたれ》をまとい、籠手《こて》とすね当てをつけた小具足姿になって戦況を見つめていた。

「よくやった。あの一撃で敵はすくみ上がっておる」

秀家が晴れ晴れとした顔で政重をねぎらった。

平野屋敷は紅蓮《ぐれん》の炎を上げている。島津勢は丸に十の字の旗をかかげたまま遠巻きにしているばかりだった。

役目を終えた三隻の軍船は、沖に所在《しょざい》なげに錨《いかり》を下ろし、大砲の筒先《つつさき》だけを陸地に向けていた。

「あれは島津以久どのの軍勢じゃ」

以久は島津家中でも勇猛をもって鳴る老将だった。

「龍伯どののご下知でしょうか」

「分らぬ。琉球出兵が間近と聞き、先手を打たれたのかもしれぬ」

秀家に肩入れをしている義弘は、今度の企てについても理解を示している。だが龍伯は忠恒とともに徳川家との和議を進めているので、秀家の出港を実力で阻止しようとしたのかもしれなかった。

「いかがなされますか」

「午後には掃部が軍船をひきいて戻る。それを待って敵を蹴散らし、計画通り琉球へ向かう」

「…………」

「そちはどうする。まだ脇差に物を言わせるつもりかね」

秀家が直垂の襟元をちらりとめくった。精巧な鎖帷子《くさりかたびら》を着込んでいる。これではあの時斬り付けていても、身をかわされていたにちがいなかった。

炎上する平野屋敷を島津勢が遠巻きにしている間に、宇喜多勢は着々と防戦の仕度を整えていった。

坂道の途中にめぐらした二つの柵に楯を打ちつけ、土嚢を積み上げて板塀を補強した。

土嚢は銃撃戦の時の弾よけにもなり、槍や弓で戦う時には足場にもなる。

こうした場合に備えて楯にはぬかりなく銃眼が空けてあり、誰の持場かを示す名前まで記されていた。

さすがに戦国の世を生き抜いてきた古強者《ふるつわもの》たちである。総勢三百ばかりとはいえ、この強固な陣地に立てこもって抗戦されては、島津勢も手こずるにちがいなかった。桜島は盛んに噴煙を上げていた。溶岩の塊《かたまり》のような雄々《おお》しい山頂から、灰色の煙を吐いている。

その島影から、真っ白な帆を張った巨大な船が現われた。千石、あるいはそれ以上の積載量があるにちがいない。島津の軍船の優に二倍を超える大きさだった。

島津龍伯が御座船を出したか。一瞬そう思ったが、それにしては帆に家紋が記されていない。

身許を明かすものを何ひとつまとわぬ不審な船だった。

「徳川勢じゃ」

秀家がぼそりとつぶやいて遠眼鏡《とおめがね》を渡した。

政重は眼鏡の胴をいっぱいに伸ばしてみた。

何と甲板には本多正純がいた。戸田蔵人と肩を並べ、陣笠をかぶって戦況をながめている。

陣笠をつけているのは、頭上から絶え間なく降ってくる火山灰を避けるためだった。

甲板には戦仕度をした百人ちかくの兵が乗っている。政重の薩摩行きを妨害するだけでは飽きたらず、自ら兵を率いて乗り出してきたのである。

沖に船を止めて艀《はしけ》船を下ろすと、正純は鎧もまとわずに島津以久の本陣に入った。どうやら検分役のつもりらしい。わずか五百メートルばかりの距離なので、表情を消した能面のような顔がはっきりと見えた。

「家康どのが遣《つか》わされたようだな」

秀家がそう取るのは無理もないが、政重には腑に落ちなかった。

父正信が秀家の一命は保証すると請け合ったのだから、家康が秀家を討てと命じるはずがない。それに島津征伐の軍を起こしたがっている正純が、龍伯と協力して秀家を討つというのも妙だった。

平野屋敷の火事が下火になると、島津勢は攻撃を開始した。

三隻の関船から大砲を撃ちかけ、下の柵を破壊しようとした。

砲弾は放物線を描いて何発か直撃したが、楯板と土嚢で補強された柵はびくともしなかった。

これでは埒《らち》が明かぬと見た以久は、竹束を押し立てて攻め登るように命じた。

竹束で宇喜多勢の銃撃を防ぎながら詰め寄り、火矢を射込んで柵を焼き立てようとした。

火薬布を巻いた火矢が、竹束の間から何十本も放たれた。

半数ちかくが柵に突き立ち、派手な炎を上げて燃え上がった。

敵が勢いに乗って二の矢を継ごうとした時、宇喜多勢は柵の上から大石を落としかけた。

ひと抱えもある大石が、谷川ぞいの道を跳ねるように転がりながら次々と竹束を打ち倒した。竹束に押しつぶされた島津勢の鎧に火矢の火が燃え移り、大混乱をきたしている。

そこに雨のように鉄砲を撃ちかけられ、数十人の死者を残して退却していった。

その間にも柵は燃えつづけていた。

秀家は下の柵を捨て、上の柵まで退却するように命じた。

上までは海からの砲撃は届かない。しかも谷が狭く急になっているので、敵は縦長の隊列でしか攻め寄せて来られなかった。

だが、さすがは勇猛をもって鳴る島津以久の手勢である。宇喜多勢の退却に付け入って上の柵まで攻め込もうと、二百人ばかりが猛然と追撃してきた。

ところがこのことあるを見越していた秀家は、谷の両側に伏兵を配していた。

左右から銃撃された島津勢は、半数ばかりに討ち減らされて退却していった。

敵は再度の攻撃に備えて息をついている。

宇喜多勢は上の柵の内側で鉄砲や槍を握りしめ、敵の来襲を待ち構えていた。

不気味な静寂があたりを包んだ時、

「敵が、尾根伝いに迫っております」

後方の見張り台から叫び声が上がった。

「総勢、およそ五百」

以久はこうなることを見越し、別動隊を館の背後の尾根に回り込ませていたのである。

「九平次、どこじゃ」

「ここにおりまする」

階下から虫明九平次が駆け上がってきた。

「二十人ばかりを連れて尾根へ行け。まわりの木を倒して火を放て」

秀家はそう命じたが、冬枯れの木ではどれほど効果があるか分らなかった。

「敵が背後に迫る前に、正面突破を図るしかあるまい」

秀家は全軍に仕度を命じ、緋縅《ひおどし》の鎧と兜を身につけた。

政重と竹蔵も、館にあった鎧を借りてその時に備えた。

「殿さまの説得に来たはずやのに、けったいな成り行きでんな」

竹蔵が兜の緒をしめながらつぶやいた。

「殿の窮地だ。やむを得まい」

非は秀家を助命するという約束を破った島津家にある。これと戦うことは政重にとって大義あることだった。

「お前は豪姫さまをお守りしろ。大黒にお乗せし、決して側を離れるな」

海から数発の砲声が上がった。

敵襲かと窓際に出てみると、瀬戸海峡を北上してきた二隻の関船が、島津家の軍船に砲撃を加えていた。

関船の後ろには六隻の小早船《こばやぶね》がつづき、最後尾をもう一隻の関船が守護していた。

「掃部じゃ。後ろの船に乗っておる」

秀家が遠眼鏡で確かめた。

真横からの攻撃にさらされた島津家の軍船は、錨《いかり》を上げて退避しようとしたが間に合わない。二隻とも船側《せんそく》に砲撃を受け、船板を打ち破られて浸水が始まっていた。

掃部が連れてきた二隻の関船は、薩摩半島南端を拠点とする海賊衆のものらしい。

敵の船体が破損したと見ると、ためらうことなく体当たりをくらわせた。船の横腹に舳先から突っ込むのだからたまらない。島津船はたちまち二隻とも横倒しになり、一隻だけがかろうじて沖に退避した。

正純が乗ってきた安宅船《あたけぶね》も、いち早く錨を上げて北方へと難をさけていた。

六隻の小早船は波打ち際まで船を乗りつけ、島津勢の背後から鉄砲を撃ちかけた。

掃部が乗った関船は沖に回り込み、舳先を陸に向けて以久の本陣を砲撃した。

掃部の戦ぶりは凄《すさ》まじい。船の速度を落とすことなく陸地に突っ込み、船体の半ばまで浜に乗り上げた。

船が横倒しになる危険をものともせずに浜に乗り上げたために、船首は以久の本陣を銃撃する格好《かっこう》の砦《とりで》となった。

「今だ。かかれ」

秀家の号令一下、宇喜多勢は谷の道を駆け下って島津勢に襲いかかった。

先頭の三十人ばかりが、六メートルの長槍の穂先をそろえて突撃した。

島津勢は槍ぶすまに追い立てられ、我先にと逃れようとした。

ところが長蛇の隊列をとっているので、後方の身方とぶつかり、身動きが取れなくなって将棋倒しになるありさまである。

宇喜多勢は布をめくり上げるように敵を追い落とし、以久の本陣に殺到した。

人数では圧倒的に劣勢ながら、この一戦に琉球出兵の夢をかけて死物狂いで斬り込んだ。

政重は敦盛をふるい、正純の陣へ躍り込んだ。正純さえ倒せば、島津征伐の策謀も止む。ただそれだけしか考えていなかった。

紺色の陣羽織を着た正純は、陣笠をかぶった五十人ばかりの兵に守られて床几《しょうぎ》に腰を下ろしていた。

戦場働きは苦手な男なのに、鎧もまとわず平然と踏み止まっているのだから、さすがに家康に重用されているだけのことはあった。

兜をかぶっていない武士など、戦場においては裸も同然である。

政重はたちどころに四、五人をなぎ倒し、正純に向かって突進した。

その行手に、戸田蔵人が片鎌槍《かたかまやり》を構えて立ちはだかった。

歴戦の武辺者だけに、船を降りる時に抜かりなく兜をかぶっていた。

政重は眉尻《まゆじり》まで裂けた目をカッと見開き、無言のまま突きかかった。

戦いたくはない相手だが、かくなる上は仕方がない。盟友といえども寸毫《すんごう》の手加減もしないのが、武辺者同士の礼儀だった。

蔵人は強かった。これまで戦った誰よりも強く、政重の突きを余裕をもってかわした。

政重は敦盛を大車輪にふり回し、鬼落としに行く構えをみせた。

蔵人がそれを防ごうと槍の穂先を上げた瞬間、政重は体を沈めて足をなぎ払おうとした。

前に一度、蔵人は鬼落としを破っている。それだけになおさら意識をそちらに集中させているはずだと読んでの奇襲だが、蔵人は後ろに飛びすさってこれをかわした。

しかも後ろに飛びながら腕をいっぱいに伸ばし、政重の頭上に片鎌槍を振り下ろしている。

だが政重も槍の切っ先がかわされた瞬間、この反撃があることを予測して斜め前に飛んでいた。

二メートルばかりを軽々と飛び、着地と同時に蔵人の脾腹《ひばら》を突こうとしたが、蔵人は巧みに足を送って向き直り、九十センチちかくもある敦盛の穂を片鎌槍でがっしりと受けた。

「さすがだな。長五郎」

「お主こそ、やるではないか」

互いに相手の槍をはね上げようと、渾身《こんしん》の力を込めて押し合った。

刃が嚙み合い、ギリギリと音を立てた。

力では蔵人の方が勝っている。

押し合いが長びくにつれて政重の両腕がしびれ、次第に感覚を失っていった。

ここで押し込まれては、脳天への一撃がくる。

政重は肩から体当たりに行き、蔵人が押し返そうとした力を利して横に回り込んだ。

槍先をはずされた蔵人は、肩すかしを食ったように前に泳いだ。

隙だらけの素っ首に鬼落としを叩き込もうとした瞬間、蔵人がふり向いてにやりと笑った。

（こやつ）

初手から討たれるつもりだったのだ。

政重はとっさにそう察し、槍の軌道を変えた。穂先は兜の鉢を痛打し、蔵人を地に叩き付けた。

政重は敦盛を大車輪にふり回した。

空《くう》を切る凄まじい音がして、正純の家臣も島津勢も一瞬棒立ちになった。

「かかれ。何をしておるのじゃ」

以久が一喝した時、おびただしい銃声が上がった。

ふり返ると、金扇の馬標《うまじるし》をかざした三百騎ばかりが土煙を上げて駆け寄ってきた。先頭を走るのは島津義弘である。関ヶ原での雄姿を彷彿《ほうふつ》とさせる、堂々たる騎馬武者ぶりだった。

「静まれ。双方とも兵を引け」

戦場で鍛え上げた胴間声《どうまごえ》を張り上げながら、強引に両軍の間に割って入った。

「この戦、わしが預かる。以久、異存はあるまいな」

軍神とまで謳《うた》われた義弘の一喝に、以久もあわてて停戦の太鼓を打ち鳴らした。

「兵庫頭《ひようごのかみ》どの、よう来て下された」

秀家は礼を言ったが、義弘が駆け付けたのは救援のためではなかった。

「この戦は、そこなる本多上野《こうずけ》が仕組んだものじゃ。あやうく奸計《かんけい》に陥るところでござった」

床几に座したままの正純を、義弘が形相鋭く睨《ね》めつけた。

「こやつは家康公の命と称し、秀家どのを討つように龍伯公に進言した。それゆえ龍伯公は以久に出兵を命じられたが、家康公の命令というのは偽りじゃ。当家の領内で争乱を起こし、それを口実に島津家を取り潰す肚《はら》だったのでござる」

正純の狙いはふたつあった。

ひとつは家康が秀家の上洛を求めたにもかかわらず、島津家が独断で秀家を討ったと言い立てること。もうひとつは、この争乱が伊集院家の遺臣を抹殺するためのものだったと主張することである。

庄内の乱の折、島津家は家康の仲介で伊集院忠真と和を結んだが、忠恒はこの和議に反して忠真ばかりか三人の弟と母親までも誅殺《ちゅうさつ》した。

このことが公《おおやけ》になれば、家康とて島津家を処罰しなければならなくなる。大幅な減封か他所への転封を命じれば、島津家が拒否することは目に見えているので、公然と島津征伐の軍を起こせる。

「それこそが、こやつの狙いだったのじゃ」

義弘は熱弁をふるって正純の計略を暴き立てた。

あたりが静まり返り、猜疑《さいぎ》の目が一身に集まった時、

「本多上野介正純である」

正純が落ち着き払って名乗りを上げた。

「だが兵庫頭どのがおおせられたことこそ偽りじゃ。ここなる謀叛人どもを助けるための方便としか思えぬ」

「今朝方、本多佐渡守どのから書状が届いた。家康どのが秀家どのの上洛を求めておられることは、これに明記されておる」

「そのような書状など」

偽物だと言おうとして、正純は急に口をつぐんだ。この場に政重がいるので、正信の直筆かどうかは一目で分ることに思い当たったのである。

「あるいは大殿のお考えが変わったのかもしれぬ。だがこの身に何ら疚《やま》しきところはない。ご不審とあらば、この場で我らを討ち果たされるがよい」

そう言い放って悠然と席を立った。

義弘も以久も怒りに殺気をみなぎらせていたが、手を出そうとはしなかった。

正純を斬ることなど、赤子の手をひねるようなものである。だが家康第一の近臣と知りながら討ち果たしたなら、供の侍ばかりか沖にいる船の者まで皆殺しにして口を封じなければならない。

その犠牲と手間を考えれば、無念を忍んで正純を見送るしかなかった。

「相変わらずの阿呆面《あほづら》だな」

政重の前で立ち止まると、正純が憎々しげに吐き捨てた。

「何を企んでいたかは知らんが、もはや天下の趨勢《すうせい》は決まった。薩摩の猪《いのしし》武者どもがこのわしに指一本触れられないことが、そのことをよく表わしているではないか」

正純が勝ち誇った笑い声を上げた瞬間、政重の脇差が一閃《いっせん》した。

陣笠をはね飛ばし、返す刀で髷《まげ》を両断すると、政重はぱちりと音を立てて刀身を納めた。

「あなたのせいで、多くの者たちが死んだ。笑いながら引き上げるとは、虫がよ過ぎませんか」

「貴様、このわしに向かって……」

正純が月代《さかやき》だけとなった頭を押さえた。

「天下の趨勢が決まったのなら、万民のために働くことこそあなたの務めでしょう。権力を笠《かさ》に着て人をもてあそぶような真似は、金輪際しないことです」

正純は血走った目で政重をにらんだが、黙ったまま艀船へと引き上げて行った。

「秀家どの、すまぬ」

義弘はいつの間にか鎧も兜も脱ぎ捨てていた。

「そなたの出兵に協力すると約したが、龍伯公や忠恒が徳川家との和議に応じると決した以上、わしの一存ではいかんともし難い」

義弘は地べたに座り、脇差を鞘《さや》ごと抜き放った。

「伊集院家の者どもも聞いてくれ。関ヶ原で敗軍してお家《いえ》に迷惑をかけたわしには、婿《むこ》の忠真を守ってやることもできなかった。あのように見事な男を、むざむざ死なせてしもうた。忠真にすまぬ。お前たちにもすまぬ。せめてこの先お前たちの身が立つように、秀家どのの計略の後押しをしてきたが、もはやそれも叶わぬこととなった」

義弘は滂沱《ぼうだ》の涙を流していた。

関ヶ原での退却戦の見事さで天下に勇名を馳せた男が、恥も外聞もなく泣いている。

伊集院家の遺臣たちもがっくりと膝を落とし、地を叩《たた》いて泣き崩れた。

「かくなる上はこの皺腹《しわばら》かっさばいてわびるゆえ、どうか許してもらいたい」

義弘が腹をくつろげ、脇差を抜き放った。

「兵庫頭どの、刀をお納め下され」

秀家がその手をしっかりと押さえ、争《あらが》う間も与えずに脇差を奪った。

「互いに信じた道を行こうとしただけでござる。義に殉《じゅん》ずるは武士の本懐。志ならずとも、恨みに思う者などおりませぬ」

秀家がにこりと笑って脇差を鞘に納めた。

その涼やかな振舞いが、すべての将兵の心を打った。秀家が義弘のため、そして天下の安泰のために身を捨てようと決したことが痛いほど分ったからである。

「たいしたお方ではないか」

気を失っているとばかり思っていた蔵人が、ごろりとあお向けになった。

「わしも戸田家の再興ばかりを考えてきたが、どうやら年貢の納め時らしい」

「お主らしくもない。なぜあんな馬鹿な真似をしたのだ」

政重は蔵人の手を取って引き起こした。

「絹江に児《やや》ができた」

「………」

「むろんわしの子だ」

「戸田家と岡部家の再興を、その子に託すつもりだったのか」

「絹江には借りがある。伏見城で討死する手柄を、わしが奪ったのだからな」

そこで正純を庇って討死し、その功によって二人の間に生まれた子が取り立てられるように計らったのである。

「鬼落としで討たれるのなら本望だと思ったが、正純どのがあんな策を巡らしておられたとはな。お前のお陰で犬死しなくて済んだよ」

「絹江どのは？」

「鹿児島城下の船宿で待っている。桜雪も一緒だから、大黒と引き合わせてやれ」

ちょうど竹蔵が大黒を引いて上屋敷から下りてきた。

鞍の上の豪姫は、白小袖の上に打掛けを羽織っている。秀家に万一のことがあったなら自害して後を追うつもりだったらしく、まぶしげな目で政重を見やって深々と頭を下げた。

「方々、ここに参られよ。いいながめでござるぞ」

浜に乗り上げた船の上で、掃部が声を張り上げた。

帆をいっぱいに張った正純の船が、大急ぎで桜島の島影に消えていくところだった。

# 最終章　ただゆくりなく生きて候

時の流れは早かった。
慶長二十年（一六一五）五月、大坂夏の陣で豊臣家が滅んだ。
大坂城を二十万余の幕府軍に包囲され、紅蓮《ぐれん》の炎の中で末期《まつご》の時を迎えたのである。
この年七月、元和《げんな》へと改元が行なわれた。
唐の憲宗《けんそう》の代の元号にならったもので、これ以後徳川幕府の本格的な治政が始まった。
世に言う「元和偃武《えんぶ》」。武具を伏せる時代が到来したのである。
その翌年四月、徳川家康が薨《こう》じた。
今川家の人質から身を起こし、一代にして天下の覇者《はしゃ》となった英傑も、七十五歳を一期《いちご》として泉下《せんか》の人となったのである。

それから五十日目に、本多正信がひっそりと逝《い》った。

雑事の処理をすべて終え、家康追善の法要を見届けてからの殉死《じゅんし》である。

本来なら二代将軍秀忠は、盛大な葬儀を営んで徳川幕府成立の功労者を顕彰すべきであった。ところが秀忠と正信との間には関ヶ原合戦以来の対立があったせいか、表立った行事は一切行なわず、殉死であることさえ伏せていた。

豊臣家を滅亡に追い込んだのは、秀忠と本多正純《まさずみ》である。

だが二人ともすべての罪を正信に押し付け、世の悪評をかわすつもりのようだった。

加賀前田家に再任された本多安房守政重《あわのかみまさしげ》のもとに父の訃報《ふほう》が届いたのは、殉死から十日後のことだった。

兄の正純からではない。江戸城下に武芸道場を開き、今や門弟一千人を擁《よう》する身となった戸田蔵人《くらんど》が、門弟を金沢までつかわして知らせてくれたのである。

正信は家康の四十九日の法要の後、倉橋長右衛門の墓に詣《もう》でた。

しばらく墓前で何事かを語り合ってから屋敷に戻り、白小袖《こそで》一枚になって水垢離《みずごり》を取った。

侍女が胸騒ぎを覚えて仏間に入った時には、金沢御坊から持ち出した阿弥陀如来像《あみだにょらい》の前で腹をかっさばいていたという。

蔵人の真情あふるる文を、政重はくり返し読んだ。

すでに不惑を過ぎ、髪には白いものが交じっている。ここ十年ばかりは父と同じ道を歩いてきただけに、長右衛門の墓前で何を語り合ったか、母の形見の阿弥陀如来像の前でどんな様子をしていたか、手に取るように分った。

政重は文机の引き出しを開け、正信から贈られた書き付けを取り出した。

前田家の筆頭家老となった翌年に正信から贈られたもので、「天下国家を治むる可《べ》き御心持の次第」という題がつけられている。

後に『本佐録《ほんさろく》』という名で世に喧伝《けんでん》された書き付けだった。

その冒頭に「天道を知る事」と題し、正信は次のように記している。

〈天道は神にもあらず、仏にもあらず、天地の間の主にて、しかも躰《からだ》なし、天の心は万物に充満していたらざる所なし、仮令《たとえ》ば人の心は目にも見えずして、一身の主となる。

天下国家を治むる事も、この心より起るが如し、彼《か》の天道の本心は、天地の間を泰《たい》平《へい》に、万民安穏に、万物生長するを本意とす〉

政重は正信の意気軒昂《けんこう》なる書体をながめながら、しばし物思いにふけっていた。

思い返せば、さまざまの事があった。

慶長八年に宇喜多秀家が上洛し、駿府に近い久能山《くのうさん》に配流《はいる》された。

初めはこの地で赦免《しやめん》を待つことになっていたが、秀家の人望の厚さを恐れた幕府は、三年後に八丈島《はちじようじま》へ遠島に処した。

その頃、政重は奥州の米沢にいた。上杉景勝の重臣直江兼続《なおえかねつぐ》に乞われ、兼続の娘婿となって家督を相続することになったのである。

しかも兼続の娘との間に男子が生まれたなら、上杉景勝の養子となして家を継がせるという破格の条件だった。

これは政重が望んだことではなかった。

関ヶ原の合戦後に、会津百二十万石から米沢三十万石に減封された上杉家の動向に不信を持っていた家康や正信が、政重を送り込むことで家中の動きを牽制《けんせい》しようとしたのである。

景勝や兼続も上杉家存続のために、幕府の提案に積極的に応じたのだった。

いわば体《てい》のいい密偵のようなものだ。政重が恥を忍んでこの役を引き受けたのは、幕府のために功を積んで宇喜多秀家の赦免を勝ち取るためだった。

たとえ一万石でもいい。

秀家を八丈島から呼び戻して大名の座に復帰させ、豪姫や子供たちと共に暮らせるようにしたいと願ったのである。

慶長十四年、政重は上杉家のために十万石の軍役免除を実現した。減封によって内証の苦しい上杉家の経済的負担を軽減するためと、会津の頃から召し抱えてきた大勢の家臣を削減するためだった。

これで上杉家は危機を乗り切り幕藩体制の中で生き残る基礎を築いたが、政重の役目も終りを告げた。

同じ頃、島津忠恒は三千の兵を動かし、明国《みん》衰退の隙をついて琉球《りゅうきゅう》王朝を支配下に組み込んだ。

秀家の構想を受け継いでのことだが、大坂の陣に際して島津家は豊臣家を支援しようとはしなかったのである。

慶長十六年、妻としていた兼続の娘が他界したのを機に、政重は上杉家を退去し、同年八月に再び前田家に仕えた。

これも正信の勧めによるものである。

先の出奔《しゅっぽん》以来政重を快く思っていない前田利長はこの提案に反対したが、幕府に押し切られて五万石で召し抱えることにした。

それから五年の間に、政重は前田家のために二つの働きをした。ひとつは幕府が越中新川《にいかわ》郡十万石を召し上げようとした時、駿府に急行して家康に直訴し、この決定を白紙に戻したことである。

もうひとつは、江戸に人質となっていた芳春院を解放したことだ。

前田家積年の悲願をようやく実現したわけだが、すでに利長は他界し、豊臣家も滅亡した後のことだった。

豊臣家を救えなかったことは、政重にとって一代の痛恨事だった。

大坂城に立て籠って華々しく戦った明石掃部は、何度か同心を求める密書を送ってきた。

政重はただ一騎でも城に駆け付け、豊臣家の無事を図るという秀家との約束を果たしたかったが、前田家筆頭家老という重い立場が身勝手を許さなかった。

政重の悶々《もんもん》たる胸中を察したのだろう。

正信は先の書き付けの中で次のように諭《さと》している。

〈皆天道の理《ことわり》に法《の》りて治むる時は久しく、又天道の理に背《そむ》いて治むる者は、一代の内にも滅亡す。三好、松永、信長、太閤などは、武勇古今に稀《まれ》なる大将なり。この勢いにては、子孫も長久成るべきに、君臣ともに道という事を少しも知らず、無理非道の

むごき心根ありて、私欲にふけり、花麗を極め、奢《おごり》を極めて、万民を苦しめ、天道に背く故に、皆一代にて亡びたり〉

天道に背いたゆえに、豊臣家が亡びるのはやむを得ない。前後七年にわたる朝鮮出兵によって万民を苦しめた罪は、ぬぐいようもなく豊臣家の威信を傷付けたというのだ。

確かに正信の言う通りかもしれない。だが政重の胸には今でも忸怩《じくじ》たる思いが残っていた。

午後になって、城下から祭り囃子《ばやし》が聞こえてきた。

秋の豊作を祈る祭礼が盛大に行なわれているらしい。笛や太鼓の音に混じって、人々の笑いさんざめく声が風に乗って聞こえてきた。

縁側に出て耳を傾けていると、珍しい来客があった。

豪姫が弟の利政とともに訪ねてきたのである。

「お父上の訃報を聞きました。お悔やみ申し上げます」

豪姫もすでに初老の域にさしかかっている。ふくよかな顔には皺《しわ》が目立っているが、少女の頃の潑剌《はつらつ》とした面影が、品のいい落ち着いた表情にどことなく残っていた。

「長五郎どの、さぞやお力落としでございましょう」

利政はやんちゃ坊主の頃のままの顔をしていた。

関ヶ原の合戦以後洛中に隠棲《いんせい》し、悠々自適の生活を送っていたが、所用あって久々に金沢に戻っていた。

「どうして、そのことを」

正信の訃報は誰《だれ》にも知らせていない。二人がどうして知っているのか解《げ》せなかった。

「蔵人どのが、わたくしにも知らせて下さったのです。これ、お入りなさい」

豪姫が庭先に向かって声をかけた。

大きな木箱に植えた紫陽花《あじさい》を、四人の従者たちが運び入れた。人の背丈ほどもある木で、今を盛りと薄青色の大きな花をつけていた。

「花の色が少しずつ薄くなるように、安房守さまのお哀しみも時とともにいやされますように」

「お心遣い、痛み入ります。しかし父も覚悟あってのことですから、さほど哀しんではおりませぬ」

「されど佐渡守どのが逝かれては、この先幕府との交渉が難しいものになりましょう」

利政が袱紗《ふくさ》の包みを差し出した。

中の木箱には、大小の真新しい筆が入っていた。

「これは近衛公から預かったものです。長五郎どのに渡すようにおおせつかっておりましたが、ご生前に果たすことが叶いませんでした」

近衛信尹《のぶただ》は慶長十年に関白に任じられたが、大坂冬の陣のさなかに急逝《きゅうせい》した。豊臣、徳川両家の和を図ろうと奔走《ほんそう》したあげくのことで、信尹さえ健在ならば豊臣家の滅亡は防げただろうと評されたほどだった。

号を三藐院《さんみゃくいん》という。「寛永《かんえい》の三筆」とたたえられた達人だった。

「かたじけない。末永く大切に使わせていただきまする」

政重は師の温かい配慮を謝し、丁重におしいただいた。

豊臣家の滅亡を機に、時代は大きく変わっている。そのことをひときわ強く感じていた。

「先ほど利政と祭りを見物してきました。今年の作付けもいいようで、家臣や領民も安堵《あんど》いたしております。これも安房守さまのお陰だと、本多大明神のお札をかかげている者までいたのですよ」

豪姫は我事《わがこと》のように嬉《うれ》しそうだった。

「それがしの力ではございませぬ。殿が英邁《えいまい》の誉《ほまれ》高いお方ゆえ、手落ちのない政《まつりごと》をなされるのです」

前田家は利長から利常《としつね》の代になっている。豪姫の年の離れた弟だった。

政重は利常と力を合わせ、領民の暮らしが立ちゆくように意を注いできた。

新田の開発や用水路の整備によって米の収穫量を上げ、増収分については三年の間年貢《ねんぐ》を課さなかった。このために生産意欲も上がり、民百姓の暮らしは年毎に豊かになっていた。

父正信が徳川幕府を開くことで成し遂げようとした志を、政重はこの加賀の地において実践したのである。

「この後も、前田家に留まっていただけるのでしょう」

豪姫が不安そうにたずねた。

正信が死んだ今では、幕府と前田家を仲介してきた政重の役目も終る。どこかにふらりと立ち去るのではないかと懸念したらしい。

「殿のお許しがいただけるなら、そうしたいと存じます」

「それなら大丈夫です。利常に文句は言わせません」

「そうですとも。長五郎どのがいなくなれば、金沢を訪ねる楽しみもなくなりますから」

豪姫と利政がほっとした顔を見合わせた。

この先政重の立場が難しいものになることは目に見えている。だがこの二人を守るためにも、八丈島にいる秀家を扶助しつづけるためにも、前田家に留まる必要があった。

「そうそう。昨日竹蔵さんの噂《うわさ》を聞きました。何でも西国の巌流島《がんりゅうじま》という所で、佐々《ささ》木小次郎《きこじろう》という者と果たし合い、見事にお勝ちになられたそうです」

竹蔵は出身地の宮本村にちなんで宮本武蔵《むさし》と名を改め、武芸者として大成していた。

両刀を用い、二天一流《にてんいちりゅう》という流派を起こしたという。

「その噂なら都でも聞きました。でももう四年も前のことですよ」

利政が姉の疎《うと》さをからかった。

「そうですか。でもわたくしが聞いたのは昨日のことです。しかも佐々木小次郎というのは越前の生まれで、富田重政《とだしげまさ》どのの弟子だというではありませんか」

富田越後守《えちごのかみ》重政は前田家の重臣で、「名人越後」とたたえられた中条流《ちゅうじょう》武術の達人である。

政重も一度手合わせを頼まれたが、丁重に辞退した。前田家に戻ってから、再び敦盛《あつもり》を封印していたからである。

二人はなおしばらく談笑して帰って行った。

庭には大きな紫陽花が残されている。豪姫の思いがこもった、清楚《せいそ》な色あいの花だった。

政重はしばらく庭をながめていたが、ふと思い立って筆をとった。

正信の書き付けの裏表紙に「元和偃武の年に」と記し、次の一首を書き添えた。

花ありて熱き時代は過ぎにけり
ただゆくりなく生きて候

# あとがき

十年ほど前、金沢市の「藩老本多蔵品館」を訪ねた。

兼六園や県立歴史博物館を見学した後、少し時間があまったので立ち寄ったほどの軽い気持だったが、蔵品館の収蔵物はいずれも一級品だった。

中でも藩老本多家初代政重が関ヶ原の合戦で使用した大身槍を見た時には、全身に鳥肌が立ち、しばらくその場を動けなかった。

穂の長さが八十三センチもあり、石突きでさえ鎧通しのように尖っている。たった今戦場から引っさげてきたような凄まじい気配をただよわせる槍で、これを使った男はさぞ強かっただろうと感服した。

政重の経歴を調べてみると、これがまた抜群に面白い。

徳川家康の右腕といわれた本多正信の次男に生まれながら、秀忠の近習を斬り殺して出奔し、関ヶ原の合戦では宇喜多秀家軍の先鋒として徳川方と戦っている。合戦後は秀家の助命に奔走した後、加賀百万石の筆頭家老として前田家に迎えられるのである。

一介の牢人でありながら宇喜多家では二万石、前田家では五万石で召し抱えられたのだから、その実力と人望は他に抜きん出ていたにちがいない。

この男の魅力とは何だったのか？

単に戦《いくさ》に強かったばかりでなく、武人としての心ばえも見事だったはずだが、その見事さの本質とは何だろうか？

金沢を訪ねるたびに蔵品館に立ち寄り、大身槍や政重着用の頭形兜《ずなりかぶと》の前に立って問いかけた。

その答えを求めて挑んだのが『生きて候』である。

取材から単行本化に至るまで、「藩老本多蔵品館」の方々にはひとかたならぬお世話になった。

歴史的にはあまり注目されていない政重と出会うことができたのは、貴重な収蔵品のお陰である。

画家の中一弥氏には雑誌連載中ばかりか、単行本化に際しても見事な絵を添えていただいた。

いつぞや伊勢のお宅を訪ね、原画を拝見した時の感動は忘れられない。深く感謝申し上げる次第である。

平成十四年九月

京都大将軍の仕事場にて

# 解説

高橋敏夫

安部龍太郎の物語世界には、なにかとてつもなく不穏なものが見え隠れする。

血なまぐさい臭《にお》いをはこぶ不穏な風がふいている。

物語世界に、ときおり亀裂《きれつ》がはしり、その裂け目から、まがまがしく、むごたらしい、ゆがんだイメージと雑音とが、とめどなくあふれだす……。凄惨《せいさん》な合戦場面や、互いに深傷《ふかで》を負いながらなおつづく剣戟《けんげき》シーンだけではない。甘美な恋愛のさなかにも、このうえもない栄誉をえた喜びの頂点においても、また、かがやかしい前途に胸をふくらませるときにも。

その瞬間、極上のエンターテインメントだけがもつ躍動感のもとに展開されてきた物語は、忽然《こつぜん》と消失してしまう。合戦の華麗な絵巻物にただ酔っぱらっていたい読者や、安定した秩序にまどろむのを好む読者は、突然はしごを外されたような恐怖感におそれよう。

やがて、物語がもとの世界を回復するようにみえても、もう世界はもとのままではない。読者は不穏な風を世界のそこここに感じながら、物語を読みすすめるしかないのである。

しかし、安部龍太郎を愛読する者にとって、このまがまがしく不穏な風は、けっして不快ではない。むしろ、不穏な風にさらされるとき、読者はむごたらしさとともに、ある種の解放感をおぼえるはずである。

なぜか。おそらく不穏な風が、この人物がこの人物のままでありつづけることへの、この物語がこの物語でありつづけることへの、この世界がこの世界でありつづけることへの、ささやかな異和感から強烈な憎悪までをあらわすなにか、だからだろう。と同時に、この人物、この物語、この世界をつきぬけて、いまだない新たな人物と物語と世界にとどくのに不可避の風であることを、読者に感じさせるからにちがいない。

人は地域や時代などさまざまな限定性あるいは約束ごとのもとに生きている、としたうえで、安部龍太郎はこう述べる（『極め付き時代小説選1　約束』中公文庫、編者縄田一男との解説対談）。「僕は定住者の掟というものに自分がしばられていることを強く意識していいるし、過去の人間も相当それは意識していいただろうと思うんですよ。ところが、そういう約束には意味がないんだという、逆のアプローチもあるんですよね。（中略）そうすることによって絶対的な精神の自由を求めたいという意識もあるんです。それと同時に、しばられている人間は、最後には叫ぶか祈るかしかないんじゃないかと思っている」。「室町時代の『閑吟集』に『一期は夢ぞ、ただ狂え』というったが出てくるでしょ。狂えというのは、自分の好きなことに突き進んでいけという意味なんですよね。（中略）それは余りにも大きな約束ごとに、その当時の人たちがしばられていたからだと思うんです。だから、狂うほどでなければ、しばられたところから抜け出せない、そういう意識があった」

大和時代から明治維新期にいたる歴史上の謀反《むほん》、謀殺、敗死、滅亡などを執拗に活写する凄烈な単行本デビュー作『血の日本史』について語られたものだが、これは、次つぎに発表される作品『彷徨《さまよ》える帝』、『関ヶ原連判状』、『信長燃ゆ』、本作『生きて候』にあてはまれば、その後の『等伯』（第一四八回直木賞受賞作）、『維新の肖像』、『蝦夷太平記』、現在えがきつづけられている巨篇『家康』にもいいうる、見事な自注となっていよう。

安部龍太郎の物語世界に不穏な風を感じる読者は、容易に変更できない重苦しい制約のなかにいてなお制約を突破し変更しないわけにはいかない者の、声にならぬ「叫び」や「祈り」を聞き、「狂」のもたらす言葉と振る舞いの激変を見ているのである。

若いころドストエフスキーに心酔し現代小説を書きつづけていた安部龍太郎が、『太平記』にしたしく接したことをきっかけに、現代小説から歴史時代小説に移ったのも、うなずけよう。現代小説にくらべ歴史時代小説のほうが大きな制約を顕在化しやすく、それゆえ制約と衝突する人の「叫び」や「祈り」をはっきりとえがきだすことができる。

『生きて候』は、安土桃山時代から江戸時代初期を生きた本多政重《まさしげ》を主人公にしている。歴史記述のうえでも、また歴史時代小説においてもとりあげられることのきわめてまれな人物である。定評のある『戦国武将・合戦事典』の記述をみてみよう。

「加賀の金沢藩主前田氏の重臣本多氏の家祖。天正八年（一五八〇）生まれる。徳川氏譜代の重臣本多佐渡守正信の次男、上野介《こうずけのすけ》正純の弟。早くから徳川家康に仕えていたが、慶長二年（一五九七）徳川秀忠の乳母の子を斬《き》って伊勢に逃れ、間もなく京都で大谷吉隆（編集部注・吉継）に仕え、関ヶ原の戦では西軍に属した。敗戦後は前田利長ら諸将の間を渡り歩き、同九年米沢上杉氏の家宰直江兼続の養子となり、上杉景勝から偏諱《へんき》をうけ勝吉と名乗ったが、同十六年藤堂高虎の推挙により再度前田氏に仕えることとなり、やっと落ちついた」云々（峰岸純夫・片桐昭彦編『戦国武将・合戦事典』吉川弘文館）。

歴史学者によっても、本多政重は、「渡り歩き」「やっと落ちついた」などの言葉で揶揄《やゆ》的《てき》に語られる。江戸幕藩体制成立後には広くいきわたったであろう「忠臣二君に仕えず」的な倫理の側からの非難を想起させるが、それだけではない。近代日本における家族主義的国家観にも、さらには、戦後の高度経済成長を支えた日本的経営の終身雇用、年功序列などの慣行にも、幾人もの主君を「渡り歩いた」本多政重は、まことになじみにくい人物なのである。

しかし、この人気のなさが、江戸から現代にいたる倫理的な「約束ごと」にかかわるのだとすれば、本多政重を主人公にすることじたい、分厚く沈殿する「約束ごと」を敵にまわすことになろう。

歴史の常識を覆し、新しい価値づけのもとに再定義するのが、すぐれた歴史時代小説のなしうる特権的なふるまいなら、分厚い「約束ごと」によって本多政重が引き受けさせられてきた常識の転覆と変更と創造的な再定義は、いっそう重要さを増す。歴史上の多くの常識崩しにとりくんできた安部龍太郎が、本多政重をとりあげることの意義を見逃すはずはない。

物語は冒頭から、鉄砲の名人に、愛馬を駆り真正面から大槍《おおやり》で戦いを挑む本多政重を登場させ、その過剰な勇猛果敢さが、はやくも不穏な風をよびよせる。敬愛していた養父の死。徳川家内でそれぞれ陰湿な政治的権力を行使する実父本多正信と兄の正純へのなじめなさ。親友の家に突如降りかかった不幸に際しては友に加勢、徳川秀忠の近習を斬り殺し、江戸を出奔《しゅっぽん》した。ここから、政重の長く、苦しい旅がはじまる。

政重にとって、江戸がとどまるにたる場所でなかったように、秀吉が権勢をほしいままにする伏見城も、華やかさのなかに「滅び」の「不吉な予感」をもたらすものでしかない。「勝ち組」の腐敗は政重を別な場所へとかりたてる。

みずからの力を存分に発揮しうる場をもとめ、朝鮮にわたった政重がまのあたりにするのは、しかし、信長から秀吉にいたる戦国武将たちがいたるところでくりひろげてきた、容赦ない大量殺戮《さつりく》のありさまだった。朝鮮人にたいする無差別殺戮が、加賀一向一揆《いっこういっき》に向けられた信長の「なで斬り」（皆殺し）の記憶をよびおこし、こころの奥から、一揆の有力者の娘だった母の自死をもつれてくる。物語中、不穏な風がもっともつよくふきつける場面といってよい。

「この戦《いくさ》は駄目だ。何としてもやめさせねばならぬ」という政重の悲痛な叫びは、朝鮮における戦だけではなく、戦の世じたいの終わりへの祈りである。

政重がその後、関ヶ原の戦いをこえてもなお、仕える主をつぎつぎにかえながら世を疾駆しなければならないのは、戦の世とそれをささえる体制への、終わりのみえない抗いゆえであり、それが物語の末尾に記された「生きて候」の意味なのである。

安部龍太郎のえがく本多政重の生には、いわゆるクライマックスはない。かっこよく生きてかっこよく死ぬといった、戦国武将ものではおなじみの華々しいクライマックスはない。相手が、見やすいひとりの敵、ひとつの集団でないとき、そんな一回きりのクライマックスは物語には禁じられている。もしクライマックスというなら、本多政重の日々の叫びと祈りのひとつひとつが、すべてかけがえのないクライマックスである。

『生きて候』は、戦の世を生きる深甚なる教養小説にして、苛《か》酷《こく》な戦をくぐりぬけた者だけに許される稀《け》有《う》な非戦小説といってよい。

『生きて候』が、戦の世の終わりへの祈りにみちていたなら、安部龍太郎が二〇一五年からえがきつづけている『家康』は、「厭離《おんり》穢土《えど》　欣求《ごんぐ》浄土《じょうど》」を願い泰平の世を実現せんと日々奮闘する徳川家康をとらえる。家康版『生きて候』か。物語が具体的で長大なものにならぬはずはない。
そして、『生きて候』に関係してもうひとつ。物語で本多政重に魅せられた読者には、うれしい報せがある。現在、北國新聞と富山新聞に連載され、加賀藩祖前田利家と二代藩主前田利長親子の活躍がえがかれる『銀嶺《ぎんれい》のかなた―利家と利長』には、前田家に仕えて藩政を補佐する政重が登場するという。いったい政重はどのような姿をあらわすのか。たのしみに待ちたい。

（たかはし　としお／文芸評論家）

※本解説は、『生きて候　下』の集英社文庫版に収録されたものを大幅に加筆・修正しました。

生《い》きて候《そうろう》　下
本多正信《ほんだまさのぶ》の次男《じなん》・政重《まさしげ》の武辺《ぶへん》

朝日文庫

2024年5月30日　第1刷発行

著　者　安部龍太郎《あべりゅうたろう》

発行者　宇都宮健太朗
発行所　朝日新聞出版
〒104-8011　東京都中央区築地5-3-2
電話　03-5541-8832(編集)
03-5540-7793(販売)

印刷製本　大日本印刷株式会社



ISBN978-4-02-265150-1